小学館文庫

# 下町ロケット　ヤタガラス

池井戸 潤

小学館

# 下町ロケット　ヤタガラス――目次

# 主な登場人物

## 佃製作所

佃　航平（つくだ・こうへい）　社長
山崎光彦（やまさき・みつひこ）　技術開発部長
津野　薫（つの・かおる）　営業第一部長
唐木田篤（からきだ・あつし）　営業第二部長
江原春樹（えばら・はるき）　営業第二部
軽部真樹男（かるべ・まきお）　中堅エンジニア
立花洋介（たちばな・ようすけ）　トランスミッション開発チーム
加納アキ（かのう・あき）　トランスミッション開発チーム

## 帝国重工

財前道生（ざいぜん・みちお）　宇宙航空部
藤間秀樹（とうま・ひでき）　社長
的場俊一（まとば・しゅんいち）　役員
奥沢靖之（おくさわ・やすゆき）　製造部長
佃　利菜（つくだ・りな）　エンジニア。佃の娘

## その他

殿村直弘（とのむら・なおひろ）　稲作農家。元佃製作所経理部長
島津　裕（しまづ・ゆう）　エンジニア。元ギアゴースト副社長
野木博文（のぎ・ひろふみ）　北海道農業大学教授
伊丹　大（いたみ・だい）　ギアゴースト社長
重田登志行（しげた・としゆき）　ダイダロス社長

# 下町ロケット——ヤタガラス

ヤタガラス（八咫烏）とは――。

東征を決意したものの、険しく道を阻む熊野越えに難渋していた神日本磐余彦尊《かむやまといわれびこのみこと》を助けるため、天照大神《あまてらすおおみかみ》が差し向けたとされる「神の遣い」である。

八咫烏には三本の足があり、それぞれ天、地、人をあらわす。

神日本磐余彦尊はその導きによって兵を鼓舞し山を越え、古代大和《やまと》の地を平定、名を神武《じんむ》と改め、初代天皇となった。

その信仰と崇拝は現在にも続き、日本サッカー協会のエンブレムにもなっている。

本書において「ヤタガラス」とは、帝国重工の大型ロケットによって宇宙に運ばれた準天頂衛星の、名称である。

# 第一章　新たな提案と検討

## 1

駅に続くだらだらとした坂道を上っていく島津裕《しまづゆう》の背中が次第に小さくなっていく。

やがて建物の陰になって見えなくなったとき、佃航平《つくだこうへい》は静かに窓を離れ、執務用デスクの椅子をひいて、ゆっくりと腰を下ろした。

大田区上池台の高台にある佃製作所、その社長室である。

番頭の殿村直弘《とのむらなおひろ》が自己都合で退職し、帝国重工の良き理解者であった財前道生《ざいぜんみちお》も異動してしまったばかりだ。

そしてまたひとり、大切な人が佃のもとを去ったのである。

言い訳もせず、深く傷つき、途方に暮れて——。

その心境を察すると、やるせなかった。

もっと親身になって話を聞いてやれなかったのか。励ましてやることはできなかったのか。

「ダメだなあ、オレは」

舌打ちした佃は、右手を額に押し付けて顔をしかめる。盛大なため息をつき、しばらく天井を仰いでいたが、やがて諦めたように視線を下ろしたとき、おや、とその目を止めた。

応接セットのソファの足下に置かれた、小ぶりなトートバッグを見つけたからだ。島津がよく提《さ》げている、かわいらしいクマがプリントされたものだ。

忘れ物であった。

「シマさんらしいな」

思わず笑みをこぼした佃は立ちあがり、再び窓から道路を見下ろす。

前回の事件以来、佃製作所の社員たちは島津のことを親しみを込め、「シマさん」と呼ぶようになっていた。佃もまた同じである。

窓辺に立ち、さっき彼女が消えていったほうに目を凝らした。

住宅街に、春らしい柔らかな夕日が射《さ》している。

その中を、再びこちらに向かってやってくる島津の姿が現れたのはそのときであった。

忘れ物に気づき、どこか慌てた様子で足早にやってくる島津の表情には、思わず微笑《ほほえ》みたくなるような人なつこさがある。

こういっては失礼だが、とても「天才」と呼ばれるエンジニアには見えないのであった。

「ごめんなさい。忘れ物しちゃって」

やがて再び社長室に現れた島津は、佃が差し出したトートバッグを受け取るとぺこりと頭を下げた。

「じゃあ、また」

帰ろうとする彼女を、「シマさん」、佃は呼び止めた。

「せっかくだし、ウチの連中に会ってやってくれませんか」

「いえ、それは……」

島津は表情を変え、右手で佃を制した。「私、佃製作所さんの開発フロアに入る資格ありません。いまはもうギアゴーストの社員じゃないし、それに——裏切っちゃったし」

ギアゴーストはトランスミッションのメーカーで、佃製作所にとって重要な取引先になる——はずであった。

「それはもう、いいじゃないですか」

「いや、でも……」

俯《うつむ》いた島津に、佃はいった。

「商売ってのは人がやるもんだ、シマさん。世の中には、理解できないことも思うようにならないこともあるさ。でもね、それはそれで受け入れていくしかないんじゃないですか。今度のことはシマさんが悪いわけじゃない。私はそう思ってるよ。きっとウチの連中もそう思うはずです。さあどうぞ」

島津が、何かをふっきるように顔を上げた。

「じゃあ、ちょっとだけ。皆さんにご挨拶させてください」

「どうぞどうぞ」

先に立って歩き出した佃は、そのときふと足を止め、「実はね、面白いものもあるんだ」

そういって悪戯《いたずら》っぽい笑みを浮かべてみせたのである。

「あれっ、シマさん――?」

三階フロアに上がった途端、めざとく見つけたのは、技術開発部長の山崎光彦《やまさきみつひこ》だ。トレードマークの爆発したような髪型に満面の笑みを浮かべて近づいてくると、

「どうしたんです、突然。おひとりですか」

そう問うた。島津の来訪に気づいたトランスミッション開発チームの軽部真樹男《かるべまきお》、立花洋介《たちばなようすけ》、加納《かのう》アキら、馴染《なじ》みの社員たちも集まってきた。

「ええ、そうなんです」

笑みを浮かべつつも、少々伏し目がちになった島津は、ちらりと助けを求めるように佃に視線をむける。

「実はな――」

いいかけた佃は、「私から説明しちまって、いいですか」、と島津の了承を得、経緯について話し始めた。

諸般ののっぴきならない事情によって、佃がトランスミッション分野への進出を決めたのはかれこれ二年ほど前のことである――。

新興のトランスミッションメーカー、ギアゴーストはそのための大切な取引先であり、同分野進出の足掛かりとなるはずの会社であった。

だが、ギアゴースト社長の伊丹大《いたみだい》は、どういう事情か佃製作所のライバルエンジンメーカー、ダイダロスとの資本業務提携を決め、経営方針の対立から、ついに共同経営者の島津裕を社外へ追いやったのである。

この日島津が佃製作所に来たのは、ギアゴーストの方針変更と自らの退職を報告するためであった。

佃製作所にとって、衝撃以外の何物でもない話だ。

佃が語って聞かせるうち、腕組みをして表情を消した軽部は頬を膨らませて天井を向いてしまった。実直で生真面目な立花は、ただ真剣な眼差《まなざ》しで島津を見つめている。アキは話の成り行きに唖然《あぜん》としつつも、眉を下げ、気の毒そうな瞳で佃と島津を交互に見ていた。他の社員たちも、それぞれにショックを受け、ずんと重苦しいほどの沈黙の中にいる。

「みんな、本当にごめんなさい」

佃があらかたの話を終えたとき、島津がそういって深々と頭を下げた。

返事はない。

島津に怒りを持てあましているのではなく、そこにわだかまっているのは、この理不尽な成り行きに対する疑問と戸惑いに違いなかった。

「シマさんのせいじゃないじゃないですか」

アキのひと言が、島津の顔を上げさせた。「シマさんは私たちのために戦ってくれたんですよね。そのために、もし会社にいられなくなったんだとしたら、謝んなきゃいけないのは、むしろ私たちのほうかも知れません」

「いや、そんなことないから」

島津はあわてて顔の前で手を横に振った。「今度のことは、私の力不足が招いたことだと思います。あんなにウチのこと心配してもらって、いろんなこと助けてもらったのに、こんなことになっちゃうなんて」

「シマさん」

佃はハンカチを取り出した島津に声をかけた。「こうして、言いにくいこと言いに来てくれてさ。それが、やっぱりシマさんだよ。今回のことは残念だけども、こういうこともあるって。仕方ないじゃないか」

何人かの社員たちが頷《うなず》いている。その場のみんなが佃と同意見であることは聞くまでもなかった。驚いたことに、ひねくれ者の軽部までもが、目を潤ませて島津を見つめている。

根っこは良い奴らばかりだ。

改めてそんなことを思った佃だが、「シマさん、これからどうするんですか」、とそのとき真剣な問いを投げたのは立花だった。

「まだ決めてないよ。辞めたばっかだもん」

淋《さび》しげに笑ってみせた島津に、

「だったら、オレたちと一緒にやりませんか。お願いします」

佃も驚くべき提案を、立花はしてみせた。

「おい、立花。お前、いきなりそれは──」

制そうとした佃をさらに遮《さえぎ》り、

「お願いします」

新たにあがったひと言が佃を黙らせた。アキだ。真剣そのものの顔で、島津を見ている。「私、シマさんと一緒に仕事したいです。お願いします」

直球すぎるほどの思いを投げられた島津は、反射的に言葉を失ってしまったかのようだ。

「まあ待て、お前ら」

佃が割って入った。「社長を差し置いてそういうことをいうんじゃないよ。それより例のやつ、シマさんに見てもらおうや」

話を変えた佃に、思わず涙ぐんでいた島津が振り向いた。

「例のやって──」

「まあ、どうぞ」

佃が先に立ってフロア奥へと案内する。

「これは……」

フロアの一隅で立ち止まった島津は、作業台に置かれたそれに目を奪われたように立ちすくんだ。

照明の明かりを受けて銀色に輝いているのは、組み立て途中のトランスミッションだ。

「このトランスミッション――」

一旦覗《のぞ》き込んだ島津が驚いた顔を上げた。「佃さんのオリジナルですか」

「作ってみたんだ」

佃はいった。「ただ手を拱《こまね》いているだけじゃ、何も進まないから」

島津は興味津々といった様子で、角度を変えたりしながらトランスミッションを覗き込む。それは農機具用トランスミッションであった。

「ギアゴーストでシマさんが設計したものをちょこっと参考にさせてもらったんだけど。悪くないだろ。一応、知財とかはチェックしてある」

軽部の指摘に、

「いいよ。とってもいいと思うな」

島津は、トランスミッションに視線を注いだまま真顔で答えたものの、はっと顔を上げた。「あ、でもこれ、佃製作所の社外秘じゃないの?」

佃が笑って首を横に振る。

「シマさんに見てもらいたかったんですよ。何か意見があったらいってやってもらえませんか。みんなトランスミッションの知識に飢えてるんだ。なんとか良い物を作りたいと日々格闘してる」

佃の傍《かたわ》らでは、立花やアキたちが真剣な表情で島津のコメントを聞き漏らすまいと待ち構えている。

「そっか。そういうことなら――」

たちまち島津から技術的な質問が発せられ、その場でトランスミッション開発チームとの活発な意見交換が始まった。

島津裕は、かつて帝国重工に在籍していた頃、天才と呼ばれた技術者だ。

その発言には打算も慢心もなく、あるのは、トランスミッションに対する深い愛情と理解、そして技術への飽くなき探究心のみである。一言一句を細大《さいだい》漏らさず聞き入っている立花たち若手技術者にとって、こうした経験はめったに得ることのできない貴重なものに違いなかった。

だが――。いま彼らの背後に立ち、盛り上がる議論を聞きながら、佃は胸に込み上げてくる憤りを持て余していた。

これほどまで技術を愛し、ものづくりに人生を捧《ささ》げてきた者から、その才能を発揮する場を奪ってしまう。

帝国重工しかり、そしてギアゴーストしかり。いままで島津が身を置いた組織は、結局のところ、島津をひとつの歯車としか評価せず、消耗品として使い捨てたのだ。

自分たちの都合、プライド、利益――そこにどんな事情やしがらみがあったにせよ、あまりに非情な仕打ちではないか。

「会社や組織で、うまくやってくってのは難しいよなあ」

しみじみ佃が呟《つぶや》くと、傍らの山崎が真剣に頷くのがわかった。山崎もまた、同情の眼差しを島津に向けている。

「我々にとって、ものづくりの現場を奪われるってのは存在を否定されたも同然ですからね」

山崎は、眉をハの字にした顔を佃に向けた。「社長、なんとかしてあげられませんか。このままじゃ、シマさんがあまりに気の毒ですよ」

2

「やっぱり現場って楽しいなあ」

吐息混じりの島津の呟きは、誰に向けたわけでもなく、ただのひとり言のようであった。

会社近くに最近できた和食の店、「志乃田《しのだ》」の小上がりに、佃たちはいる。

半月ほど前、「小さな和食屋ができて、これがなかなか評判いいみたいですよ」と聞き込んできたのは、耳の早い営業部の〝若頭〟、江原春樹《えばらはるき》だった。

試しに訪れたところ、佃はいっぺんで気に入ってしまった。

八重洲《やえす》にある老舗《しにせ》和食屋で修業したという主人が、夫婦ではじめた小さな店だ。料理は旨《うま》いし、店を仕切る女将《おかみ》さんの目も細かいところにまで行き届いている。この日のように、大切な客をちょっともてなすのには最適だ。

「シマさん、これからどうするつもりなんだい」

しばらく酒を酌《く》み交わした後、佃は打ち解けた口調できいた。「どこか行く当てはあるのか」

「いえ、いまのところは」

島津は、自嘲気味の笑いを浮かべ、首を横に振った。「大学に戻ろうかなとも考えたんですが、ちょっと難しそうだし」

「だったら、ウチで一緒にやらないかい」

佃はあらためて、いった。「さっき見てもらった通り、ウチはこれから本格的にトランスミッションに進出しようと思ってるし、シマさんが力を貸してくれるんなら、鬼に金棒だ。ウチの連中だって、大喜びすると思うんだ。ひとつ考えてみてくれないか」

島津の顔に喜びの色が浮かんだのも束《つか》の間、それはすぐに消え、心持ち顔を伏せると、

「なんだか疲れちゃったんですよね」

そう呟くようにいった。「いままで必死でがんばってきたのに、結局、それってなんだったのかなって。どうも気持ちの整理がつかなくて」

七年前。島津は、かつて帝国重工で同僚だった伊丹大に誘われ、ふたりでトランスミッション専門メーカー、ギアゴーストを立ち上げた。帝国重工という組織の片隅に追いやられ燻《くすぶ》っていたふたりにとって、それはまさに人生を賭した冒険のはじまりだったに違いない。

島津が設計した最新のトランスミッションを、伊丹考案のビジネスモデルで製造販売する。一切の内製はせず、ネジ一本に至るまで外注して製造拠点を持たないベンチャー企業だ。

新たなトランスミッションメーカーとして、斬新な着想でスタートした同社は、当初こそ苦戦していたものの、五年近く前にアイチモータースの量産コンパクトカーでの採用が決まり、ようやく軌道に乗った。

ところが、新興メーカーとしていよいよ成長を遂げるこのタイミングで、共同経営者だったふたりの関係が破綻したのである。

順調に回っているように見えたその歯車がなぜ狂ったのか、詳しいことは佃にはわからない。

いや、島津にもわからないのかも知れない。

「すみません、佃さん。もう少し、時間いただけませんか」

頭を下げた島津の心中を慮《おもんぱか》るとそれ以上何も言えず、

「ああ、わかった。ウチはいつでも歓迎するから」

佃はそう言い止めるしかなかった。


「なかなか、うまく行きませんね」

「志乃田」を出、駅の改札へ消えていく島津を見送ると、山崎が嘆息《たんそく》した。

「まったくだ」

佃も応じる。

「よりによってダイダロスと資本業務提携を組むなんて。いったい、伊丹さんは何を考えてるんだろう。挙げ句、シマさんまで追い出しちまって」

山崎はむしゃくしゃした様子で舌打ちしたかと思うと、どっと重い吐息を漏らした。

「財前部長がいなくなり、トノさんがいなくなり、そして今度はシマさんまで……。なんかこう、ガックリ来ちまいますね」

帝国重工で長く大型ロケット打ち上げを仕切ってきた財前が現場を去り、新部署に異動していったのは先月末のことである。大型ロケット打ち上げ部門において佃製作所は、強力な後ろ盾を失ったも同然であった。

また、佃製作所の番頭にして、佃の信頼できる相談相手だった〝トノ〟こと、殿村直弘が、家業の農家を継ぐため佃製作所を退職したのもまたこの三月のことである。

「それに、伊丹さんがダイダロスと組んだってのは、どうにもイヤな予感がするんですよね」

山崎は右手で顎《あご》のあたりをさすりながら、疑わしげに目を細めた。「ダイダロスのことだ、きっと何か仕掛けてきますよ」

急速に頭角を現し、小型エンジン業界に確実な地位を築きつつあるダイダロスは、いまや佃製作所最大のライバルといっていい存在になろうとしている。

「おそらくな」

ため息まじりに答えたものの、正直なところ、佃は不安であった。

そのダイダロスとギアゴーストの提携は、いわば、ギアゴーストと佃製作所の関係を否定するのと同義ではないかと疑わしいからである。

ギアゴーストのトランスミッションには、コンペの末に勝ち取った新バルブを納品する計画になっているが、こうなってみるとその実現すら予断を許さないものに思える。

重要な仲間を失い、さらに、トランスミッション事業の足がかりとして向き合っていたはずの取引先、ギアゴーストに——いや、社長の伊丹の変心に翻弄《ほんろう》される。

「こんなときにトノさんがいてくれたらなあ」

山崎が思わず嘆くのも無理からぬことだが、だからといって為《な》す術《すべ》もなく指をくわえて状況に甘んじているわけにもいかない。

生きていかなければならないからだ。

宇都宮市内にある工場も含めれば三百名近い社員を、佃は抱えている。彼らと、その家族の幸せは、ひとえに佃航平の双肩《そうけん》にかかっているのである。

不安に苛《さいな》まれようと、いかに不利な状況だろうと、その状況を打開できなければ、会社を守り、ひいては社員たちの生活を守ることはできない。経営者に求められているのは、悲嘆や後悔ではなく、常に先を見越した行動だ。

「いっぺん伊丹さんに会ってみるか……」

五反田《ごたんだ》方面からの電車が到着したのか、通勤客が改札から吐き出されてくる。その流れに逆らうように立ち、佃は誰にともなく呟いた。

3

佃航平が、ギアゴーストの伊丹の携帯に連絡を入れたのはその翌朝のことである。

「ここのところ、ご無沙汰でしたので、ご挨拶に伺いたいと思いまして」

そう切り出した佃に、伊丹はしばしの沈黙をもって答えた。

「まあ、そんなに気を遣っていただかなくても」

気乗りしない返事がある。

「そうおっしゃらず。今日明日で、どこか時間、ありませんか。会社にいらっしゃるのでしたら、少しだけ顔を出します」

逡巡《しゅんじゅん》が電話から伝わってくる。それはそうだろう、会えばダイダロスとの資本業務提携の話が出るかも知れない。伊丹は、その話が佃の耳に入っている可能性をすでに疑っているはずだ。

裏切り、裏切られていながら、お互い親密な取引先としての体裁《ていさい》を保っているというのも気持ちのいいものではなかった。

「今日の夕方でしたら……」

どこか面倒そうな伊丹の返事に、違和感を拭えない。

昨年、ギアゴーストが特許侵害で存続の危機に立たされたとき、それを救済したのは他ならぬ佃たちだ。

その誠意を反古《ほご》にするのなら、本来、伊丹のほうから仁義を切るのがスジである。

こんな男だったか──。

唐突に、そんな思いに囚《とら》われつつ、

「何時ならいいですか」佃はきいた。「それに合わせますので」

「じゃあ、五時で。ただ、あまり時間がないので三十分ほどでお願いできますか」

下町で生まれ育ち、町工場を経営している父親の背中をずっと見てきた男だ。佃の知る伊丹は、ぶっきらぼうだが、人情味のある男であったはずだ。

なのに、いま電話の向こうから伝わるこのよそよそしい息遣いはどうだろう。

「ではその時間にお伺いしますのでよろしくお願いします」

電話を切った佃は、しばし社長室から見える大田区界隈《かいわい》の住宅街を見つめ、陰鬱《いんうつ》な吐息を漏らしたのであった。


大田区下丸子《しもまるこ》にあるギアゴーストまでは、クルマで二十分ほどの至近なのに、その距離がやけに遠く感じられた。

社用車のハンドルを握るのは山崎だ。佃はその助手席で、口数も少なく、これから予定されている伊丹との話し合いに思いを馳《は》せている。

「シマさんからの情報、先方がいうまで黙ってるべきですかね」

同じく伊丹との対談のことを考えていたらしい山崎がきいた。ダイダロスとの資本業務提携の話である。「情報源を知られたら、シマさんに迷惑がかかるかも知れません」

「とりあえず、相手の出方を見ようや。いずれにせよ聞くことになるだろうがな」

佃はこたえる。「もしかしたら、オレたちが納得できるような理由があったのかも知れないし」

現実にそんな可能性があるとも思えないが、一方で、そうであって欲しいとも、佃は思うのである。

このときになって佃はようやく、自分の中にある、もやもやの正体がわかったような気がした。

結局のところ、佃は伊丹大という男に、そしてギアゴーストという会社にあまりに惚《ほ》れ込んでいたのだ。

もしこれが他の取引先であったなら、佃のことだ、烈火の如《ごと》く怒り狂ったに違いない。だが、そこまでできないのは、同じ下町育ちとして、心のどこかで伊丹のことを信じたいという一縷《いちる》の思いが断ち切れないからだ。

むしろ、怒り狂うことができればそのほうが楽なのかも知れない。だが、そうできないからこそもどかしく、摑《つか》み所もなく宙ぶらりんな感情を持てあますことになるのだろう。

やがて、フロントガラスの向こうに、特徴的な社屋が見えてきた。ギアゴーストは伊丹の父親の代からあるという老朽化した建物を改造し、古くてモダンな、不可思議な印象のオフィスを大田区の下町に構えている。

裏手にある来客用駐車場に社用車を入れた。正面玄関のガラス戸を入った土間にはトランスミッションを展示したショーケースが並び、奥の小ぢんまりしたオフィスに社員たちが机を並べているのが見える。佃らが入ってきたのに気づいて立ってきた若手社員が、応接室に案内してくれた。ガラス戸でオフィスと隔てられただけの部屋である。見れば、つい先日まで島津が座っていた場所に、いま見知らぬ男が座ってパソコンのモニタを睨《にら》んでいた。

「もうシマさんの代わりがいるのか」

呟いたのは佃ではなく、山崎のほうだ。「代わりを見つけた上で、シマさんを追い出したってことですかね」

応接室で待たされること数分、「お待たせしました」、というひと言とともに伊丹が入室してきた。

相変わらず無愛想で、一見とっつきにくい印象はそのまま、佃と山崎の向かいにある肘掛け椅子にどっかと腰を下ろす。

「ここのところご挨拶していませんでしたので。その後、ヤマタニへの新トランスミッションの売り込みがどうなったか、状況をお伺いしようと思いまして」

佃は切り出した。

ヤマタニは、佃製作所とも親交が深い大手農機具メーカーである。ギアゴーストは、ヤマタニの新機種向けにトランスミッションの供給を狙っており、以前、苦労の末に佃がコンペで落としたのはそのトランスミッションのためのバルブであった。

いくらコンペで勝っても、ギアゴースト製トランスミッションがヤマタニに採用されない以上、佃の出番はない。ところが――。

「あ、まだ担当から連絡してませんでしたか」

伊丹はしまったな、という顔をしてみせた。「実はヤマタニの経営計画が変わりまして、あのトランスミッションそのものが棚上げになりそうなんです」

「いや、そんな話は――」

あまりのことに佃が絶句すると、

「まあ、そういうことですので、せっかくコンペに参加していただいたんですが、期待にはこたえられそうにないかなと」

伊丹の口調は淡々としていた。

「しかし、それでは御社にとっても打撃でしょう。トランスミッションの開発費もさることながら、農機具業界に参入するという目論見《もくろみ》が外れるわけですし。なんとかならないんですか」

問うた佃に、

「いや、ウチは別な形で参入することになりますので」

伊丹は意外なことをいった。

「あの、別な形とは、いったい……」

問うた山崎に、「それはまだ内緒でして、詳しくはちょっと」、と言葉を濁《にご》す。

「ヤマタニの新たなラインナップじゃないとすると、既存のトラクターとかのトランスミッションを受注されるということですか」

「いや、新しい農機具ですよ」

意味がわからない。

「それに、今度開発されたトランスミッションを投入されるんですか」

「まあ、そういうことになりますね」

伊丹のこたえは、佃の内面に波を立てた。

「であれば、うちのバルブを使っていただけませんか。新しい農機具というのが、どんなものかはわかりませんが、コンペまでして認めていただいたんですから」

「それは無理ですね」

伊丹はさらりといった。「そっちはもう、大森《おおもり》バルブさんで決まってますので」

我が耳を疑うとはこのことだ。佃は思わず顔色を変え、気づいたときには、

「それはないんじゃないですか」

というひと言を発していた。「伊丹さん、ウチは御社のためにいろいろお手伝いしてきたじゃないですか。訴訟の件もそうです。なのに、せっかく開発したバルブは使い途《みち》がなくなった、新たなトランスミッションにはライバル企業に発注済みで使えないだなんて。あんまりですよ」

「ライバル企業って」

伊丹は、小さな笑いを噴き出した。「大森バルブは御社のライバルとはいえないでしょう。あっちは、押しも押されもせぬ大手企業ですよ」

「ちょっと待ってください。御社は前回のコンペでウチのバルブを選んでくれたじゃないですか」

「前回のコンペでは、ね。ただ、今度は話が別ですから」

取り付く島もない返事である。

「伊丹さん、ウチがどれだけ御社との取引に期待していたかわかりますか。その話が頓挫《とんざ》しかかっているんなら、それだけでもすぐに知らせていただきたかった」

腹の底で熾火《おきび》のように燃えはじめた怒りを抑えた佃に、

「それは、御社の事情ですよね」

にべもない返事を、伊丹は寄越した。「まだ正式な決定でもないのに途中経過を知らせろとおっしゃるんですか。担当が連絡しなかったかも知れませんが、そこまでの義務はないでしょう。他の下請けでそんなことをいってくるところはありませんよ」

佃製作所など下請けの一社に過ぎないと、伊丹は切り捨てたのだ。

「一緒にやっていけると思って、この前の訴訟も力添えしたんですよ、伊丹さん」

「その節はありがとうございました」

両手を膝につき、伊丹はお座なりに頭を下げた。「ですけど、それはそれとお考えください。ウチにはウチのビジネスモデルがありますから」

「そのビジネスモデルに、弊社が入り込む余地はないと、そういうことでしょうか」

「申し訳ないですが、いまのところはありませんね」

伊丹はいうと、そういうことですので、と話を切り上げようとする。

「ちょっと待ってください、伊丹さん――」

いまにも腰を上げそうな伊丹に、そのとき佃は切り出した。「ダイダロスと資本業務提携したって、本当ですか」

すっと感情を消した伊丹の目が、佃に向けられた。

「どこでそれを?」

「あるところから、小耳に挟んだもので」

佃はこたえた。「まさか、そんなことはされないですよね。ダイダロスはウチのいわばライバル企業ですよ。あなたは先ほどビジネスモデルとおっしゃいましたが、ビジネスは人がやるもんです。人として、そんな裏切りのようなことをされるとは、俄《にわ》かには信じられないんですが」

じっと佃の様子をうかがっていた伊丹から、ふっと笑いが洩《も》れた。

「さては、島津かな。余計なことをいったのは」

「こういう話は、いろんなところから洩れてくるものですから」

あえてぼやかした佃に、伊丹は息をすうっと大きく吸い込み、吐き出した。

「そこまでご存じなら別に否定はしません。その通り。ウチはダイダロスと資本提携しました。これからは、ダイダロスさんと業務面でも協力してやっていきます。もし、ウチとの業務提携を期待されていたんでしたら申し訳ないですが。ウチも生き残っていかなきゃならないんで」

「それは、ウチとでは生き残れないと、そういうことでしょうか」

まっすぐに伊丹の目を見据え、佃は問うた。

「まあ、そういうことかな」

「ふざけるのもいい加減にしてくださいよ、伊丹さん」

何かがはじけ飛ぶような感覚と同時に、佃は口を開いていた。「いままで長いこと生きてきたが、こんなふうに裏切られたのは初めてだ。いまここに至るまで、少しでもあんたのことを信じようとしてきた自分が情けない」

「それは失礼しました」

感情のこもらない声でいった伊丹は、面倒くさそうに盛大なため息をついた。

「どう思われようと結構。ともかく、そういうことですので。もうよろしいですか?」

そういうとさっさと立ち上がり、伊丹は一方的に話を切り上げたのだった。

重苦しい沈黙が、会議室を支配している。

そこにいるのは佃と山崎の他、軽部らトランスミッション開発チーム、そして営業部の関係者たちだ。

「さっき、ギアゴーストの柏田《かしわだ》さんに連絡してみたんですが、ヤマタニの話が立ち消えになった件、とっくにウチも知っているものと思っていたそうです」

営業部の江原の報告に、

「そんなバカな話があるかよ」

営業第一部長の津野薫《つのかおる》が吐き捨てた。「仮にヤマタニと付き合いのあるウチが小耳に挟んでいたとしても、こんな重要なことはギアゴーストからきっちり話を通してくるのがスジじゃないか」

「結局、あんなコンペ、なんの意味も無かったってことかよ。けったくそ悪い話だぜ、まったく」

バルブ開発のリーダーを務めた軽部は頭の後ろで両手を組み、暗澹《あんたん》たる様で天井を仰いだ。

「あの、ひとつ聞いていいですか」

立花が、小さく挙手していた。「なにが伊丹社長をそんなふうに変えてしまったんでしょう。そんな人じゃなかったと思うんですが」

「過去へのこだわり、ということらしい」

自分でも呑《の》み込めないまま、佃は島津から聞いた話をしてみせた。伊丹がダイダロスに与《くみ》したのは、かつて煮え湯を飲まされた的場俊一《まとばしゅんいち》に復讐《ふくしゅう》するためだという。的場は、帝国重工の次期社長候補と目されているやり手の取締役だ。

「前職の恨みですか」こちらも釈然としない口調で、営業第二部長の唐木田篤《からきだあつし》が吐き捨てる。「いつまでこだわってんだよ」

「理由はどうあれ、もうウチは要らないと、そういうことですよね」

津野はいい、「上等じゃないですか」と目を怒《いか》らせた。

「しかし社長、気になりませんか」

黙って話を聞いていた山崎がそのとき口を挟んだ。「伊丹さんがいってたヤマタニでの別の話ってなんなんですかね。ツンさん、聞いてない？」

問われた津野も首を傾《かし》げた。津野が部長を務める営業第一部は佃製作所の主業である小型エンジン担当だ。エンジンの納入先であるヤマタニには、頻繁《ひんぱん》に出入りしている。何らかの動きがあれば、津野の耳に入らないはずはなかった。

「いや、変わった動きはなかったように思うんだが。どうだ」

話を振られた同社担当の埜村耕助《のむらこうすけ》も、

「とくには何も聞いてません」

そういって首を横に振った。

「またダイダロスに出し抜かれてるんじゃないか。蚊帳《かや》の外に置かれてるとかさ。最近のヤマタニを見てると有り得ない話じゃない」

唐木田の痛烈な指摘に、

「そんなことないよ」

津野が言い返したところで、「まあとにかく」、と佃が割って入る。

「ツンさんは引き続きヤマタニでの情報収集に努めてくれ。万一新しいプロジェクトが動いていれば、ウチが入り込む余地があるか探ってもらいたい。いずれにしても、ギアゴーストとの取引は一旦、白紙だ。トランスミッションのバルブについては、他に引き合いがないか、唐木田さん、引き続き頼む」

唐木田の率いる営業第二部は、エンジンを除く機械製品の販売が主担当だ。当然、トランスミッション関係もそれに含まれる。外資系企業で敏腕の営業部長として鳴らしていた唐木田は、社内きっての論客であると同時に、戦略家でもあった。

「ウチと組んでいては生き残れないっていったんですよね、伊丹社長は」

内なる闘志を燃やして唐木田はいった。「だったら、そうじゃないってことを証明してやりますよ。ハシゴ外されて黙って引き下がるほど佃製作所は甘くないですから」

ギアゴーストの危機に、佃製作所は全員で力を貸したのに、その結果がこれか――。

やり切れなさの一方、出口もなく渦巻く怒りのマグマが会議室に内在している。

打ち合わせを終え、自室に戻った佃は、椅子に体を投げ出してため息とともに天井を仰いだ。

取引先と訣別《けつべつ》するのは簡単だ。だが、目論見の狂ったビジネスの穴を埋めるのは、そう容易なことではない。

中小企業の経営は、快適に続く一本道とは違う。曲がりくねり、無数の路地が口を開ける難路だ。しかもそこには、頼りになるナビもなければ、先導してくれる道案内もいない。

「わかってるんだよ、そんなことは」

ひとり呟いた佃だが、ではどうすればいい、という答えはすぐに見つかりそうになかった。

帝国重工の財前から電話があったのは、そんな鬱々《うつうつ》とした日を送っていた最中《さなか》のことである。

4

財前道生の新しい名刺の肩書きは、「宇宙航空企画推進グループ部長」となっていた。

財前と最後に会ったのは先月、準天頂衛星ヤタガラス最終機の打ち上げ現場でのことだ。それを花道として現場を去った財前のスピーチは、いまも佃の脳裏にはっきりと残っている。

「私が第一弾としてぶち上げるのは農業です。私は——危機にあるこの国の農業を救いたい」

財前はそう明言したのであった。とはいえ——。

あれからまだひと月も経《た》っていない。

新たな部署を立ち上げたばかりで、この日はその挨拶程度だろうと思って会った佃に、

「ひとつ折り入って相談があるんですが」

財前はそう切り出して佃を驚かせた。

「相談、というのは……？」

忙しいだろうからこちらから出向くといったのに、財前はこの日、わざわざ、佃製作所を訪ねてきた。そこには明確な目論見があったのだ。

「いままでは大型ロケット打ち上げを推進してきましたが、これから私が担当することになったのは、いわばその周辺ビジネスです」

「あのとき農業とおっしゃいましたね、財前さん」

佃が指摘するや、財前の目が底光りしたような気がした。「実はあのスピーチのときにお伺いしたかったんですが、農業をどう周辺ビジネスに仕立てるおつもりです」

「ヤタガラスと関係があると申し上げたはずです。相談というのはそれに関係することです」

ヤタガラスとは、政府が打ち上げた準天頂衛星の名前だ。全部で七機のヤタガラスが打ち上げられたことによって、GPSなどでは従来十メートルほどあった誤差が、わずか数センチにまで改善された。

主にIT関係などでの応用が期待されるといわれているのだが、

「私が考えているのは、無人農業ロボットです」

意外なひと言を、財前は告げた。「田植機、トラクター、コンバイン。いままで人が操縦してきた農機具を無人の自動運転で操作できるようにする。誤差数センチの測位システムを使えば、人と同様、むしろそれ以上に正確な農作業が実現できます」

財前は続ける。「いま日本の農業は、かつてない勢いで高齢化が進み、深刻な労働力不足に喘《あえ》いでいます。就農人口の実に七割近くが六十五歳以上の高齢者なんです。このまま十年も経てば、おそらくこの年齢層の人たちは体力的に離農せざるを得なくなるでしょう。新たな農業の担い手がいなければ日本の農業は廃《すた》れ、そればかりかノウハウまで失われることになってしまう。私はその危機的な状況をなんとか救いたい」

口調に熱を帯びた財前は、カバンから出した資料を佃の前に広げた。「私が企画しているこの無人農業ロボットは、ヤタガラスからの測位情報を頼りに誤差数センチでの自動運転を可能とするものです。作業は昼夜問わず可能で、パソコンからの指示で納屋を出、田んぼに行き、農作業をして自動で帰ってくる。これにより、農作業は格段に楽になり、しかも作業効率が向上して経営面積を増やせることによって、世帯収入は飛躍的に向上します。就農者三人の家族であれば、都会で齷齪《あくせく》働くサラリーマンよりも豊かな生活を送ることが可能になる。都会から農村へ。若手の就農者を増やし、〝きつい、つらい、儲《もう》からない〟農家のイメージを、〝楽しく、豊かで、成長する〟前向きなイメージへ転換することができるんです。そうすることで、日本の農業を復活させたい。農業が若者の職業選択肢のひとつとして定着すれば、いま直面している農業の危機を回避する有効な手段になるでしょう。そのために私は、この無人農業ロボットをなんとか実現したい。手を貸していただけませんか、佃さん」

直截《ちょくせつ》に問われ、佃は思わず返答に窮した。

一気に大量の情報が押し寄せ、それが整理できないうちに、判断を求められたようなものだ。

「ちょっと待ってください」

右手を前に差し出した佃は、そのままの格好で静止し、いま財前が語ったことを頭の中で反芻《はんすう》してみる。

たしかに、日本の農業救済というテーマが壮大であるだけに、それを帝国重工が志すことについては何の違和感もない。準天頂衛星ヤタガラスの打ち上げに携わった財前の着眼点も納得がいくし、素晴らしいと思う。

だが、事業主旨はそれとして、手を貸せといわれても何をどう貸せばいいのか。そこがピンとこないのであった。

それを問うた佃に、

「ウチには──帝国重工のラインナップには、農機具がありません。佃さんには、エンジンとトランスミッションを供給していただきたい」

財前の要求は明確であった。

「トランスミッションも、ですか？」

佃は驚いてきいた。

「以前、お会いしたとき試作もそろそろ完成に近づいているとおっしゃってました。農機具のトランスミッションだとたしかお伺いしたはずです」

ロケット打ち上げ作業の合間の立ち話を、財前は覚えていたらしい。おそらく、その段階で財前の頭の中では、この構想ができあがっていたのだろう。

「いかがでしょう。佃さんにとっても、悪い話ではないと思いますが」

「それはもちろん」

答えたものの、事はそう単純ではない。「しかし、エンジンとトランスミッションだけでは農機具はできません。それ以外のところはどうするんです」

「農機具こそないものの、ご存じの通り帝国重工には様々な製造ラインナップが存在します。大型重機もあれば戦車もある。どれも重厚長大なものばかりと笑われそうですが、その技術を応用すればトラクターの大部分を設計製造することができる。すでに、その辺りのリサーチは済ませてあります。ただし、エンジンとトランスミッションだけは、社内で新しく開発したのでは時間とコストがかかりすぎる」

「だからウチというわけですか」

佃はこたえたものの、ふと胸に浮かんだ疑問を口にしないではいられなかった。

「ですが、それなら既存の農機具メーカーと業務提携されたほうが簡単なんじゃないんですか」

「いえ」

財前は首を横に振った。

「我々としては帝国重工の将来を担うビジネスを構築することを目的としております。既存の農機具メーカーは、いわば競合です。まる投げしたのでは意味がありません」

「なるほど」

頷いた佃だが、まだひとつ大きな疑問があった。それは、このビジネスプランの根幹に関わることである。「しかし、無人農業ロボットとおっしゃいました。いままでの道具立てが揃《そろ》えばおそらくそれなりのものはできるでしょう。ですが、無人にする技術、つまり自動走行のところはどうされるおつもりですか」

佃は問うた。「パソコンのプログラムで農機具を動かすのには、相当の技術力が必要になります。それは新たなトラクターを設計製造するのとは次元の違う話だと思いますが。その技術が帝国重工にはあるということですか」

多くの研究開発部門を抱えている帝国重工のことだ、新たに開発されたコア技術を根拠とした話かも知れない。そう考えた佃であるが、財前は小さく首を横に振った。

「残念ながら、その技術はウチにはありません」

拍子抜けするこたえに、佃は思わずそう問い返していた。根拠となる技術がないのなら、この話は単なる夢物語ではないか。

「佃さん、野木博文《のぎひろふみ》さんという方をご存じですよね」

財前から思いがけない名が飛び出したのは、そのときである。

「野木？」

どこかで聞いたことがある。そう思った瞬間、佃の記憶が急速な勢いで巻き戻された。

「野木って、あの野木ですか。私の大学時代の友人で——」

佃と一緒に大学院に進み、その後《のち》佃が宇宙科学開発機構に転出してからも大学の研究室に残っていたはずだ。

大学時代には親しくしていた男だが、ふと思い返してみるとかれこれ十年以上、少なくとも佃が家業の佃製作所の社長に就任してからは連絡を取っていない。佃のほうも研究室に残った野木がその後どうなったか知らないままだ。

「野木さん——いや、野木博文教授はいま、北海道農業大学で、ビークル・ロボティクス研究の第一人者です」

「ビークル・ロボティクス……」

「ない」

「農業用車両のロボット化研究、つまりいまお話ししたような無人農業ロボットのまさにベースとなる技術です」

「それをあの野木がやっているんですか」

大学時代の、ひょろりとした友人の姿を思い出し、佃は無性に懐かしくなった。ひょんなところで昔の仲間の消息を知る。それがいい報《しら》せであればなおのこと感慨深い。

「で、野木もこれに加わってくれると？」

肯定の返事を期待してきいた佃だが、「それが……」、財前は表情を曇らせた。

「実は先日お会いして話をさせていただいたんですが、まだ返事をいただいていません」

「何か問題でもあるんですか」

意外に思って、佃はきいた。

大学の研究室はタイトな予算を強《し》いられていることが多い。天下の帝国重工と提携できれば潤沢な研究開発費を得ることができるはずだ。ふたつ返事で承諾しても不思議ではないくらいだ。

「詳しいことはおっしゃらなかったんですが、どうも我々のような一般企業と組むことに抵抗感がお有りのようで」

「抵抗感、ですか」腑《ふ》に落ちない話である。

「いや、そうおっしゃったわけではないので本当のところはわかりません。ただ、このビジネスプランにあまりいい顔をされなかったのは事実です」

「なにか理由をいってませんでしたか」

「具体的には何も。考えておきますが期待はしないでください、と。私の話し方が悪かったのかも知れませんが」

「そんなことがあるかな」

佃は首を傾げた。少なくとも佃の知る野木は、さっぱりとして実直な人柄である。決して気難しい男ではない。あるいは何か、学者ならではの事情でもあるのだろうか。

「野木の協力を得られないことには、このビジネスも成立しない。そういうことですか」

問うた佃に、財前はあらたまった調子になり、

「佃さん、私に力を貸していただけるのであれば、ぜひ一緒に、野木教授の説得に行ってくださいませんか」

そう頼み込んだ。「佃さんから説得していただけば教授も腰を上げてくださるのではないかと思うんです」

「野木に、この話に私も加わることは――」

「まだ話していません」

佃は椅子の背にもたれて考え込んだ。

どうやらそう簡単な話ではなさそうだが、佃製作所にすれば、財前の申し出はまたとないビジネスチャンスに他ならない。

「わかりました」

佃は、意を決した。「行きましょう。野木には私が同道するとお伝えください。そうすれば少なくとも、うまいものを食わせる店ぐらいは教えてくれるはずですから」

「ならばこの話、佃さんは――」

「一応、社内には諮《はか》りますが、反対する者などいるはずがありません。全力で受けさせていただきます」

財前が差し出した右手を握り返した佃は、すぐにスケジュールを確認すると、北海道行きのための日程をいくつか告げた。

5

四月下旬の北海道の空気は清冽《せいれつ》で澄み渡り、微《かす》かな冬の名残りすら感じさせた。

札幌駅からタクシーでほんの数分のところにある北海道農業大学は、広大な敷地を擁する旧帝国大学の流れを汲む一大学府である。

緑の多いキャンパスに点在する校舎の間には、カフェやレストランといった飲食店、広場や小川まであった。その広さ故、学生たちの移動は、もっぱら自転車だ。いま佃と財前を乗せたタクシーはその敷地内を走る道を往《い》き、

「突き当たりに見える校舎で止めてください」

財前の指示で止まったのは、重厚感のある古い煉瓦《れんが》造りの建物の前であった。

後部座席から降り立った佃が見上げたのは、野木博文が研究室を構える大学院棟である。

三階にある野木の研究室には、数人の学生がいた。海外からの留学生らしい姿も混じっている。ドアも窓も開放したままで、壁を埋めた書籍の匂いに、からりと乾燥した北の空気が入り混じっていた。

「ちょっといま実験農場に出ていて戻りが遅れています。少々お待ちください」

アジア系大学院生のたどたどしい日本語の説明に礼をいい、案内された奥の部屋で待つ。

五分ほど待っただろうか、「ああ、お待たせしました。すみません」、詫《わ》びの言葉を口にしながら入室してきたのは、スラックスにワイシャツ姿の男だ。

「いやあ、久しぶり」

満面の笑みを浮かべた野木は、そういって右手を差し出した。「音信不通にしてし

まって申し訳ない。よく来てくれたな、佃」

「こちらこそ、連絡しなくてすまん。あれからいろいろあって、実はいま家業の会社を継いでるんだ」

「そうなんだってな。研究所から離れてしまったのはぼくとしては残念だが、素晴らしい会社だそうじゃないか」

佃のことを話してくれたという共通の友人の名前を出す。

「いや、まだまだだよ」

佃はいって、話題を本題へ向けた。「オレのことなんかより、野木、凄《すご》いじゃないか。実はこっちも財前さんから話を聞いた後にネットで調べてみたんだ。素晴らしい研究だと思うよ。財前さんが目をつけるのも当然だと思った」

「お前にそういってもらえるだけでうれしいよ」

野木は謙遜《けんそん》し、財前に顔を向けると、「すみません。私の態度が煮えきらないばかりに二度も来てもらって」、そう詫びた。

「いえ、とんでもない。こちらこそ厚かましく押しかけまして」

頭を下げた財前に代わり、

「もう聞いたと思うが、実はウチの会社で無人農業ロボットのエンジンとトランスミッションを供給することになったんだ」

佃が言葉を継いだ。「この前話を聞いてから、農業についてオレもいろんな勉強をして、今回の事業がいかに日本の将来に寄与するか改めて気づかされた。同時に、野木教授の――」

佃はあえて肩書きで野木を呼んだ。「研究がいかに有意義なものであるかを学んだんだ。この事業が軌道に乗れば、農業の未来に貢献することができる。一緒にやってくれないか」

「まあ――そうだなあ」

野木は曖昧《あいまい》にいい、横顔を見せた。

「何かあるのか」

その態度に財前と目を見合わせ、佃は問うた。「もし、我々で解決できることならいってくれ」

「いや、そんなのはないよ。単にぼくの気持ちの問題だ」

その気持ちの問題がなんなのかわからない。

「産学連携とか、そういうビジネス構造が問題だということか」

もしやときいた佃に、「まあ、そんなところかな」、というこたえだ。

実際、産学連携ビジネスでトラブルになることは珍しくない。しかし、今回の相手は帝国重工だ。帝国重工を信用できないのなら、他のどんな会社だって信用に値しないと言い切れるほどである。

「それより、せっかく来てくれたんだ。ぼくの研究を見てもらえないか」

野木がいった。「実はいま準備してきたところだ」

どうやら遅れてきたのはそのせいだったらしい。

「ぜひ、見せてくれ。楽しみにしてきたんだ」


野木が案内したのは、校舎を出て五分ほど歩いたところにある実験農場であった。

からりと晴れ上がった春の日差しの下、何も植えられていない、ただ土くれだけの畑が拡《ひろ》がっている。

風が、強かった。

農場の乾いた土を舞い上げていく。その風に吹かれながら、舗装していない農場内の道路に、いま佃たち三人は立っていた。

「お願いします」

スマホを取り出した野木がどこかに電話をかけて指示を出し、佃たちを振り向いた。

「あそこに建物があるでしょう。あれが格納庫なんです。ちょっと見ててください」

農場の片隅にある建物を野木が指さしたとき、風の音に混じって微かなエンジン音が聞こえてきた。建物の入り口は開け放してあるが、佃たちのところからは中の様子は見えない。

やがて——。

その建物の中から赤いトラクターが現れ、佃は思わず感嘆の声を上げた。

その運転席には誰も乗っておらず、完全に無人だったからである。

格納庫を出たトラクターは、農場へと続く農道を時速二十キロほどのスピードで走行しはじめている。

「格納庫から出て、前方の道を直進した後、この農場の外周にあたる農道を走るようにプログラミングしてある」

野木が説明した。

「指示はパソコンで？」

直進後数十メートル走ったところで外周道路へと右折したトラクターを見ながら、佃が尋ねた。

「さっきいた研究室からウチの学生がパソコンで管理してるんだ。今回は、おふたりの視察されるタイミングに合わせてスタートさせたんだが、スタート時間は予約することもできる。その時間になると、トラクターは自動的にエンジンがかかり、格納庫から出て農場まで行き、作業をはじめる」

「当然、夜でも？」

佃が問うた。

「夜でも。雨の日でも」

農場の外周を回ってきたトラクターが佃たちのいる農場の一本道に入ってきた。車体の色でわかっていたことだが、ベースになっているのはヤマタニ製の最新型トラクターであった。搭載されているエンジンはボンネットを開けてみるまでもない。

「これ、ウチのだ」

佃の発言の意図はすぐには伝わらなかったか、野木の問うような眼差しが向けられる。エンジン音が一層大きくなる中、佃は声を張り上げた。

「このエンジン、作ってるのは、ウチだ」

野木の目が見開かれるのがわかった。

「ヤマタニに供給してる。カタログでは説明されてないけどな」

佃製作所で開発している「ステラ」だ。

「こんなところで、繋《つな》がってたのか」

感心したような野木の口ぶりには、ともすると感動といってもいいような情感がこもっている。

三十余年前、佃と野木は、机を並べ、同じ講義を受けていたこともある友人同士だった。片や研究者の道を諦めて家業を継ぎ、片や農業分野での研究を続け、遠く離れた北海道で大学教授の職にある。一見なんの繋がりもなく、連絡も途絶えて久しいふたりが、それと知らず一台のエンジンで繋がっていたのだ。

「人生ってのはおもしろいもんだ」

これも縁だと佃は思う。世の中には、奇遇としかいいようのない出会いが数多くある。そうした偶然には、科学的な証明はされていないものの、なんらかの因果関係が存在しているのではないか。時々、佃はそんなふうに思うこともある。

無人トラクターの実演は、これからが本番であった。

佃たちの前を通過したトラクターは農場の端までくると正確に向きを変え、畑の中へ進入していく。後方に接続された作業機の金属爪が回転しはじめると同時に、予め《あらかじ》設定された深度にまで下がりはじめた。

「精度に注目してくれ」

視線をトラクターの動きに集中させた佃に、野木がいった。「準天頂衛星《ヤタガラス》による測位精度が上がったおかげで、誤差は三センチ以下。ほとんどブレがなく安定してるだろ。実際に作物が植えられている畑や田んぼでも、畝《うね》を乗り越えたり、苗を踏み倒したりすることもない」

「ヤタガラスが打ち上げられる前とどのくらい違うんだ」

佃の質問に、「まったく違う」、というきっぱりとした返事があった。

「外部からの補正信号なしにGPSだけに頼ってたときには、十メートルも蛇行したりしてたから。それに比べれば、この精度は夢のようだよ」

誤差十メートルから数センチへ。まさに、準天頂衛星ヤタガラスによる測位精度の向上がもたらす恩恵だ。

「実用性ということではどうなんだ」

「まだ詰めるべきところは残っているが、ほぼ実用化段階といっていいと思う」

トラクターは佃たちが見ている前で畑を五往復ほどしてプログラミングされた作業を消化すると、再び農道を通って出てきたのと同じ格納庫へと戻っていった。

絶えまなく聞こえていたエンジン音が消え、あたりは再び風の音に占められた。

「なあ教えてくれないか、野木。何を躊躇《ちゅうちょ》してるんだ」

佃はきいた。「実用化が視野に入ってるんなら、前に進むべきだろう。これだけの技術だ。もしかして、我々だけじゃなく、いろんなメーカーから話を持ち込まれて決めあぐねているとか、そういう事情か」

「いや、そんなんじゃないさ」

晴れ渡った空を見上げた野木は、少し淋しそうな顔をして、「すまんな」、とまた詫びた。

野木の決断を逡巡させているものが何なのか、佃には想像もつかない。だがいま、目の前で何らかの葛藤を抱えているのは、屈託もなく笑い合い、飲み、時に夜ふけまで真剣な議論を戦わせていたあのときの野木ではなかった。三十余年もの間に、野木は野木で様々な苦労を重ねてきたのだろう。

これから先、野木をどう説得すればいいのか考えあぐねる佃に、

「ところで、ふたりとも今日帰るのか」

野木のほうからきいてきた。

「いや。今日は一泊して、明日ゆっくり帰ろうと思ってる」

「だったら、今晩メシでもどうだろう。財前さんも」

「よろしいんでしょうか」

恐縮する財前に、

「構いません。ビジネスの話はビジネスの話。こうして私の研究に興味を抱いてくれることについては本当に嬉《うれ》しいと思ってるんです。佃の近況も聞きたいし」

そういうと、思い出したように野木がきいた。「そういえば、沙耶《さや》ちゃん、元気か」

沙耶は佃の元妻で、つくば市にある政府機関で働く研究者だ。研究者同士の結婚であったが、佃が宇宙科学開発機構を去り家業を継いだのがきっかけで別々の道を進むことになった。

「実は別れた」

はあっ、と佃は短く嘆息していった。「よりによって、それを聞くか、お前」

「そうだったか。すまんすまん」

野木が頭のうしろに手をやって、苦笑いを浮かべる。佃にとっては不本意ながら、それで野木との距離はまた学生時代のそれにぐんと近づいた気がした。

6

その夜、野木が案内してくれたのは札幌市の繁華街ススキノにある和食の店であった。

「本当に今日はいいものを見せてもらったよ。ありがとう」

佃がその日そのセリフを口にしたのは、何度目だろうか。「研究開発にもいろいろなものがある。中には、基礎研究のような、重要だけどもそれがどんなふうに実用化され、世の中に貢献するか想像すらつかないものもある。だけど、野木──お前の研究はいい。日本の農業が抱える問題と真正面から取り組み、成果を上げることができる。一般の人たちに、あこれで救われたって、そんなふうに思ってもらえる技術はそうはない。まさにブレークスルーだ」

ブレークスルーとは、それまでの障害を乗り越える、突破する技術という意味である。

「ロケットエンジンのバルブシステムだって、そうじゃないか」

野木がいった。「そのバルブがあったからこそヤタガラスが打ち上げられ、あのトラクターが動いているともいえるんだから」

「いやいや、そこまでのものじゃないよ。そもそもその衛星を打ち上げるロケットを飛ばしてきたのが財前さんだ。彼がプロジェクトマネージャーとして全てを仕切ってきたんだから」

「そうなんですか」

野木は初めて知ったようだった。

「実はヤタガラスの七号機が私の最後の仕事になりました。打ち上げが成功して本当によかった。今日のデモを見て、あらためて、心からそう思いました」

「そうだったのか……。ありがとうございます」。そんなふうに礼をいうのも野木らしい。

「なあ野木、そろそろいいんじゃないのか」

佃が改めて問うたのはそのタイミングだった。「話してくれよ。なんで実用化に気が進まないんだ。何があった？」

黙したまま、野木は正面の壁にそっと視線を置いている。

どれくらいそうしていたか、苦しげな吐息とともに喉のあたりを上下させた。

「実は五年前、ある会社から共同研究を持ちかけられてね、提携したことがあった。いわゆる産学協同だ」

その事実を、どうやら財前も知らなかったらしいのは、表情を見ればわかる。「ぼくの研究開発を手伝いたい、ゆくゆくは一緒に実用化を目指しましょうというので、先方がそのために設立した会社の研究員たちを学外の共同研究者という立場で、うちの研究室に受け入れたんだ。受け入れる代わり、研究開発のために必要な機材をその新設会社が出すという約束でね。ところが、先方から送り込まれてきた研究員たちには裏があった」

「裏？」

俄かに険しい表情を浮かべた野木に、佃はきいた。

「その頃はまだ、自動走行制御技術は未完成で、五年後に——つまり今年を目途《めど》に実用化を目指す計画だった。実用化のノウハウと資金は先方が出し、ウチは利益の十パーセントにあたるロイヤリティを受け取るという契約だ。ところが、一年も経たないうちに、一方的に契約解除を通告してきたんだ。理由は、こちらの契約義務違反だっていうんだな」

「どんな義務違反なんだ」

「送り込まれてきた研究員に必要な開発ソースを開示しなかったというんだ。だけど、そんな話は当初の契約にはなかった。契約にはただ共同研究者として受け入れるとあっただけだ。先方の主張は、開発ソースの情報提供なしに共同研究は不可能であり、これはぼくに責任があるというんだな。そして、拠出した分の二千万円を弁済せよといってきた。で、結果的に裁判になった」

「どうなった」

佃が問うと、野木の表情が苦々しく歪《ゆが》んだ。

「勝つには勝ったよ。通信技術のコアになる開発ソースはぼく個人の技術だ。共同研究は実用化のためのもので、そこまで開示する義務はないという判決だ」

「それだったら、よかったんじゃないのか」

なお暗澹たる面差《おもざ》しの野木に問うた佃に、

「ところがそれだけじゃなかった。それに気づいたのは、実はその裁判が続いていた頃のことだ」

野木は、テーブルの酒をひと口含んで、続けた。「その会社が、自社開発という触れ込みで農機具の自動走行制御システムを実用化しようとしているのを知ったんだ。気になったんで、その会社が開発したというシステムについて調べてみた。すると驚くほどぼくの開発したシステムと似ていることがわかった。いや、もっというとコピーされたかのようにそっくりだったんだ。何をいおうとしているかわかるよね」

「技術を盗まれたと、そういうことですか」

財前の指摘に、静かに頷いた野木は、

「おそらく、ウチの研究室に送り込んできた研究員の目的は、最初っから開発したプログラムを盗むことにあったんじゃないかと思うんだ」

「つまりその意味では、その連中は所期の目的を達成したわけですか……」

ひとりごちた財前が、野木を見た。「契約違反を理由に、あわよくば初期投資まで回収しようと考えたのかも知れません。仮に敗訴しても、開発ソースさえ盗めばあとは自分たちでなんとかなると」

何か思い当たるフシがあるのか、今度は財前が思案にくれて押し黙る。再び野木を向くと、

「失礼。それはなんという会社でしょうか」

財前が問うた。「もし、差し支えなければ教えていただけませんか」

「キーシンという会社です。佃、お前と同じ大田区の会社だ。いまは知らないが、当時は大森駅近くの、なんでも、ベンチャー企業ばかりが集まっているというビルに入っていた。知ってるか」

「いや、聞いたことがない」

首を横に振った佃に、

「実は先生、そのキーシンという会社、存じ上げています」

意外なことを財前はいった。

「このビジネスを進めるにあたり、自動運転を研究している会社をいくつか当たった中に、キーシンも含まれていました。おっしゃるように農業機械の自動走行制御技術をウリにしておりまして、ヤタガラス最終機の打ち上げもあっていま注目されているベンチャーです」

「キーシンとの提携は検討されなかったんですか、財前さん」

佃が気になったことをきくと、「検討はしましたが、早い段階でリストから外したんです」、そんな答えがある。

「理由はなんです」

野木も興味を持ったようだ。

「技術力のバックボーンが見えないんです。確かに研究者は何人もいるんですが、自動走行制御システムで核になるリーダーがいない。どうやって開発したんだろうと、実は疑問に思っていましたが、いまのお話で納得がいきました」

「そのキーシンという会社の社長ってのはどんな男なんだ。会ったんだろ」

佃がきいた。野木に向けた質問だ。

「戸川《とがわ》譲《ゆずる》という男で、高校卒業後、アルバイトをしながら独学で通信技術を学んで会社を立ち上げたという話をしていたな」

「資金はどこから？」

ベンチャーといっても、先立つものは金である。競争力のある技術やノウハウを有する個人が起業する場合、投資会社や個人が出資している場合が多い。

「最初は、株でひと山当てた資金を注ぎ込んで設立したそうだ。その後はベンチャーキャピタルが出資してくれたらしい。金回りは良さそうな印象だったけど」

「キーシンの財務内容は設立以来ずっと赤字です」

財前はそこまで調べていた。「数社のベンチャーキャピタルと個人が三億円近くも注ぎ込んでいますが、まだ回収の目途は立っていません。もっとも、技術を売りにして、莫大な高収益を上げる将来像は語っているようですが」

「実際の台所は火の車だってことですか」

野木がやりきれない表情でいった。

「調べれば窃盗の証拠が摑めるかも知れない。訴えたらどうだ」

佃の提案に、

「もういいよ」

野木は首を左右に振る。「あの戸川という社長も、ウチにきていた研究員と称する連中もどれだけ不誠実かよくわかってる。たしかに、ほじくり返せばどこかに不正の痕跡を見つけることができるかも知れない。でも、だからといって裁判で争うなんてことはもうごめんなんだよ。結局、金の話だ。うんざりでね」

野木はいった。「裁判が継続している間、どれだけそれに時間を取られ、煩《わずら》わされたかわからない。本来なら研究に没頭できるはずの時間をそんなことに割かなければならないなんて、苦痛以外の何物でもない。だけど結局のところ、金が絡むってことはそういうことなんだ。話が大きければ大きいほど、お互いの利害がぶつかる場面が出てくる。それを避けては通れない。だけどね、ぼくは金儲けには元々、興味の無い男なんだ。ただ研究が好きで、それに没頭していたい。それだけなんだよ」

「だけど、それじゃあ農業は救えない」

野木には酷《こく》かと思えるひと言を、佃はぶつけた。「お前はそれでいいかも知れないが、それだけでは研究が自己満足で終わってしまう。それでいいのか。お前はそもそも、なんで農機具を自動走行させる研究を始めたんだ」

「それは、日本の農業をなんとかしようと――」

「だったら」

その言葉を制し、佃は真剣な顔で野木を見た。「オレたちと一緒にやろう。たしかに、そのキーシンの戸川とかいうのはとんでもない奴だろう。だけどな、そんな男のために農業全体が犠牲になるなんてことがあっていいのか。そいつはちょっと違うんじゃないか」

虚《うつ》ろに揺れ動いていた野木の視線が、すっと白木のテーブルに落ちていく。佃は続けた。

「オレたちの苦労や、オレたちが舐《な》める辛酸なんか、大したことはありはしない。そんなことより、オレたちの使命は、世の中に貢献することだ。世の中の人が喜んでくれて、助かった、有難い――そう思ってくれたらこんなに幸せなことはない。いまこうしている間にも農業の高齢化は進んでいるんだ。ずっと田んぼを作ってきて、将来の不安を抱えて生きている農家の人たちの助けになろうじゃないか。いや、もちろんオレたちだけでできるかどうかわからないけど、そこに困ってる人がいるんだ。オレたちの技術を求めてる人が大勢いる」

「野木先生」

財前がテーブルに両手をついて頭を下げた。「お願いします」

「野木、頼む」

佃もそれに倣《なら》う。

そのまましばらく頭を上げる気配もないふたりに、

「わかった、わかったよ」

やがて野木からそんな返事があった。「まったく、佃にかかっちゃかなわないな。それに財前さんも」

やれやれとばかり笑いを浮かべた野木はしばし俯いたが、

「だけどお陰で、忘れていたものを思い出した」

やがて、そんな呟きを洩らした。「なんのために研究しているのか――。なんで、そんな重要なことを忘れていたんだろう。なんでそんな大切なことを見失っていたのかな」

呆然《ぼうぜん》とする野木に、

「もういいじゃないか、野木。オレたちと一緒にやろう」

佃がいった。もはや反論の言葉などあろうはずがない。

新たな酒が運ばれた。かくして、北の大地の夜は止めどなく更けていったのである。

7

宇宙航空部本部長の水原重治《みずはらしげはる》が、的場俊一の執務室に呼ばれたのは、ちょうど佃と財前が実験農場でのデモを見ているのと同時刻のことであった。

秘書が先に立ち、ノックを三回。返事を待って入室した水原が、執務用デスクについたままの的場の前に立ったとき、その机上に一通の書類が載っているのが見えた。

プリントアウトされた企画書だ。

『無人農業ロボットに関する新規事業企画の提案』

数ヶ月前、この頃すでに新部署への異動が決まっていた財前道生が立案、文書作成し、水原が決裁した案件であった。もっともプロジェクトそのものを承認するだけの権限は水原にはない。この企画書が意図したものは、事業をはじめるにあたって必要となる事前リサーチである。技術的な問題、業界動向、マーケットなどが検討され、最終的にクリアされる目途がつけば、正式な事業計画書が作成され、取締役会に諮《はか》られる。

ただ、社内政治に精通する水原の見たところ、この事業計画が決裁されるのはほぼ確実だ。

着眼点、事業目的、将来性、その他諸々《もろもろ》申し分ないからである。さすが財前というべきか、帝国重工という巨大組織を動かす「論理」を知りつくしている。

だがいま、その企画書にどうやら的場も注目しているらしいことを知って、水原はそっと眉を動かした。一応、的場は宇宙航空部を含む事業部門を統括する立場にあるから、本部長権限で決裁した案件も、読もうと思えば読める。ただ日々、膨大な書類が決裁される中、この注目すべき企画に気づいたのは、的場の嗅覚のなせる業《わざ》としかいいようがなかった。あるいは、作成者欄に旧知の財前の名を見つけて興味を抱いたのかも知れないが。

「この企画、その後のリサーチは進んでいるのか」

的場は、わざわざプリントアウトした企画書を手に取り、ページをめくりながら、ちらりと水原を見た。

「大部分のところは固まってきたようです。事業化が可能であると判断した段階で、正式な事業計画書を社内に諮ることになります」

「どう思う、君。この企画」

「特に問題はないと思います」

初めてこの企画に接したとき、日本の農業を救いたいという志と、準天頂衛星ヤタガラスによる測位精度とをリンクさせる発想に、水原はある種の昂揚《こうよう》感に浸った。正直、こんな企画を自ら立案し、指揮を執《と》れる財前を羨ましいとさえ思ったぐらいだ。

にもかかわらず、水原のこたえが控えめなのは、的場の反応が読めないからである。果たして賛成なのか、反対なのか。後者であれば、自らの立ち位置を即座に修正する余地は残しておかねばならない。

「そうだな」

ぽんと企画書をデスクに放った的場は、足を組んで斜めを向くと、しばし何か考え

ていたが、やがてその視線を水原まで戻し、

「この企画、私が預かる」

予想外のひと言を水原に突きつけた。

「預かる、とおっしゃいますと……」

「もし事業化の目途が立った場合、すぐに事業計画を提出してくれ。役員会には私から説明する。陣頭指揮も私が執る」

水原は戸惑った。

「この企画ですが、新設の企画推進グループの財前が動いておりますが……」

「現場を財前が仕切るのはそれでいい。ただ、この事業は私の直轄にしてくれ。戦略は私が直接指示を出す」

有無を言わせぬ口調に、「かしこまりました」、と水原は了承し、一礼して部屋を出たものの、顎に手を当てたままその場に立ち尽くしてしまった。

なぜ、よりによってこの企画を的場がやるといいだしたのか。

理由は明白だ。

要するに手柄の横取りである。

この事業には将来性があり、それを我が物にすることによって、自らの評価に繋げようというのだ。

そしておそらく、事業の先行きが怪しいとなれば、指揮系統をさっさと投げ出すだけの「緊急避難計画」まで練られているに違いない。そのときシワ寄せを食うのは水原自身かも知れない。

権謀術数《けんぼうじゅっすう》の限りを尽くし、利用できるものはとことん利用し、踏めるものは躊躇《ちゅうちょ》無く踏み台にして上り詰めてきたのが的場俊一という男である。世に言う「帝国紳士」面をしていても、中味は真っ黒。結果のためには手段を選ばぬ、えげつない男だ。しかし、そのえげつない男の手に、水原が本部長を務める宇宙航空部の命運が握られているのも事実なのであった。

再び歩き出した水原が向かった先は、同じフロアにある秘書室だ。

そこに旧知の秘書室長、内藤《ないとう》の姿をデスクに見出した水原はおもむろに近づき、

「内々で、ひとつ頼みがあるんだが」

声を潜めて耳打ちしはじめた。

# 第二章　プロジェクトの概要と変遷

1

　佃航平が役員を集め、野木との交渉経緯を説明したのは帰京した翌日のことであった。

「納得していただけましたか。よかったですね」

　野木を説得できたことに喜ぶ山崎の隣で、

「ヤマタニに仁義を切りに行かないとな、ツンさん」

　唐木田が早速、懸案を口にする。

　財前から無人農業ロボット企画が持ち込まれたとき、一も二もなく賛成に傾いた佃製作所役員会であったが、ひとつだけ指摘された問題があった——。

「他ならぬ財前さんからの提案ということもたしかにある。でも、それ以上に、オレはこの事業企画の主旨に賛同したい。日本の農業、ひいては食文化が危機に立たされている現状、この無人農業ロボットが実用化されればきっと農家の人たちや、社会の役に立つはずだ。オレとしては全力で、この事業に参加したい。どうだろう」

熱弁を振るった佃に、ただひとり、唐木田だけが表情を曇らせていた。

「唐木田さん、どうだろう」

それに気づいて問うた佃に、唐木田は一瞬重い沈黙を挟み、

「ヤマタニのことは考えましたか」

そうきいたのである。唐木田は津野に向かって続けた。「ツンさんはどう思う。諸《もろ》手《て》を挙げて賛成――そんな単純な話だろうか。これは、帝国重工が農機具業界に参入するという話以外の何物でもない。つまり、主要取引先であるヤマタニと競合関係になるわけだ。その競合にウチがエンジンとトランスミッションを供給するとなれば、ヤマタニだって穏やかじゃないだろう」

「それは私も思わないではないけどさ、ヤマタニとの取引は、もはや盛時の三分の一ですよ」

ヤマタニの主担当は営業第一部の津野である。もとより、唐木田が指摘したことは

承知していたはずだ。「私が賛成したのは、この数年、ヤマタニの方針変更が明らかだからですよ。若山《わかやま》社長になってから、ヤマタニの取引方針はコスト重視で、そもそも取引が継続できたとしてもうま味がなくなってきている。むしろ、ヤマタニに依存した関係から脱却できるチャンスだと思う」

唐木田は、じっと芯のある目で津野を見つめ、

「ヤマタニとの取引、切れるかも知れないよ」

そういった。その覚悟はあるのかと問うたのである。そのひと言は津野に向けられてはいるものの、佃がいわれたも同然であった。

佃製作所にとってヤマタニとの取引は先代にまで遡《さかのぼ》る。取引歴はもう二十年以上になり、一時は佃製作所の売上げの相当部分を占めていたことすらあった親密先だ。

その取引が次第に小さくなり、やがて現社長の若山が強烈なコスト削減策を打ち出すと、性能はいいが値段の高い佃製作所のエンジンは敬遠され、取引は細る一方になったのである。その佃製作所の代わりに台頭したのが、低価格路線のエンジンを作り続けるダイダロスであった。ギアゴーストの資本業務提携先である。

「進んで取引を切るつもりはないですよ、そりゃ」

津野は、悲愴《ひそう》な表情すら浮かべていった。「この数年、一所懸命に交渉してきたけど、正直、ヤマタニとの取引には明日がない。性能に対する目線、価値観が変わって

しまったんです。技術は二の次、安けりゃ安いほどいいという考えだ。顔を合わせれば値段を下げろの一点張りです。でも、ウチは安売りはしない」

それは津野がというより、佃が打ち出した方針だった。安売りはしない。技術こそ、会社の命なのだ――と。


そしていま――。

「ヤマタニには、オレが行って仁義は切ってくる」

佃は意を決していった。「野木が参加してくれたことで、この事業計画は帝国重工内でまもなく正式承認される。困難もリスクもあるが、それ以上に挑戦するだけの価値がある」

黙って聞いていた唐木田は頷《うなず》き、覚悟の表情を浮かべた。

「私もそう思います。ヤマタニとの取引は切れるかも知れませんが、この新事業は、きっとそれ以上のものを運んできてくれるんじゃないでしょうか」

2

「どこの農機具メーカーか知らないが、ウチとしては御社の商売に口出しできる立場ではないからねえ」

それがヤマタニの浜松工場長、入間尚人《いるまなおと》の反応であった。取締役製造部長も兼務する入間は、ヤマタニ社内で発言力のある重鎮である。

入間は工場一階にある簡素な応接室で、少々浮かない顔で佃と向き合っていた。人柄もよく、本来が面倒見のいい男である。面と向かって反対されることはないだろうと思った佃だが、この後に入間が見せた反応は、佃の予想とはまた別のものであった。

「最近、小耳に挟んだことなんだが、帝国重工が農業分野に興味を持っているというんだ」

驚いたことに、入間は知っていた。口を開きかけた佃に、「いや、いわなくていいから」、そう制して続ける。

「ただ、普通の農機具を作るんではなく、おそらくは無人で動く農業ロボットだというような話だった。いや、噂《うわさ》に過ぎんよ。だから、本当のことは知らない。あんたは知っているかも知れないが、それを教えろというつもりもない」

入間なりの分別《ふんべつ》だ。「まあそうした前提のもとで申し上げるんだが、そういう考えというのは、別に帝国重工に限ったものではないんだよ。他のメーカーでも、もちろんウチでも同じ様な企画が出ているかも知れない。ただ表に出ていないだけでね。もし、御社が競合他社で類似の企画に参画しているとなると、ウチでもし同様の企画があった場合、そのエンジンの供給元にはなれなくなるんだが、それは承知してくれるか」

「もちろんです。ご迷惑をおかけします」頭を下げた佃に、

「いや迷惑をかけてきたのはウチのほうだろ」

そんな返事があった。「この数年、お宅との取引は縮小の一途だ。実は心苦しくてね、どんな形であれ、なんとかその穴を埋めてほしいと思っていた。よかったじゃないか」

さっぱりといった入間だが、このとき佃の胸には消化できないものが残った。

佃が帝国重工の名と事業企画の内容を口にできないように、入間もまた何かいえないことを抱えているのではないか。

なにより気になるのは、入間が帝国重工の企画について言及したことだ。

新規事業については、先日、正式に承認されたばかりで、新聞発表すらされていない。どういうスジかは知らないが、帝国重工の動きがそれとなく入間に——いやヤマタニに洩《も》れている。

そしてもうひとつ、気づいたことがある。

無人農業ロボットの開発が、いまや財前だけのオリジナルとは言い難いアイデアだ

ということだ。

であれば、帝国重工も佃製作所も、否応《いやおう》なく開発競争の渦に巻き込まれ、鎬《しのぎ》を削ることになるだろう。

「先日の企画の件、社外に情報が洩れてませんか」

入間の前を辞去した佃が、即座にそんな電話を財前に入れたのは言うまでもなかった。

入間工場長とのやりとりを告げる佃に、財前はしばし重苦しい沈黙を返して寄越した。

「事前に、関係各所や下請け候補何社かに話を通していますから、その辺りから洩れたのかも知れません。中にはヤマタニと取引している会社もありますから」

口調から財前の危機感が伝わってくる。

「いまさらの話ではありますが、気をつけたほうがいいですよ、財前さん」

「心得ております。ところで、私からもひとつお話ししなければならないことがあります。実は、少々こちらの事情が変わりまして」

気になることを、財前はいう。「一度、お時間をいただけませんか」

「これから東京に戻ります。その足で御社に向かえますが」

「今日ですとこちらも好都合です。お待ちしてますから」

そういって財前との電話は切れた。

浜松駅で新幹線に飛び乗り、そのまま東京駅まで戻った佃が、大手町にある帝国重工本社ビルに着いたのは、およそ二時間後のことである。

3

「先日の北海道ではお世話になりました」

応接室に入室してくるなり、財前は頭を下げた。「佃さんがいなかったら、野木教授を説得することはできなかったでしょう。ありがとうございます」

「礼には及びません。財前さんの熱意にみんなが動かされている、そういうことだと思いますよ」

勧められるままソファにかけた佃は、財前の、いつになく疲れた表情に気づいた。新規事業に正式なゴーサインが出た直後である。想像するに、寸暇を惜しむほどの多忙に違いない。

「ところで、事情が変わったとおっしゃいましたが」

早速、本題を切り出した佃に、

「この事業の責任者が変わることになりました」

思いがけない話である。

「財前さんはこの企画から外れると？」

「いや、そうではなく、私は引き続き企画の立案および進行役としてこのプロジェクトの現場責任者を務めます。ただ、このプロジェクト自体が、役員会で格上げになりまして、担当役員直轄《ちょっかつ》になりました」

「それはおめでとうございます」

格上げと聞き、めでたいことと理解した佃だったが、財前が見せたのは浮かない表情である。

「いいのか悪いのか。本来なら私が自由に采配を振れたはずなんですが、大きな予算がついた代わり、なかなかそうも行かなくなりそうでして」

「いいじゃないですか」

財前が何を気に病んでいるのかわからず、佃はいった。「企画が格上げになったのは、事業の将来性が見込まれたからこそでしょう。予算も増えたのなら、こんないいことはない。それで、どなたが総責任者になられたんですか」

答えるまで、かすかな間が挟まった。

「役員の的場俊一です」

「的場……？」

思わず顔を上げ、財前を見やる。「的場さんといえば、あの――」

「そうなんです」

それでようやく、佃にも、財前のなんとも煮え切らない態度の意味が知れた。

的場俊一は、帝国重工の次期社長候補として最右翼に上がっている男である。それだけならいい。

一方で的場は、現社長藤間秀樹《とうまひでき》がぶち上げたスターダスト計画――つまり大型ロケットの打ち上げ事業に対して否定的な立場にあった。

「ただ、それはそれじゃないですか」

その的場と財前がかつて上司と部下の間柄にあって親しいということも知っている佃は、敢えてそう口にする。

大型ロケット打ち上げ事業に対して異論を唱えていたとしても、今回の新規事業はまったくの別物だ。

「ヤタガラスの打ち上げも、大型ロケット打ち上げビジネスの功績だと私は宣伝したかったんですが、少々、怪しくなってきました」

財前にしてみれば、頭を押さえ込まれた格好になるのかも知れない。とはいえ、さすがに財前は、佃の前で的場を中傷したりするようなことはしない。

「最大の宣伝は、この新規事業を成功させることじゃないですか。次期社長候補の的場さんが後ろ盾になれば、当然帝国重工内外の関係者も目の色が変わる。いいことですよ」

「そう願っています」

財前はちらりと時計を一瞥《いちべつ》し、「実はいま的場が在席していまして。ご挨拶させていただけませんか」、そう申し出た。

「可能であれば、ぜひ」

「呼んで参りますので、少々お待ちください」

中座した財前が果たして五分ほどして戻ってきたとき、財前より先に入室してきたのは背の高い眼光の鋭い男であった。シルバーグレーの上等なスーツに、鮮やかなブルーのネクタイ。白いシャツの袖からは、佃も知っている機械式の高級腕時計の文字盤が覗《のぞ》いている。

「佃製作所さんですか。どうも、的場です」

的場の声は大きく、良く通った。まともに向き合うと、身長は百八十台半ばほどもあるだろうか。

「佃と申します。このたびは、大変すばらしい企画に参加させていただき、感謝しています。よろしくお願いします」

再びソファにかけた佃に、「えーと、佃さんとは――?」

「バルブシステムを製造されていまして、ロケットエンジンでお世話になっています」

隣から財前の補足が入る。

「機械事業部との関わりは？」

的場が、かつて機械事業部で辣腕《らつわん》を振るっていたことは聞き知っている。

「残念ながらありません」

佃はこたえた。「弊社は長く小型エンジンの企画製造に携わって参りました。もし機会があればぜひ、そちらでのお取引もお願いします」

小さく頭を下げた佃の耳に、

「小型エンジンはニーズがないんだよな」

とりつく島のない的場の発言が聞こえた。「そもそも私はあんまり細々《こまごま》としたものを扱ったことがないものでね」

重厚長大企業のプライドか、弱小企業に対する蔑視か。いずれともつかぬ発言に、隣にかけている財前がひそかに眉を寄せている。

テーブルの名刺をつまみ上げた的場は、もう一度しげしげと見て無造作に戻すと、

「いままで農機具のエンジンは？」、ときいた。

「うちの主力事業です」

「なるほど経験はある、と」

半分口を開け、顎《あご》を左右に揺らしながら、思考を巡らせた的場は、「御社の売上げ、おいくらですか」

唐突に聞いてきた。「要するに、ウチの事業に加わっていただくだけの会社かという話をしているわけですよ」

友好的とは言い難い話の成り行きに、佃は小さく息を呑《の》んだ。

ざっくばらんというには刺々《とげとげ》しすぎ、単刀直入というにはデリカシーに欠ける。やりとりから、的場俊一という人間性が透けた。

「的場さん」

たまらず、財前が隣から助け船を出した。「佃さんとは宇宙航空部で長く付き合っておりますので」

いまさら財務内容でもあるまい——そういいたいのだ。

「宇宙航空部ねえ」

嘲笑混じりにいった的場の眼光が鋭くなる。「だからダメなんじゃないのか、宇宙航空部は」

歯に衣《きぬ》着せぬ、という次元ではなかった。的場が口にしたのは明確な評価であり、駄目の烙印《らくいん》だ。

「お聞き及びかと思いますが、今回の新規事業は私が統括総責任者を務めることになりました。財前の意図がどうあれ、私が指揮を執るからには、私なりのやり方で突き進む。可及的速やかに事業化を図り、無人農業ロボットでのフロンティアとして先行利益を得たいと思っています。いいですか、佃さん」

あらたまった口調で、的場の強い眼差《まなざ》しが射《い》るように向けられた。「世の中、表向きの言葉なんかどうでもいい。要は実績だ。実績を上げてこそなんぼですよ。私はそうやって進んできた。わかりますね」

灰汁《あく》の強い男の本音に、佃は無言でこたえる。

ふいに的場から短い笑いが吐き出されたかと思うと、

「わかってるのかな」

苛立《いらだ》ちまじりに首を傾《かし》げてみせた。

なんともバツの悪い、宙ぶらりんな雰囲気の中、「まあいい」、と一方的に的場はいって財前を見る。

「次があるんで、よく言い含めておいてくれ」

じゃあ、と佃に右手を挙げたかと思うと、慌てて後を追った財前とともに部屋の外に消えた。

「なんだ、あれは」

ひとり残された佃は、呆《あき》れて嘆息し、腹の底に渦巻く怒りのやり場に窮する。

すぐに戻ってきた財前が、

「申し訳ない、佃さん」

すぐさま頭を下げた。

「本当は理知的な人なんだが、どうも発注する相手には、ああいう態度をとらなければならないと思い込んでいるようなところがあってね」

「威嚇《いかく》してしめしを付けるわけですか。機械事業部の取引先じゃなくてよかったですよ」

さすがに腹に据えかね、佃は不機嫌になった。

「とんだ挨拶になってしまったが、気にしないでください。いままで通りのお付き合いをどうぞよろしくお願いします」

帝国重工にも様々な人間がいる。そして必ずしも人格者が出世するわけではない。

頭を下げた財前のほうが、よほどトップに相応《ふさわ》しい器に見えた。

4

その日、佃が帰宅したのは午後八時過ぎのことだ。

いつもは帰りが遅い娘の利菜《りな》が珍しく家におり、祖母の、つまり佃の母の和枝《かずえ》と並んで台所に立っている。

「あ、お帰り。今日は、きんきの煮付けだからね」

「珍しいな、お前が料理を手伝うなんて」

だいたい、こういうときは何かがあったときである。利菜曰《いわ》く、野菜を切ったり、ネギを刻んだりするのはストレスの解消に役立つらしい。

「何かあったか」

冷蔵庫から缶ビールを出してダイニングテーブルの定位置に収まり、一口飲んでから、利菜の後ろ姿に問うと、

「アタマに来るんだよねえ」

案の定、そんな返事があった。「あのさ、パパ、的場さんって知ってるでしょ」

思わずビールから顔を上げた佃は、

「ああ、知ってる。実は、夕方会ったばかりだ」

今度は利菜が目を丸くする。

利菜は大学を出た後、帝国重工に入社し、いま宇宙航空部の技術者として大型ロケット打ち上げに携わっていた。つい先日までその現場責任者として、利菜たち大勢の部下から信頼されていたのが財前である。

「その的場さんなんだけどね、財前部長の企画を突然横取りして、自分のものにしちゃったんだって」

佃は、知らず鋭い眼差しを利菜に向けた。

「誰にきいた」

「誰にって、一応私は社内の人間ですからね」

利菜は包丁を持ったままの右手を振り回し、

「こら、あぶない」

そう和枝に注意されつつ、

「あ、ごめん。――この企画、佃製作所も関係してるんでしょ。この前北海道行ってたのもそれじゃない？　財前部長、そんなこといってなかった？」

「いや」

佃は首を横に振った。「オレが聞いたのは、企画が格上げされて、総責任者に的場さんが就いたってことぐらいだ」

「あんまりいい話じゃないから、財前部長も気を遣っていわなかったんだよ」

たしかに利菜のいう通りかも知れない。「役員会でも、的場さんが自分の企画として説明しちゃったんだって。ひどすぎるよ」

「部下の手柄は自分の手柄ってやつか」

台所のなんでもない空間を睨《にら》み付け、佃は呟《つぶや》いた。

「その裏返しは、自分の失敗は部下の失敗だからね。的場さんって、自分の手柄になることならなんでもする人なんだよ。それだけじゃない。機械事業部では下請けイジメで有名だったんだってさ」

利菜は鼻に皺《しわ》を寄せた。そもそも利菜の「的場評」はよろしくない。自分たちの仕事に対して否定的な立場を取っているからだ。

佃の耳にしたところでは、もし的場俊一が社長に就任した場合、打ち上げビジネスから撤退するだろうとの見方が帝国重工社内で有力になっているらしい。

「下請けイジメ、か。まあ、そんな雰囲気はあったな、たしかに」

この日会った的場の態度を改めて思い返しながら、佃は納得した。あの調子で下請けをギリギリと絞り上げ、事業採算を確保していくのが的場流なのだろう。対となれば、この新規事業でも佃製作所は厳しい採算を強いられる可能性が高い。対照的に財前は、下請けに高圧的に出ることはせず、緊密に連携して信頼を培《つちか》っていくフィクサータイプだ。なるほど総責任者として的場が登場したことに、いい顔をしないのも頷ける。

「的場俊一が通った後にはぺんぺん草も生えないってよ」

「最悪だな、それは」

佃は苦笑いしながら、ゆっくりとビールを喉に流し込んだ。「だけどその最悪の相手とうまくやっていかないと、うちの将来はない」

ひとつだけ救いがあるとすれば、それでも財前がいることだった。財前なら、的場を抑え、新規事業をコントロールできるのではないか。

ところが、そんな期待を裏切る情報を営業部が掴《つか》んできたのは、それから間もなくのことであった。

5

「社長、社長——」

二階の営業部フロアを通ったとき、外出から戻ったばかりの江原が息急《いきせ》き切って声をかけてきた。手にカバンを提《さ》げたままである。

「ちょっといいっすか」

同じフロアにある会議室に入るや、江原はどうも引っかかるという顔で声を潜めた。

「さっき高幡《たかはた》工業さんと北野《きたの》産業さんに寄ったんですが、どっちも帝国重工からすでに試作用部品の打ち合わせが打診されているようなんです。それがもう一週間も前のことだとか。ウチに来ましたか」

いまはもう五月半ばだ。

正式承認が下り、的場が総指揮を執ることになった帝国重工の新規事業だが、その後、財前から具体的に打ち合わせの連絡はない。

「いや、まだ無いな。どんな打ち合わせかきいたか」

「設計担当者や調達担当者も同席した本腰を入れたもののようです。高幡さんの話では、やっぱり新規事業に関わっている他の下請け業者も一様に打ち合わせに呼び出されているという話でして。ウチだけ声がかからないのはおかしくないですか」

北海道に野木を訪ねてから、あっという間に三週間が経《た》とうとしている。まだ社内準備に手間暇がかかっているのだろうと思っていたが、実は佃も少々気になっていたところだ。エンジンやトランスミッションは、性能に直結する重要部品である。仕様については真っ先に相談すべきもののはずだ。

「わかった。実はオレも気になっていたんだ。財前さんにきいてみよう」

「お願いします。ただ、ちょっとなんていうか――」

それで話が終わりかと思いきや、江原はまだ何かありそうな顔で続ける。「結構、厳しいこといってきてるみたいですよ」

採算のことである。

「どうやら、そんな雰囲気になりそうだな」

佃はそっと息を吐いた。「交渉の余地があるのかないのかわからんが、一応、覚悟はしておくよ」

社長室に戻り、スマホで財前にかけた。

「こちらから連絡しようと思っていたところです」

重苦しい財前の声にいつもとは違う気配を読み取った佃だが、あえて触れず、

「エンジンやトランスミッションの件で、事前に打ち合わせをさせていただけませんか」

素知らぬ顔で投げてみる。

「実はその件でお会いしたいのですが、お時間をいただけませんか」

嫌な予感がした。

「明日の朝はいかがですか。伺いますよ」

申し出た佃に、

「いえ、私がそちらにお邪魔させていただきます。九時でいかがですか」。財前はいう。

「お待ちしております。何か準備しておくものはありますか」

問うた佃に、電話の向こうに沈黙が挟まり、「ありません」、という返事があった。

かくしてその翌朝、約束の時間通り訪ねてきた財前の表情を見たとたん、佃は予感

の的中をほぼ確信したのであった。

「実は、佃さんにお詫《わ》びしなければならない事態になってしまいました」

財前はそう口にしたかと思うと、「申し訳ない」、と両膝に手をつき深々と頭を下げた。

「何か問題が起きましたか」

静かに問うた佃に、

「的場が、エンジンとトランスミッションの内製化方針を打ち出しまして。私としては最大限の抵抗を試みたんですが、翻意させることができず……」

俯《うつむ》き、唇を噛《か》んだ財前は、「何とお詫びしていいかわかりません」、と無念そうに声を絞り出す。

「そういう、ことか……」

佃は肘掛け椅子の背に体を投げるや、視線を斜め上に投げた。

「私にもう少し力があれば……」

「いや。財前さんのせいじゃないでしょう。精一杯、がんばっていただいたと信じています」

いったものの佃は、それまで漲《みなぎ》っていた力が抜け落ちていくのをどうすることもできなかった。脱力感の中で、ものわかりが良すぎやしないか、という自問の声すら聞こえてくる。

いや、そうじゃない――佃は思い直した。

いまここで的場の方針を批判し、財前に怒りをぶつけたところで、何が変わるというのか。何も変わりはしない。むしろ、いままで財前と築き上げてきた信頼関係が気まずいものになるだけだ。

「そういっていただけると助かります。ただこんなときに、ひとつ厚かましいお願いをしなければなりません」

財前は、さも言いにくそうに顔をしかめる。

「お願いとは？」

椅子の背から体を起こした佃に、

「野木教授を説得していただけませんでしょうか。この通りです」

そう言い放つや両膝に手を置き、再び頭を下げた。いくら財前でも、ここまでの低姿勢というのは、ついぞないことであった。

「すみません、財前さん。説得とはどういうことです」

「エンジンとトランスミッションを内製品に切り替えるという方針が固まり、野木先生にそのことをお伝えしました。すると、佃さんが参加されないのであれば自分も降りる、社内で再検討してくれとそうおっしゃいまして」

「野木が、そんなことを」

旧友の気遣いをしみじみと受け止めた佃だが、自分がその説得を依頼されるというのは、いかがなものか。

「さすがにそれは、財前さんが説得されるべきではありませんか」

佃はいった。「これからずっと共同で研究開発をされるのに、そんなことでどうするんです」

「私からは鋭意、説得申し上げたんですが、首を縦に振っていただけないんです」

「ならば的場さんが直接、説得されてはいかがです」

「その的場が、佃さんに頼めと――」

財前にしては珍しく口を滑らせた。

さすがに佃はむっとし、すっと息を吸いながら腹の底に沸いた怒りを鎮《しず》めようとする。

「佃さんにお願いする筋合いではないことは重々承知しておりますが、なんとかお願いできませんか」

財前も、いまや直属の上司となった的場と佃との間に挟まれて苦しい立場に違いない。

それはわかる。

だが、さすがの佃も憤然として腕組みをしたまま、しばらくは言葉を発することができなかった。

「それで、どうされたんですか」

朝から外出していた営業部の津野と唐木田のふたりが夕方帰社するのを待って事情を説明すると、津野が怒りに青ざめた顔できいた。

「一応、引き受けたよ。貸しひとつだ」

佃の対応に、頬を震わせ、

「そこまでやってやることはないんじゃないですか」

声を荒らげたのは唐木田だ。冷静沈着で理知的な唐木田が感情を露《あら》わにすることは滅多にないから、余程《よほど》腹に据えかねたのだろう。「的場さんは我々を何だと思ってるんです。理不尽なことをしても文句も言わず、何でも言うことを聞く下僕《げぼく》だとでも思ってるんじゃないですか。これはプライドの問題ですよ、社長」

「的場さんのやり方については、オレも言いたいことはゴマンとある。いまこの場にいれば、言《げん》を尽くして罵倒《ばとう》したいぐらいだ。だがな、財前さんには罪はない。的場さんとウチとの間に挟まれ、苦しみながら頼んできたんだ。オレが断れば、財前さんが困るだけだ。そんなことはしたくない」

「で、野木教授はなんと」

横から聞いたのは山崎だ。「説得に応じたんですか」

「一応な」

そのときのやりとりを思い出しながら、佃はこたえる。「最初はかなり渋っていたが、日本の農業のために協力してやってくれといって、なんとか。野木の自動走行制御システムはこの新規事業のキモだ。もし野木が協力を断れば、この新規事業は立ち消えになる」

「そうやって的場さんの顔を潰してやりたいですよ」

津野が憎々しげにいった。「ウチはヤマタニに仁義を切ってまで協力しようとしたのに。結局、何もなくなっちまったじゃないですか。損害賠償ものですよ、これ」

「帝国重工の、いや的場さんのやり方には腹が立つが、かといってこうなってしまった以上、どうしようもない。みんな申し訳ない。今回のことはオレの判断ミスだ」

すまん、と佃が頭を下げたとき、

「ですが、帝国重工は小型エンジンや農機具用トランスミッションを手掛けた実績はないんでしょう。できるんですか」

唐木田がそもそものところを山崎に問うた。

「帝国重工だから、できるだろう」

傍らから津野がいったが、「ウチのエンジンよりも高性能なものができると思うかい」、という唐木田の質問には、さすがに口を噤《つぐ》んでしまう。

「どうかな」

顎のあたりをさすって考えつつ、山崎が視線を彷徨《さまよ》わせている。「もしできるんなら、財前さんだって、最初からそっちに話を持っていったんじゃないですかね。キーテクノロジーだし、内製化できるのならそれに越したことはない。要は時間の問題なのかも知れない。ウチに頼めば開発にかける時間と費用の節約になるのは間違いないですから」

「なるほど。だけど、このハシゴ外しは痛い。どうしますか、社長」

唐木田がきいた。「ギアゴーストしかり、帝国重工しかり、なかなかビジネスの土台に乗りません。トランスミッションの開発、このまま継続していいんでしょうか」

「たしかに思い通りにはならないが、開発は続ける」

佃は腹を決めていた。「今後の農機具は間違いなく無人化の方向へ進むだろう。それを見越した製品開発をいまから進めないと間に合わなくなる」

念頭にはダイダロスとギアゴーストというライバルの動向もあった。

このまま何もしなければ、佃製作所だけが取り残されてしまう。

「無人農業ロボットの開発には、会社の興廃がかかっていると思ってくれ」

佃は危機感を滲《にじ》ませた。

「しかし社長。そのためには自動走行制御システムが必要になります。ウチは専門外ですし、そこはどうするんです」

「野木と組む」

佃のひと言に、全員がはっと顔を上げた。「野木には、実験用のトラクターが常に必要だ。そのトラクターのエンジンとトランスミッションをウチにやらせてくれないかと頼んである。喜んで了承してくれたよ」

「コストはかかっても、やり続けるしかないってことか」

唐木田がいった。「開発なくば将来もない。ここは辛抱のしどころですね」

まさにその通りであった。

6

視界の端で、麦わら帽子の庇《ひさし》が小刻みに揺れている。

自宅の敷地を出た殿村が運転するトラクターは、この日耕耘《こううん》するつもりの休耕田に向かって舗装された農道をのんびりと走っていた。

右手には田植えを終え、すくすくと生長している水田が拡《ひろ》がり、五月の晴天を水面に映している。

微《かす》かにそよぐ風が稲を揺らし、振動する運転席でハンドルを握る殿村の鼻腔《びこう》に、土と水の入り混じった、それでいてどこか甘ったるい水田地帯の匂いと初夏の薫りが運ばれてくる。

これから梅雨に入るまでの間が、一年で一番美しい季節だといったのは、父正弘《まさひろ》である。

同感だ、と殿村は思う。

新緑に満ち、山の木々や土手の草までも輝いてみえる。眩《まぶ》しく、新しい命の息吹に満ちあふれた田園風景の中を殿村のトラクターが往《い》く。

——ああ、オレは生きている。

思わず込み上げる笑いに抗《あらが》いもせず、ただ自然に任せて殿村はそこにいる。

いままでだって生きてきたじゃないか。

そうは思うのだが、いま目の前にあるのはいままでとは別の世界であり、別の人生であった。ここは地球で、自分はそこに住むひとつの生き物で、自然の一部である。そんな大地の輪廻転生《りんねてんしょう》をここでは実感し、肌に染みこむように当然のごとく理解できてしまう。

「いってみれば、生きる喜びってやつかな」

知らず、声に出してそんなふうに呟いている自分がいて、殿村の顔の中でますます笑みが拡がった。

そのとき、新たなエンジン音が重なり、殿村は背後から近づいてくる軽トラに気づいた。

道の端に寄せ、先を譲ろうとスピードを落とす。

近づいてきた軽トラが、殿村のトラクターの横に並んだとき、

「おい、殿村」

名前を呼ばれて殿村は、振り向いた。軽トラの窓が開いていて、運転席の男と目が合うと、「よっ」、とばかり右手が挙がった。

稲本《いなもと》彰《あきら》の、年がら年中日に焼けた顔が白い歯を見せている。

「おう」

同じように殿村が応じると、稲本の軽トラが追い抜いていき十メートルほど先で赤いブレーキランプを点灯させた。

ドアを開けて稲本が降りてくる。高校時代の同級生である稲本は、東京の農業大学を出た後、地元に戻って米づくりをしている男だ。

その軽トラの後ろでトラクターを止めた殿村に、

「どう、調子は?」

そんな気楽な口調で稲本が話しかけてきた。

「まあまあかな」

佃製作所に辞表を出し、長年のサラリーマン生活に終止符を打った殿村が、家業に戻って専業農家となったのはこの四月からである。

まだひと月余り。どうもこうも、他に答えようがない。

「何か困ったことあったらいってくれよ。だいたいのことは教えてやれると思うからさ」

別に稲本に聞かなくても、父に聞けば済む話なので、「そうだな」、と殿村は曖昧に返した。

稲本は殿村の運転するトラクターをしげしげと眺め――おそらく、かなりの旧式だとでも思ったのだろうが、それは殿村も認めるところだ――、運転席にいる殿村を眩しげに見上げた。

「ところでさ、前に話しただろ、農業法人のこと」

それで、稲本の用向きを知り、殿村は急にそわそわとした落ちつかなさを感じた。

道ばたで寄ってきた新興宗教の勧誘員をどう振り切ろうか考えるのに似ている。

殿村家の圃場《ほじょう》、つまり田んぼを稲本たちが設立する農業法人に使わせてくれないか――。

そんな提案を稲本から最初に受けたのは一昨年のことである。父が病気で倒れ、会社勤めの傍ら、休日のたびに帰って米づくりをしていた頃のことだ。

だが、殿村の父は農業法人の件には耳を貸さず、殿村もまた家業は継がないという前言を撤回して、いまこうして農作業に従事している。

稲本の農業法人については詳しく知らないが、離農した家の田んぼを買い集めるか借りるかして、作付面積の拡大を狙っているという話だった。

「実は今年から三人でスタートしてるんだけどさ、殿村、一緒にやらないかなと思って」

意外な提案を、稲本はした。

「オレに、その法人に入れってことか」

「まあ、そういうこと」

殿村のトラクターのタイヤについた泥を靴の先で落としながら、稲本はまた眩しそうに殿村を見上げた。

「今度、ウチの資料持ってくからさ、話きいてくんない?」

「まあそうだな」

煮え切らない返事をした殿村の胸中を読もうとするかのように、稲本がじっと見つめてくる。

居心地の悪さを感じて、

「まあ、テキトーに連絡してよ」

そんなふうに答えると、稲本は「了解、了解」、と背を向けた。

軽トラが走り去っていくのを見送った殿村の胸に、もしや稲本は殿村が出てくるのを待ち構えていたのではないかという思いが浮かんだ。

事実なら、多分に迷惑な話であった。

どこか粘着質で、本心の見えない稲本の目は、神経に障《さわ》る。いわば爬虫類《はちゆうるい》っぽい目だ。大自然には様々な生き物がいるが、中には決して相容《あいい》れないものも含まれている。人間同士だってそうだ。それはもはや自然の摂理のようなものといっていい。

さっきまで満たされていた幸福感は退潮していき、かつての自分に戻ってしまったような味気無さが蘇《よみがえ》った。人付き合いが苦手で苦労したサラリーマン時代の自分である。

いや違う。いまのオレは、新しい人生を踏み出したんだ。

無理矢理そう念じ、脳裏のどこかに浮かんだ忌まわしい過去を振り払おうと、殿村は再びトラクターのアクセルを踏み込んだ。

ところが——。

「テキトーに連絡してよ」といったものの、しばらくは何もいってこないだろうと思っていた稲本から連絡があったのは、その夜のことであった。

「あのさ、今日の話なんだけど。一度仲間と会ってくれないか。明日とかどうだ」

スマホにかけてきた稲本がいった。食事を終え、風呂から上がって自室の和室に寝転がり、一日の疲れを癒やしているところである。

「明日、か……」

断りたかった殿村だが、そもそもが口べたである。適当な断り文句が浮かんでこない。

「何か予定があるのか」

「あ、いや。まあ、空いてはいるが」

「じゃあ、六時頃に顔出してもいいか」

殿村家に来るというのである。

来て欲しくなかった。来られたら、相手が帰るというまで居座られてしまう。気乗りしない相手との話に、そんな形で付き合わされてはたまったものではない。

「オヤジの具合もあるんで、ウチはちょっと勘弁してくれ」

とっさに父のことを持ち出した。実際のところ、父の正弘は、病後の経過も良好で気を遣うほどではない。

「そうか。じゃあ、前に行ったあの店はどうだ」

以前、稲本から農業法人の話を聞かされたことがあった。そのときの店だ。田んぼの中にある一軒家だが、料理がいいというのでこの辺りでは人気である。

「わかった。六時でいいのか」

「オレと、あと仲間がふたり。そのふたりのことは殿村は知らないと思うが、みんなこの近くで農業やっている仲間たちだ。じゃあ、待ってるから」

やれやれ。

通話を終えたスマホを早々と敷いてある布団に放り出して、殿村はため息をついた。

たしかに、慣れない農作業には不安もあるし、プロ農家としての知識も不足している。だからといって、稲本たちと組むというのには抵抗があった。明確な理由があるわけではないが、何かが合わないのだ。人としての相性のようなものである。

だが、この狭い地域社会で、稲本は同業者のいわばリーダー的な存在らしい。拒絶して波風立てるのもどうかと思う。

「仕方がない。行ってくるか」

話だけ聞いて帰ってくればいいだけの話である。

そう思ってしまうと、農作業の疲れがどっと出た。殿村は見るでもなくつけていたテレビを消すと、明かりを落として布団に横になった。

「こっちが田所《たどころ》地区でやってる三島《みしま》。こっちは佐野原《さのはら》地区の原口《はらぐち》だ」

稲本の紹介で、三島と原口のふたりが、「どうも」「よろしくお願いします」、と口々にいいながら頭を下げた。

料理屋の四人がけテーブルである。殿村の前に稲本と三島。隣に原口が掛けている。三島は、柄の入ったコットンシャツにジーンズという格好で、店には大きなランドクルーザーに乗ってきた。少し早く着いた殿村が窓辺から見ている前で、乗せてきたらしい稲本と原口のふたりを先に下ろし、駐車場の空きスペースを二台分占拠して無造作に駐車した。目つきの鋭い無口な男で、値踏みするような視線を殿村に注いでいる。

もうひとりの原口は、すでにどこかで飲んできたのかアルコールの匂いがした。座るやいなや断りもせずタバコを吸い始め、どうでもいいようなことにやたら笑う男だ。そのたびにヤニで黄ばんだ歯並びの悪い口から、もわっと煙を吐き出している。

稲本は、自分たちの農業法人の概要を説明するために簡単な資料を準備してきていた。

「オレたちが所有している田んぼが全部合わせて二十五町歩《ちょうぶ》。それに離農した人たちから休耕地を八町歩ほど集めて、いま三十三町歩。農業法人にすることで、経営を合理化できるし、たとえば、いままで各人で揃《そろ》えていた機材を法人内で使い回すことで台数を減らせるから、負担するコストも抑えられる。規模が大きくなることで、地法人化のメリットを、稲本は並べたてた。「さらに、複数の専業農家が集まることでノウハウを共有できるし、作業分担も可能になる。いまはまだそれほどの規模じゃないが、五年以内に百町歩にまで拡大することが目的だ。百町歩やれば、それは結構なもんだぜ、殿村。北海道とかの農家にもひけを取らない規模になる」

町歩とは広さの単位のことだ。一町歩は約一万平方メートルに相当する。語る夢は大きいほうがいいに違いない。だが、耕作地が仮に三倍近く増えたとしても、構成員たちの収入が同様に増えるわけはない。ひとりで面倒を見られる田んぼにはおのずと限界があり、それを超えれば人員を増やす必要があるからだ。

小一時間もかけて稲本は、自分たちの成長戦略――殿村にしてみれば現実離れしているとしかいいようのない将来像を雄弁に語り続けたのだが、正直、その話を黙ってきいているのは、苦痛であった。

事業計画としてのリアリティに欠けているのは直感でわかるが、根拠を示して否定できるほどの知識と農業経験が自分にはない。

とはいえ目の前に示された成長グラフを真に受けるには、殿村は経験を積み過ぎている。

「まあ話はわかった」

　ある程度聞いたところで、殿村はようやく口を開き、資料に落としていた視線を上げた。

「検討はしてみるが、この事業計画を実現させるつもりなら、田んぼは増やしても、あまり人は増やすべきじゃないと思うけどね」

「まあそうなんだけどさ」

絶賛にはほど遠い殿村の反応が気にくわなかったのか、稲本は冷めた表情になる。

「お前、銀行にいただろ。経理担当やってもらえないかと思ってさ」

最初からそれが狙いだったのかと、殿村は内心ため息をついた。

「オレはいま手一杯で、そこまでやる余裕はちょっとありそうにないな。すまん」

言葉柔らかに、殿村は断る。

稲本が視線を逸《そ》らし、ジョッキに残っていたチューハイを口に運んだ。三島はクルマを運転してきたこともあってウーロン茶ばかり飲んでいる。原口は熱燗《あつかん》をすでに三本おかわりしていて、目つきが怪しくなっていた。殿村は、最初に頼んだノンアルコールビールでずっと粘っている。

「お前の農作業は我々で分担するよ。それならいいだろ」

稲本はどうしても殿村を仲間に引き込みたいようだった。理由はわかる。彼らの事業計画には、それなりの資金調達が必要になっていたからだ。金融機関や農林協を説得して資金を引き出すために、財務に強い殿村が必要なのだ。

「オレたちと一緒になれば、楽に農業ができるぜ」

そこまでいわれてしまうと、もはや誤魔化しようもなく、殿村は腹を決めて正直な感想を口にするしかなさそうであった。

「本当にこの事業計画通りにいくと思っているのか」

稲本の視線が切れ上がって、殿村を一閃《いっせん》した。

「計画通り進まないっていいたいのか。そんなこと、お前にわかるのか」

不穏な苛立ちを、稲本は滲ませている。議論に慣れていない者にありがちな反応だ。

殿村は自分の発言を後悔した。

「いや。まあ、稲本たちはこれで頑張ろうとしてるわけだから、それでいいんじゃないか」

無口な三島の視線が殺気立ち、殿村を見据えた。

「よくないよ、殿村さん。教えてくれませんか、どこが悪いんです」

「どこがっていわれても……」

実際のところ、その計画は矛盾と楽観の産物以外の何物でもなかった。設備投資しているのに減価償却費が変わらなかったり、売上げ増にもかかわらず変動費の伸びが低く抑えられたりしている。様々な経費の甘い見積もり、人件費などの固定費に対する警戒感の無さ。一方、百町歩にまで拡大するといいながら、それをどこで確保するのかさえまるでわからない。

するとそのとき、むっとした表情でタバコに火を点《つ》けた稲本が、タバコの煙と共に、気になるひと言を吐き出した。

「吉井《よしい》さんも、殿村を仲間に入れたらどうかっていってるんだよね」

「吉井って、農林協の？」

この地域の農林業協同組合——略して農林協の担当者だった。

たしか隣接する地区の大地主の三男坊とかいう男で、殿村が覚えているのは、とかく父の評判の悪い男だったからだ。

たいていの農家は、苗や飼料の購入から収穫した米の販売までを農林協に深く依存している。無論、殿村の家も無縁ではないが、父はどうもこの吉井と何かがあったらしく、関係をこじらせていた。

「昨日見たトラクター、相当古かったじゃないか。吉井さんに頼めば、安く融資してくれてさ、新しいの買うことができると思うんだけどなあ。まあいまこの場で結論を出せとはいわないさ。でもそういうこと、もう少しよく考えたほうがいいんじゃないのか」

稲本はどうにも腑《ふ》に落ちないことをいった。

いったいそれがどういう意味なのか、事の真相を殿村が知ったのは、その翌朝のことである。

朝食のために台所へ降りた殿村は、おかずをつつきながらテレビを見ている父に、それとなく問うたのだ。

「なあオヤジ、農林協の吉井さんのことなんだけどさ。何かあったのか」

たちまち父から表情が消えたかと思うと、

「ありゃ駄目だ」

不機嫌に切り捨てた。「大農家の三男坊かなんか知らないが、ろくでもない奴さ」

「なんで揉《も》めたの」

「米よ、米」

父はいった。「ウチの米、オレが直販《ちょくはん》してるだろ。それが気にくわないのさ。いつぞやウチにきてな、農林協を通してくれっていいやがった。嫌だっていったのよ。オレが丹精込めた米を、お前らは他のと一緒にしちまうじゃないかって。もっと高く売れるものを、なんでわざわざそんなふうに売らなきゃならないんだ。そんなのおかしいだろうってな」

殿村の父は、収穫した米を「殿村家の米」という独自ブランドで売り捌《さば》いている。

直接買ってくれる個人やスーパーといった固定客がいるのだ。

「あの野郎はな、担当になった途端に来て、それをやめろっていうんだよな。挙げ句、なんていったと思う。オレをコケにして、この辺りでやっていけると思ってるのか、だとさ。寝ぼけたこといってんじゃねえっていってやったんだ」

「お父さん、そんな口の悪い」

聞いていた母がたしなめたが、「構うもんかい」、と父は腹立たしげにいった。

「それって、何かトラクターと関係がある？」

「誰にきいた」

目を丸くした父に稲本の名前を出すと、やっぱりそうか、という返事があった。

「例の農業法人の話だろ」

どうやら、父のところにも稲本は話をしにきていたらしい。「まさかお前、入るつもりじゃないだろうな」

疑わしげな目を向けた父に、殿村は顔の前で手を横に振る。

「入らないよ。断ろうとしたらさ、そんな話をするんだよ。農林協が融資してくれるからトラクターも新しくできるってさ」

「そんなバカな話があるか」

箸を持ったまま、テーブルをどんと叩《たた》いた父に、

「血圧あがりますよ」と母。

「稲本んとこの倅《せがれ》はな、その吉井ってのと馬が合うのか、つるんでやがるのさ。その農業法人に入れれば、ウチの米は直販ではなく、農林協に回る。要するにあいつらの利益になるわけだ。それが目的なんだろうよ」

そういうことか、とようやく納得した殿村であるが、同時に稲本たちのやり方に憤りを禁じ得なかった。

こんな田舎にも、都会の大組織と似たり寄ったりの保身や計算が存在するのである。

「このまま、何事もなくうやむやになってしまえばいいが……」

この日も好天であった。台所の窓に弾《はじ》ける初夏の眩しいほどの日差しとは裏腹に、殿村の心には黒雲がせり出そうとしていた。

7

「トラクターのエンジン、か。まあいいんじゃないの」

的場俊一が無人農業ロボット事業への協力を相談したとき、製造部出身で現在専務取締役の柴田和宣《しばたかずのり》は、鷹揚《おうよう》な態度で了承した。

帝国重工の製造部が、無人農業ロボット用のエンジンとトランスミッションを製造し、この事業に供給することに対する同意である。

「だけどちょっと遅いな、的場君。これによると企画そのものが動き出したのはひと月以上も前じゃないか。なんでもっと早く話を持ってこない」

「最初は財前が指揮を執っておりまして。外注しようとしているのを私が止めました」

「エンジンとトランスミッションを外注？　言語道断だな」

柴田の眼《め》が底光りし、錐《きり》のように鋭い怒気が放たれる。〝ケンカ柴田〟の異名を取るほどの男だ。気に入らない者、歯向かう者を、強引に薙《な》ぎ、引き倒していまの地位にまで上り詰めた。もっとも、ただの〝瞬間湯沸かし器〟ではなく、この男の真髄はその技術的知見と開発実績にあることは社内の誰もが認めるところだ。

「財前など、クビにしてしまえ」

「まだ新部署に異動したばかりですので」

柴田の勘気《かんき》をさらりとやり過ごした的場は、「財前にはなんで外注などにしたんだと、私からきつくいっておきました」、とそれとわからぬ慎重さで柴田の質問を誘う。

「ほう。それで財前はなんといった」

「我が社が手がける大型エンジンとトランスミッションとは、似て非なるもので開発に時間がかかりすぎると」

「バカな」

柴田は吐き捨てた。怒りに顔が赤くなりかかっている。「エンジンなんか小さくすればいいだけじゃないか。トランスミッションもしかりだ。何を考えておるんだ、財前は」

「申し訳ありません。一応、私が総責任者ですので代わりにお詫び申し上げます」

丁重に頭を下げてみせた的場だが、表情にはほのかな笑みが浮かんでいた。柴田とは気の置けない関係である。柴田は、現社長藤間秀樹とかつて社長の座を争ったことがあり、表向きは円滑な関係を維持しているが、本音のところは藤間憎しだ。坊主憎けりゃ袈裟《けさ》まで憎いではないが、藤間が主導する政策には面従腹背《めんじゅうふくはい》、内輪での批判を繰り返してきた。その流れで財前のいる宇宙航空部も、藤間肝入りの事業というので、日頃から目の敵にしている。

「いいかね、的場君。この企画に製造部が協力するのも、君が総責任者だからだ。そうじゃなかったら、私も奥沢《おくさわ》も、こんなものには見向きもせんよ」

製造部長の奥沢靖之《やすゆき》は帝国重工内で「ミスター・トランスミッション」と呼ばれるほど中心的な役割を果たしてきた男である。奥沢とは、的場がかつて機械事業部長だった頃に、協力して大型プロジェクトを立ち上げて以来、昵懇《じっこん》の間柄であった。

「奥沢には、これから説明しようと思いますが、専務からもひと言お口添えをいただけると助かります。将来の収益の柱となるだろう事業です。足元の業績が揺らいでいるいま、早急に立ち上げていく必要があるかと」

帝国重工が無人農業ロボット事業を手掛けるメリットのひとつは、野木教授の技術を除けば、その大半が既存技術で対応可能なことだと的場は考えていた。

「心得た。開発を急ぎたまえ。早ければ早いほど、世間へのインパクトも高まるだろう。私はロケットなど大嫌いだが――」

柴田は、たるんだ頬の肉を震わせた。「本件については、ロケットスタートというやつを期待しているよ」

# 第三章　宣戦布告。それぞれの戦い

1

「明日、上京するよ。記者会見があるんだ」

野木からそんな電話があったのは、六月下旬のことであった。

「ついに公式発表か。おめでとう」

梅雨空に覆われた上池台界隈《かいわい》の住宅街を見下ろしながら、佃は声を弾ませた。

明日の午後四時。大手町にある帝国重工本社において、マスコミ数十社の前で無人農業ロボットの製造開発を発表するという。

総責任者の的場のほか関係部門の役職者が登壇するが、自動走行制御技術を担う野木の存在こそが、会見の花となるに相応《ふさわ》しい。

長年のビークル・ロボティクス研究がついに、一般に流通する農業ロボットとしての第一歩を踏み出す、晴れの門出である。

「できればオレも会見場に顔を出したいところだが、無理だ。なんせ部外者なんでな。その代わり、夜、メシでも食わないか。オレもちょうど予定がない」

「ああ、それは楽しみだな」

野木の声が弾み、その日は東京ステーションホテルに宿泊するというので、午後六時半に帝国重工本社前で待ち合わせをすることにした。

「いよいよ、ですか」

打ち合わせの最中だったので、ソファで聞いていた山崎がどこか悔しそうな表情を見せる。「本当なら、その会見場で社長がスポットライトを当てられていてもおかしくないぐらいですけどね」

「まあいいじゃないか」

電話を終え、窓際から肘掛け椅子に戻った佃はいった。「オレたちはオレたちの仕事を地道にやり遂げよう。帝国重工のプロジェクトもウチも目的は同じだ。ウチが開発を進めてるトランスミッションも、そのうち日の目を見るさ」

佃製作所におけるトランスミッション開発はすでに大詰めを迎えており、何台もの試作機をテストしているところだ。あくまで設計上でという注釈付ではあるが、性能は競合メーカーにひけを取らないところまで来ている。とはいえ——。

「製品化までは、まだ一年は見たほうがいいだろうな」

ひと通りの議論の末、佃は断じた。「耐久テストにも時間はかかるし、実地テストもしっかり進めたい」

「まだ先の話になりますが、専用で自由に使わせてくれるいい圃場《ほじょう》、どこかに確保する必要がありますね」

現時点では、北海道農業大学の実験農場を借りてテストしているが、占有するわけにいかないし、そもそも東京と北海道では時間と費用がかかりすぎる。

「もし、帝国重工の無人農業ロボットに関わっていられれば、なにかと融通《ゆうずう》がきいたんですがねえ」

山崎が深々とため息をついた。

「それをいうな、ヤマ。いまさら仕方がない」

そういった佃だが、実のところ思いは同じである。

正直、明日の記者会見も、うれしさ半分、悔しさ半分だ。

「これはもう〝ウサギとカメ〟の物語だと思って頑張るしかないか」

嘆息した山崎に、

「ウチはどっちだ。ウサギか？」

からかってきくと、

「カメに決まってるじゃないですか。しかもカメの中でも最悪に鈍足なやつですよ」

むっとした返事があって、佃は思わず笑ってしまった。

その翌日、約束の時間に帝国重工の待ち合わせ場所に行くと、野木がすでに待っていた。タクシーに乗り込み、

「どうだった、記者会見」

早速きいた佃に、「なんといえばいいか」、と野木は首を傾《かし》げて考え込む。

「『アルファ1』の説明がほとんどで、ぼくの技術云々《うんぬん》の話が出たのは最初だけだ」

「アルファ1」というのは、無人農業ロボットに帝国重工がつけた開発コードだ。

「後は帝国重工の新規事業としての位置づけだのアグリ産業への足がかりだの、企業の宣伝みたいなものだった。ぼくは単なるお飾りだ」

タクシーで向かったのは、神保町《じんぼうちょう》で佃が古くから馴染《なじ》みにしている寿司屋《すしや》だ。「かと勘《かん》」という、主人夫婦で切り盛りしているこぢんまりとした店である。

生ビールが運ばれてきた。

「それはちょっと残念だったが、とにかく、お疲れさん」

ねぎらい、小さく乾杯する。

「それで、帝国重工の新規事業チームとの連携はうまくいってるのか」

「そこなんだ」

野木は渋い顔になって、言葉を濁した。「正直、ちょっとどうかと思うことが多いな」

「たとえば」

「自動走行制御システムの開発ソースを寄越せとか」

開発ソース——つまり自動走行制御用プログラムは、野木が積み重ねてきた研究の成果といっていいものだ。いわば秘中の秘である。

「まさか」佃は思わず顔を上げた。

「それがないと開発ができないと最初言ってきた。そんなはずはないといってやったよ」

「窓口は財前さんか」

「いや、エンジンやトランスミッション関係を統括している奥沢という部長だ」

「奥沢……？」

どこかで聞いたことがあった。

やがて思い出したのは、かつて島津裕から聞いた、当時の製造部副部長の名である。

島津が技術者生命を賭して立案したトランスミッション企画を排したばかりか、島津を製造現場から放逐した連中のひとりだったはずだ。

「それでどうしたんだ」

気になってきいた佃に、

「一旦は引き下がったが、そのうち、新会社に特許を移転して一緒にやらないかといってきた。研究開発費は全て出す代わり、新会社は帝国重工百パーセント出資だそうだ」

「馬鹿な」

佃は呆《あき》れていった。「そんなの、ただで帝国重工にくれてやるようなもんじゃないか。もちろん断ったんだろうな」

「断った。わざわざ奥沢部長がうちの研究室まで提案しにきたんだが、ソデにしたら目を白黒させてたよ。まさか断られるとは思っていなかったらしい」

「舐《な》めてるのか、連中は」

佃は思わず唸《うな》った。「財前さんがついていながら、これか」

「彼は動きを封じられてるみたいだな」

意外な話である。「うちの自動走行制御システムと直接リンクするのはエンジンやトランスミッションといった駆動系だ。その中枢部分には口出しはするなといわれたらしいよ。それまでは彼が担当していて気持ちよくやらせてもらってたんだが。いっそのこと開発ソースを公開してやろうかと思ったぐらいだ」

「よせ、野木」

慌てて止めた佃だが、にっと笑った野木の顔を見て冗談と悟り、胸を撫《な》でおろす。

もしプログラムを公開したら、中国をはじめ、資金力があって技術開発に目の色を変えた連中が、軒並み同様のシステムを開発して、あっという間に無秩序な過当競争が始まるだろう。そして自動走行制御システムにおける日本の優位性はたちまちのうちに失われることになる。

「ともかく、それがまずひとつ目の問題だ」

「まだあるのか」

驚いた佃に、

「実をいうと、もうひとつの問題はもっと深刻だ」

野木は深刻な表情になって続けた。「はっきりいって、まだ試行錯誤の段階ではあるものの、帝国重工のエンジンとトランスミッションでは、うまく行く気がしない」

「どういうことだ」

「自動走行制御システムが専門とはいえ、広義ではぼくも農業機械の研究者でね。エンジンやトランスミッションの性能は評価できるし、ぼくなりに一家言《いっかげん》あるつもりだ。はっきりいうが、帝国重工の技術は農業向きではないと思う」

「なぜそういえる」

問うた佃に、

「彼らはいままで巨大なブルドーザーや戦車、さらに船舶といったいろんなエンジンを手がけてきて、世界的な評価を得てきた。それについては何の疑いもないし、素直に認めるが、こと小さなエンジン、トランスミッションとなると話は別だ。彼らは、それを単なるダウンサイジングだと思ってるフシがある。だけども、実際には、大きなものよりもさらに繊細さを求められる。土を耕し、あるいは均《なら》し、苗を植える。そして刈る。そういう作業にどんなエンジン、どんなトランスミッションが必要とされているのか。その根本の部分を彼らは理解していない。つまり、農業を知らないんだな。一方で、自分たちの技術を疑うということもない。それでは成長しない」

農業機械に対する野木の要求水準は高い。人なつこさに秘められた妥協のない凜《りん》とした姿勢はまさしく研究者たるものである。

「まあ、こんなことは記者会見ではいえないが、帝国重工の開発スタンスは、いかがなものかと思うね」

佃が思い出したのは、帝国重工に小型エンジンや農業機械用トランスミッションのノウハウがないのではないか、という先日の佃製作所役員会でのやり取りだ。だからといって佃に何ができるというわけでもないのが歯痒《はがゆ》いが、野木は達観していた。

「ただ、お前の言葉じゃないけども、研究室にこもっていたんでは日本の農業は救えない。こういう苦労も、乗り越えていくべき試練なんだろう。そう思ってしばらく付き合ってみるよ」

寿司屋を出た後は、近くにあるバーへ場所を移した。

学生時代の思い出話に始まり、農業機械に関する様々なテーマについてそれぞれの立場から、忌憚《きたん》のない意見を述べ、熱い議論を尽くす。まるで時間を超えて三十数年前に戻ったような不思議な気分だ。しかしそれは、佃にとって実に有意義で、楽しい時間であった。

「じゃあ、明日の新聞、楽しみにしてるよ。もしかしたら、産業面のトップにでかでかと載ってるかもな」

「いや、テレビも来てたから、朝のニュースで流れるかも知れないぞ」

帰りのタクシーでそんなことを言い合いながら、野木をステーションホテルで下ろしたのは午前零時をとうに回った時間である。

翌朝、ほんの少し残ったアルコールと眠気と戦いながら居間へ降りた佃が、その日の新聞を広げたのは午前七時過ぎのことである。

一面を見たが、帝国重工の無人農業ロボットの記事は残念ながら載っていなかった。少し落胆しつつ、ようやく見つけたのは新聞の中程にある産業面の片隅だ。

「なんだ、これっぽっちか」

それが、佃の第一印象だった。

期待した記者会見の写真もない。葉書一枚分もない記事の見出しは、「帝国重工、無人農業ロボットに参入」、とそっけない。

野木の名前こそ出ているものの、記事は日本の農業の現状に触れるわけでなく、ただ帝国重工の新規事業のひとつとしての取り組みを淡々と取り上げているに過ぎなかった。

「わざわざ記者会見にまで出て、これか。野木には気の毒だったな」

ところが――。

「最近の農業ってすごいわねえ」

台所にいる母の声が耳に入って、佃はふと顔を上げた。「トラクターがひとりで動いて畑を耕すんだって」

台所に置いてあるテレビを母は見ている。慌てて駆け寄った佃は、映し出された映像に釘付《くぎづ》けになった。

「どこのニュースだ、これ?」

「大日《だいにち》テレビだけど。どうしたの、あんた」

それは、記者会見場ではなく畑だった。そこを一台のトラクターが無人で走っている。

　どこかの農場だろうか。

「走ってます、走ってます」

　女性のナレーションが入った。生中継のようだ。

「それにしても、すごいですねえ。誰も運転していないのに、トラクターが勝手に動き出して、作業をして戻ってくるんですか？」

　いったい、誰に質問しているんだ。野木か？　いや、野木のはずはない。こんなテレビ中継があるのなら、昨日、そう話したはずだ。

　画面が切り替わり、作業服にヘルメットをかぶった男性が現れた。

　見知らぬ男である。もちろん野木ではないし、野木の研究室にいた学生たちとも違う。四十代半ばの背の高い男だった。一見、育ちの良さを感じさせる顔だが、眼光は鋭い。

「パソコンで設定するだけで、日中だけでなく場合によっては夜間でも、無人のまま納屋から畑へ出て、自動で作業して帰ってきます」

　佃は、何か自分が悪い夢でも見ているのではないかと思った。

　いまこの男が口にしたことは、野木の研究するビークル・ロボティクスの概念とまったく同じである。背後の畑で動いている無人トラクターの光景は、野木の実験農場で見たものを彷彿《ほうふつ》とさせる。

「いったい何者だ、この男は……」

佃は思わず呟《つぶや》いた。

「こうした無人トラクターを、実は重田《しげた》さんはじめ、京浜地域にある下町の中小企業が集まって作られるんですよねえ」

レポーターの問いかけに、笑顔で男が頷《うなず》く。

「そうなんです。このトラクターで、我々下町の中小企業の技術力と底力を、日本の、いや世界の皆さんに知ってもらおうと思います」

「すばらしい取り組みだと思いますが、このトラクター、何か名前はあるんですか」

その問いとともに、カメラが男の表情をアップで映し出した。

「はい。ここから新たな農業が進化して欲しいという意味を込めて、『ダーウィン』と命名しております。我々はこれを『ダーウィン・プロジェクト』として頑張っていきたいと思っています」

進化論を唱えた、チャールズ・ロバート・ダーウィンにちなんだ名前だ。

「ところで重田さん、これ今日の新聞なんですが、こんな記事が載っているのをご存じですか」

レポーターの女性が見せたのは他でもない、新聞に掲載された帝国重工の無人農業ロボットの記事である。

「大企業の帝国重工も、同じくこうした無人農業ロボットに参入するということなんですが。強力なライバルが現れましたね」

煽《あお》りともいえるひと言に、

「負けませんよ」

大写しになった男の眼《め》が鋭く細められた。「日本を元気にするために、下町でがんばってきた私たち中小企業が負けるわけにはいかないんです。一社一社の力は小さくても、みんなで力を合わせ、知恵を出し合って、大企業に負けないトラクターを心を込めて作っていきたいと思います。応援よろしくお願いします」

なんだこれは。

佃は思わず唸ってしまった。

男のコメントが視聴者の心を摑《つか》んだであろうことは、間違いない。

判官《はんがん》びいきの日本人のメンタリティをうまく利用している。

「どういうこと?」

いつからいたのか、振り返ると、利菜が目をまん丸にして佃の後ろに立っていた。

「どうもこうもないよ」

佃は、ようやく話題が替わったテレビから目を離した。「どうやら、帝国重工に強力なライバルが出現したらしい。会社に行ってみろ、きっと大騒ぎになってるから」

2

この日、営業部員たちがあちらこちらの取引先に寄ってかき集めてきた情報により、次第に「ダーウィン・プロジェクト」なるものの概要が浮かび上がってきたのは、夕方近くのことである。

「プロジェクトの中心になっているのは、なんとダイダロスだそうです」

会議室に陣取る佃に、最初にそれをもたらしたのは、営業部の江原だった。大田区内にある取引先で、「ダーウィン・プロジェクト」に参加しないかと声をかけられたというある会社によると、発起人の代表は株式会社ダイダロス社長の重田登志行《としゆき》だとという。「オレも見ましたけど、今朝のテレビに出てたあの人ですよ」

「あれが──重田か……」

眼光の鋭い男の表情を今更ながらに佃は思い出した。

さらに、実際にプロジェクトへの参加を決めたという会社から、他の協賛企業名を聞き出してきたのは、村木昭夫《むらきあきお》であった。村木は営業部の若手で、普段は大人しいが仕事は堅実、取引先の信頼も厚い。

「プロジェクトが発足したのは今年三月だそうです。中心メンバーは、ダイダロスの重田社長、それにギアゴーストの伊丹社長、さらにキーシンという会社の――」

「キーシンだって？　それは大森にある会社なんじゃないか」

唐突に佃に聞かれ村木は面食らった顔をしたが、「ご存じなんですか。調べてみたんですが、確かに大森のITビルに入ってました」

間違いない。野木に共同研究を持ちかけ、裁判までしたというベンチャーだ。

無人農業ロボットと聞いて、佃が真っ先に疑問を持ったのは、自動走行制御のノウハウをどうしたのかということであった。だが、野木の研究成果を盗み出した疑いがあるキーシンが関与しているとなれば、その謎は解ける。

だがそれは同時に、「ダーウィン」もまた、帝国重工と同じレベルの技術を有している可能性があることも示唆《しさ》していた。

「こりゃあ、キナ臭いことになってきたな」

腕組みをして考え込む佃に、村木が続ける。

「それと、発起人には名を連ねてはいないんですが、北堀《きたほり》企画という会社が絡んでいるそうです。なんでも、参加者全員を集めた企画会議でそこの社長が宣伝担当として紹介されたそうです」

「宣伝担当？　そいつはなんの会社なんだ。設計か何かか」

エンジン、トランスミッション、そして自動走行制御システム。要するに発起人たちは基幹システムの開発者たちで占められている。

「いえそれが、テレビ番組の制作会社だそうです」

「番組制作？」

佃の隣で素《す》っ頓狂《とんきょう》な声で聞き返したのは山崎であった。「なんでそんなのまで出てくるんだよ」

「そういわれても――」

困惑した村木に、「いやまてよ」、と佃は顔を上げた。

「もしかして、その北堀企画って会社、ニュースや情報バラエティ作ってるんじゃないか」

その場で村木がモバイルで調べると、すぐに出てきた。

「あ、本当だ。民放の情報バラエティの制作ってのが会社概要に載ってますね」

「『ＡＳＡＤＡＳ』、違うか」

今朝、佃が見ていた番組だ。案の定、「ありますね」、という村木の返事がある。

「そういうことだ、ヤマ」

山崎はぽかんとしている。「いいか、北堀企画が担当しているのは、『ダーウィン』のプロモーションなんだよ。だから発起人には名前を出さず伏せてるんだ」

「なるほど。〝お手盛り〟批判を躱《かわ》すのか」

世情に疎《うと》い山崎もさすがにピンときたらしい。

「その通り。表には出ず、黒子に徹してがんがんニュースや情報バラエティに『ダーウィン』の情報を突っ込むわけだ」

「帝国重工をライバルに仕立てている。「下町の会社にしちゃ、あざとすぎませんか」

江原が啞然《あぜん》としている。

「このプロジェクトは、有志が集まってトラクターを作るっていう、そう簡単なものじゃなさそうです」

そういって村木が口にしたのは、萩山仁史《はぎやまひとし》の名前であった。

地元選出の衆議院議員だ。

「萩山議員が働きかけて、京浜地域を象徴する肝入りのプロジェクトとして全面支援を打ち出しているらしいんです。背景には浜畑《はまはた》首相のICT戦略構想もあるようで」

ICTとは、情報通信技術（Information and Communication Technology）の略語である。

昨年二期目に入った浜畑鉄之介《てつのすけ》内閣は、総選挙での大勝を背景にして官邸主導の戦略を相次いで打ち出している。

「そのICT戦略構想の中で、農業分野は重要な柱として位置づけられているそうです。萩山議員にしてみれば、『ダーウィン・プロジェクト』を利用して名を売ろうっていう考えじゃないかと。これには、地元区役所の産業振興課も協賛を約束しているとのことでした」

「なにかと都合と事情を抱えている連中が、『ダーウィン』で利害関係が一致したってわけか」

納得した佃に、さらに新たな情報がもたらされた。

「いまヤマタニの木戸《きど》さんとの打ち合わせを終えたところなんですが、ちょっと気になることを聞きまして。例の『ダーウィン』の件なんです」

ヤマタニの浜松工場へ出張していた津野からの電話である。「『ダーウィン』のデザインや外装はヤマタニが供給するそうなんです」

がつんと後頭部を一撃されたような衝撃を、佃は受けた。

脳裏に浮かんだのは、先日、同社浜松工場長の入間に、仁義を切りにいったときの反応だ。

あのとき入間は、こういったはずだ。

――そういう考えというのは、別に帝国重工に限ったものではないんだよ。他のメーカーでも、もちろんウチでも同じ様な企画が出ているかも知れない。

「かも知れない」ではなく、すでに出ていたのだ。

佃の知らぬところで。

『ダーウィン』かよ……」

もはや高みの見物の気楽さはなかった。それどころか、佃が感じたのは、蚊帳《かや》の外に置かれた疎外感だ。

どんな行動を起こすべきか、それを佃は考えた。

だが、答えは浮かんではこない。

こんなとき、殿村がいてくれたら。

いまさらではあるが、そんな思いが強く胸を衝《つ》いた。そう思わないではいられなかった。

3

その夜、自由が丘駅に近い人気の和食店に、「ダーウィン・プロジェクト」の四人組が集まっていた。ダイダロスの重田が馴染みにしている店で、静かな二階の特別室に案内されたのは主人の心遣いだ。

集まっているのは他に、ギアゴーストの伊丹、キーシンの戸川譲、そしてテレビ番組制作会社北堀企画の北堀哲哉《てつや》である。

「大成功だ。オンエア後から全国の農家から問い合わせが殺到してる。早く次の一報を出せるよう、がんばってくれよ」

その北堀は長くした銀髪を左右に垂らし、タバコと酒の呑《の》みすぎでどす黒くなった顔をほころばせた。制作会社社長というより、職業不詳のロッカー崩れのオヤジといったほうがぴったりくる。

「出だしは上々だ。このまま突っ走るぞ」

声の調子は静かでも、一点を見据える重田の目に滾《たぎ》っているのは爛々《らんらん》とした闘志だ。

「まったく、いい同級生を持ったもんだ」

皮肉屋の戸川がいった。小柄な男である。大学受験に失敗し、ＩＴ会社のアルバイト社員からベンチャー企業キーシンを立ち上げた男には、消えない心の傷を抱えているようなところがあった。同時に、社会への怒りも。いつも斜に構え、相手の足元を見透かそうとでもする目をしている。

その戸川がいうように、北堀は、重田と同じ公立進学校の同級生であった。成功した家業を持つ重田と違い、北堀の家は母ひとり子ひとりで貧しく、苦労して大学まで出た。左翼系思想の持ち主で、強く大きな社会的権力を前にするとムキになって立ち向かうところがある。

北堀の中で大企業は常に悪であり、政府与党は批判されるべきものであり、弱き者は常に正しく救済の対象である。そうした思考回路は、まさに帝国重工対下町中小企業という構図にぴったりだ。

「それにしても、ここまで好対照になるとは思わなかったな。かつての同僚にこっそり聞いたら、帝国重工では大騒ぎになっているらしい」

そんな情報を口にしたギアゴースト社長伊丹大の前職は、帝国重工社員である。名門の機械事業部に配属されるも、体制批判のかどにより総務部に左遷、そこで同じくつまはじきにされた天才、島津裕と設立したのがギアゴーストであった。もっともその島津とはダイダロスとの資本業務提携をめぐって決裂、いま同社の技術責任者は氷《ひ》室彰彦《むろあきひこ》という男が務めている。大手メーカー、トーミツ出身の氷室は、島津との訣別《けつべつ》が決定的になる前から伊丹が目を付けていた優秀なエンジニアであった。

「実に愉快じゃないか」

重田がジョッキを掲げた。伊丹もそれに倣《なら》う。

ビールがうまい。

ざまあみろ。

その言葉は音にはならなかったものの、どろりとした笑いとなって伊丹の顔に張り付いた。

勝利の余韻とでもいうべきものだろうか。満たされ、心地よい時間だ。

「帝国重工のやつら、これで終わりだと思うなよ」

重田の低い声がいった。伊丹はグラス越しに、その不吉な笑みを湛《たた》えた瞳を見ている。途轍《とてつ》もない恨みと怒り、そして狂気が入り混じった瞳だ。重田が感情を昂《たかぶ》らせれば昂らせるほど、伊丹の気持ちも同調して燃え上がる。

自分をコケにした帝国重工への憎悪、的場俊一への怒りの業火《ごうか》が燃え上がるのだ。

「それと例の件、予定通り、今週掲載だそうだ」

北堀の報告に、重田が嬉々《きき》とした表情を浮かべた。

「例の件って、なに？」と戸川。皮肉をいわないときの戸川は、いつもぶっきらぼうだ。

「『週刊ポルト』に、おもしろい記事が載る」

北堀のこたえに、戸川は唇を丸めてみせた。

重田が引きつったように笑いはじめ、気づいたときには伊丹もつられて笑っていた。なぜ笑えるのか、わからない。だが、ひたすらに愉快だ。

オレは酔っ払っているのか？

いや違う。これはノリだと、伊丹は思った。この四人には他にはない特別なノリがある。神経を麻痺《まひ》させる麻薬のようなノリが。集団ヒステリーのようなものかも知れない。

だがそのノリがやがて帝国重工をも飲み込み、的場俊一を追い詰めるのだ。遠からぬ未来に、必ず――。

「いまに見てろ」

心の中で呟いた伊丹の思念は、北堀が吐き出すタバコの紫煙のようにゆらゆらと立ち上り、消えることなくいつまでもその場に居座り続けた。

4

「これは君のミスだぞ」

その言葉を、的場が口にするのは、それで三度目だった。

帝国重工の無人農業ロボットの記事が経済紙に掲載されたまではよかった。だが、朝の人気情報バラエティ番組で、大々的に取り上げられた、「ダーウィン・プロジェクト」の衝撃はそれ以上であった。

独走するはずの市場に、突如《とつじょ》、強敵が出現したのだ。

「なんで事前にわからなかった。こんなもの、下請けに聞いてみればすぐにわかりそうなものじゃないか」

「申し訳ありません」

財前が詫《わ》びの言葉を口にするのも、これで三度目だ。的場は納得するそぶりもなく、怒りを収める気配もない。

実際、財前にしてみても、「ダーウィン・プロジェクト」の存在は驚き以外の何物でもなかった。

だが、的場がいうように、下請け企業を当たれば企画の存在を突き止められたかというと、現実には難しかったであろう。そのプロジェクトは、テレビを通じた情報解禁まで秘匿されていたフシがある。

的場が怒り狂っているのは、それとは別のところに理由があると、財前は見透かしていた。

この日一日かけ、京浜地域内の下請け業者を中心にヒアリングして探り出した「ダーウィン」陣営には、意外な顔ぶれが揃《そろ》っていたのである。的場からすれば、穏やかではいられないはずの顔ぶれが。

実のところ、そのことを財前に教えてくれたのは、機械事業部にいる同期で、副部長職にある西野《にしの》という男であった。どうやら、機械事業部でも、「ダーウィン・プロジェクト」の実態を探っていたらしく、この日の夕方――つまりつい先ほど内線で知らせてきた西野は少々取り乱していた。

「まずいぞ財前。この重田っていう男はウチにとってワケ有りの経営者だ。しかも、伊丹というのは、以前ウチにいた奴だが、相当、したたかでキレる」

西野が語ってきかせたのは、重田がかつて経営していた重田工業倒産までの経緯である。その倒産については当時社内で話題になったこともあり、いわれて財前も思い出した。

コスト削減要求を突っぱねていた重田工業を当時担当していたのが伊丹大。交渉すれども進展なしとみた伊丹は、同社の〝選別〟――つまり取引打ち切りを進言する意見書を書いた。部内での激論の末、それを承認した的場の決裁によって重田工業は行き詰まり、数千人の従業員と共に同社は浮き世の波間へと消えていった――。

「重田工業を追い詰めた担当者の伊丹と重田本人が手を組んだということか。なぜだ」

財前はきいた。

「それを聞きたいのはオレのほうだ」

このタイミングでぶつけてきたのが果たして偶然なのか、それもわからないという。

「その重田は、まだ協力会とのコネがあるんだろうか」

「さあな。ただ、死んじまった重田のオヤジは協力会の顔役だった。いまでも付き合いが続いてる可能性はあるだろうな」

一方の伊丹のほうも、旧知の帝国重工社員は何人もいるはずだ。

こちらの手の内が、「ダーウィン・プロジェクト」側に筒抜けになっている可能性がある。一方で、相手の開発情報は鉄のカーテンの向こう側だ。

西野にはいわなかったが、懸案は他にもあった。

キーシンの戸川という男だ。

北海道農業大学の野木から、開発ソースを盗んだと疑わしい男が、自動走行制御システムを担っているとすれば、帝国重工の優位性には疑問符がつく。

しかも、この思いがけない展開で世の中の支持を得ているのは、圧倒的に「ダーウィン」のほうだ。

ドアがノックされ、秘書が顔を出した。

「多野《たの》広報部長がいらっしゃっていますが」

「どうぞ」

見向きもしないで的場が応ずるのと、息を切らせながら、小太りの多野が入室してくるのはほぼ同時だった。

「明日発売の『週刊ポルト』にこんな記事が」

応接セットのテーブルにどこかで入手してきたらしい見本誌を広げるや、多野は禿《とく》頭《とう》に浮かんだ汗をぐるりとハンカチで拭った。

財前のところからも、大きな見出しが躍っているのが見える。

――下町トラクター「ダーウィン」の真実　帝国重工に潰された男たちの挑戦
――社長候補のエリートが潰し、路頭に迷わせた数千人の社員

「なんだこれは」

怒りに低くした的場の声がこぼれた。激情に頬を震わせ、血走った目で多野を睨《にら》み付ける。

「潰せ！」

突如的場が放った怒声に、多野は震え上がったが、

「む、無理です」

そのひと言だけは、しっかりと口にした。「先日、編集部から質問書が届いたときには、個別の取引内容については答えられないし、過去に問題になったこともなく適切だったとコメントしておきましたが――」

なんなんだ、これは……。

胸中で呟いた財前は、ひたひたと迫ってくる不穏なものの気配に、危機感を抱いた。

「どうも想定外のことになっちまったな」

その夜、野木と連絡をとった佃は、スマホを持ったまま頭を下げた。「申し訳ない」

電話の向こうから伝わってきたのは、哀愁を含んだため息である。

「まあ仕方が無いだろう。お前のせいじゃないし、財前さんを責めるつもりもない。ただ、キーシンの戸川社長だけは、ちょっと許せないな」

野木の気持ちはわかる。一方で、法廷闘争はしたくないというのも理解の内だ。

「ひとつ聞きたいんだが、キーシンが持っている技術というのは野木と同じレベルのものだと思うか」

ビークル・ロボティクスの開発ソースが盗まれたと推測される時期から、すでに五年の歳月が経過している。

その間にも野木の技術は日進月歩の進化を遂げたはずだ。そこに、オリジナルとコピーの差が生じることはないのか。

「あの頃の研究は、現時点との比較でいえば、まだ七割程度の完成度だ。その後、向こうがそれをどう改良したかによる」

「逆に向こうのほうが上になることもあるってことか」

「可能性としてはあるだろうな」

野木はいった。「それよりも、さっき財前さんから連絡があったんだが、帝国重工のことが『週刊ポルト』に載るらしいぞ。詳しい話はきかなかったが、あんまりいい話ではないらしい。気にしないでくれといわれたよ」

「週刊誌ネタか」

それも「ダーウィン・プロジェクト」のしかけたものというのは考えすぎか——そんなことを思った佃に、

「技術的なことはともかく、マーケティングでは圧倒的に『ダーウィン・プロジェクト』のほうが上だ」

野木は忌憚《きたん》のない感想を述べる。

「たしかにお前のいう通りかもしれんな」

一方の帝国重工は、その名の通り重厚長大、マーケティング戦略となると、得意分野とはいいかねる。

「マーケティング戦略だけが劣っているんならまだ救いがあるんだけどな」

そんな気になるひと言を残して、野木との会話はお仕舞いになった。


その朝——。

自宅を出た佃がコンビニに立ち寄り、『週刊ポルト』を買い求めたのは、朝八時過ぎのことであった。

目的の記事はすぐに見つかった。

コンビニの前でざっと目を通し、出社した後にもう一度、今度は精読する。

いまから十年近く前——。

数千人もの従業員を抱えていた重田工業に対して、帝国重工は一方的に発注打ち切りを通告、為《な》す術もなく会社は倒産し、社長だった重田登志行は従業員共々路頭に迷った。その最後通牒《つうちょう》を突きつけたのが帝国重工無人農業ロボット事業の総責任者的場俊一取締役で、その後、重田は一度は落ちた社会の底辺から這《は》い上がり、当時業績が低迷していたダイダロスを買収して社長に就任。徹底したコスト管理と低価格エンジンを売りにした路線によって飛躍を遂げる。

そしていま、下町の会社社長たちとタッグを組み、「ダーウィン・プロジェクト」を立ち上げて、宿命の仇敵《きゆうてき》ともいえる帝国重工に挑戦状を叩《たた》き付けた——。

そんな内容の記事は、重田の悲運と復興を軸に情熱的な筆致で描かれ、一方の帝国重工は冷酷無比な悪の帝国ばりに、そして的場俊一は、血も涙もなく何の罪もない数千人もの従業員を不幸のどん底に突き落とした極悪人のごとく、実名に加えて写真付きで登場していた。

「たしかに、この重田登志行という人の人生は壮絶なものでしょうが、帝国重工の書かれ方も酷《ひど》いですね。ネットでも、相当盛り上がってますよ」

同記事に関連する動きを山崎が知らせにきた。「〝善玉〟『ダーウィン』が〝悪玉〟

帝国重工に挑戦するっていう構図ですね」

「こいつは挑戦なんて生やさしいもんじゃないぜ、ヤマ」

佃は断言した。「帝国重工への、まさに宣戦布告だ」

5
「君にも判断ミスというものがあるんだなあ、的場君」

唐突に言われ、的場は、相手と向き合ったまま体を硬くした。

帝国重工会長室の窓からは、夕景の大手町が美しく見える。特に日の入り直前の、オレンジ色に熟れた、したたるような光景は、そのまま額に入れて飾れるほど美しい。

会長の沖田勇《おきたいさむ》はいま、その夕日を背負って的場と対峙《たいじ》していた。

ブラインドを一杯に開け、明かりは点《つ》けていない。

夕日を背負って肘掛け椅子に収まっている沖田の表情は陰になって、的場からは窺《うかが》い知れない。だが想像することはできる。苦々しい言葉や荒《あら》らかな性格とは裏腹な、淡々として気品漂う面差しを。

「あんな新規事業になど、手を出すべきではなかった。功を焦ったな」

「いえ、そういうわけでは」

否定はしても言い訳はしない。それが通用する相手ではないからだ。

「人生には抗いがたい攻守の波がある。それはサッカーと同じだ」

自身、東大時代にはア式蹴球部、つまりサッカー部の主将を務めた沖田は、折に触れ人生をフィールドゲームに喩《たと》えたがる。

「肝心なことは、その波に逆らわないことだ。攻めるべきときに攻め、守るべきときは守る。その繰り返しの中に、勝機が宿る。——藤間が、もう一期やるといっているよ」

最後のひと言に的場は激しく動揺し、落胆したが、その表情が面に出ないよう細心の注意を払った。

トップ人事の紆余《うよ》曲折、根回し、社内政治の世界は伏魔殿《ふくまでん》だ。的場ひとりが抵抗してどうなるものでもない。藤間が「続ける」といい、認められたのなら、それが沖田を含めた役員の総意ということだ。

「この難局だ。やりたければやればいい。君があえて火中の栗を拾うこともあるまい」

果たしてそれがどういう意味なのか、問うまでもない。社長就任の延期である。

「いまは雌伏《しふく》のときだ」

沖田は最後にそれだけいうと、すっと静かになる。存在そのものが消え失《う》せたかのように。

話が終わったのだ。

気の遠くなりそうな意識の中でどうにか立ちあがった的場は、一礼すると美しい絵画から現実の世界へ通ずるドアに向かって歩き出した。

6

早朝の農作業を終えた殿村が一旦自宅に戻ったのは、午前十一時過ぎのことだった。

開け放した倉庫の日陰にトラクターを入れてエンジンを切ると、ストンと田舎家の静けさに包まれる。

麦わら帽子を脱ぎ、首のタオルで汗を拭って庭の水道で手を洗っているとき、砂利を踏みしめてくる足音に殿村は振り返った。

スラックスにシャツ姿の男がひとり立っている。

首からＩＤカードをぶら下げ、小脇に黒い書類ファイルを挟んだ男はまだ三十歳そこそこの、ひょろりとした体格をしていた。

「どうも」

どこか軽さを感じさせる男の口調に、

「ああ。どうも」

殿村は応じ、洗っていた手をタオルで拭いながら無言で、話を促した。

「この前、稲本さんたちから農業法人に誘われませんでしたか」

吉井浩《ひろし》はいった。父の正弘と折り合いの悪い、農林協の職員だ。隣接する地区の大地主である吉井の父は、その地域の顔役でもあり、学校は出たものの就職難で行き場のなかった三男坊を農林協に押し込んだというもっぱらの噂《うわさ》である。

その挙げ句、出来上がったのが上から目線の坊ちゃん職員というわけだ。殿村自身、農林協の存在意義は大いにあると思うし否定する気は毛頭ないが、こういう手合いは一番質《たち》が悪い。要は吉井の個人的資質の問題である。

「ああ、誘われたけど」

「当然、入るんですよね、殿村さん」

なんの疑いもない口調には、むしろ、入ることを強制するような響きさえあった。

「入らないよ、私は」

殿村のこたえに、吉井の目の中で新たな感情が揺らいだ。

「どうして」

吉井は倉庫内の木箱のひとつに腰を下ろし、殿村の答えを待つ。

「入ったって、意味がないからだよ」

「意味はありますよ」

吉井はトラクターを見やった。「この地域の農家が集まって大規模農業法人になれば、それだけでもすごいじゃないですか。トラクターだって、新しいものになる」

どうやら吉井は、稲本あたりに頼まれて殿村の意思を確認しにきたらしい。

「別に新しくしなくていいよ。これで十分」

そのトラクターの作業機を外しながら、殿村はいった。「この前稲本から話は聞いたけど、あれじゃあ、ひとりでやってるのとさして変わらない。それに、ウチの米も彼らの作ったものも一緒にされるのはどうかと思う」

「『殿村家の米』、ですか」

吉井は、へっという笑いを吐き出した。「困るんですよね、そういうの。勝手なことして、それでいいと思ってるんですか」

「米へのこだわりが違うし、味も品質も違う。せっかくいい米を作ってるのに、そうじゃないのと一緒くたにされる。そっちのほうが困るんだ」

「そういうのがひとりいると、皆が迷惑するんだよ」

吉井の言葉遣いが急に荒っぽくなった。「あんた、米づくりの素人だろう。経験も知識もない人間が、オレたち抜きでやっていけると思うのかよ」

元来が気弱で、口べたの殿村だ。ことケンカ腰のやりとりとなると、大きな目がぐるぐる回るだけで、口は回らない。

「と、とにかく。私は、農業法人には入りませんから」

吉井は箱からゆっくりと腰を上げ、凄《すご》むような目で殿村を見据え、

「いい気にならないほうが身のためだ、殿村さんよ」

捨て台詞《ぜりふ》とともに去って行った。

# 第四章　プライドと空き缶

## 1

佃製作所にとって、この一年が意味するものは「お祭り」である。

新たな何かを生みだすときに必要なのは非日常的な力であり、それは祝祭の熱狂にうかれる民衆のパワーと相似形である。

その間、佃製作所の軽部や立花、アキたちにとって、トランスミッションは、いわば信仰の対象にも等しい偶像であった。

信仰に終わりがないように、技術にも終点はない。

日々、向き合って思い知るのは自らの無知であり、無力である。ひたすら謙虚になり、そして来る日も来る日も涸《か》れ果てぬ情熱を根気よく注ぎ込む。

いま佃は、北海道農業大学の実験農場に立ち、昨日までの雨が嘘《うそ》のようにからりと晴れ上がった空を見上げて立っていた。

北の大地に、薫風《くんぷう》が吹いている。

「はじめよう」

トランシーバーを通じて佃が指示を出すと、風に乗ったエンジン音が微《かす》かに聞こえてきた。エンジンをスタートさせたのは、佃製作所の小型エンジン「ステラ」と独自開発のトランスミッションを組み合わせた無人トラクターだ。

格納庫から出てきたトラクターの車体はヤマタニ製。エンジンとトランスミッションのみを載せ替え、さらに野木の自動走行制御システムと連結したトラクターは、プログラム通りに農道を進み、畑での耕耘《こううん》作業を終えると、再び農道を通って格納庫へと戻っていった。およそ一時間の行程である。

エンジンの音が消えるとともに、佃の背後で拍手が起きた。軽部や立花、アキたち、トランスミッション開発チームだ。

農業機械の将来を見据え、佃製作所が独自に開発した無人農業ロボットの実験である。

「まあまあかな」

軽部からそんな感想が洩《も》れた。

「これで百回連続、ノンストップですね」

アキがいうと、

「そんなのは当たり前なんだよ。千回だろうと、一万回だろうと、止まっちゃいけないんだ。今日これから収穫しないと間に合わないってときに止まったらどうする。一年の苦労が水の泡になるかも知れないんだぞ」

まさに軽部のいう通りだ。

さらにいくつかの問題点がその場で話し合われ、再調整のために全員が格納庫に消えていく。

「素晴らしいチームだね」

野木が賞賛した。「帝国重工もこのぐらいがんばってくれるといいんだが。当たり前のことだろうが、小型エンジンやトランスミッションは、佃のほうが上だ」

「発展途上さ。できるだけ早く製品化できればいいんだけどな」

製品を開発するのと、それを世に問うことの間には、厳然たる距離がある。だが残念なことに、いまの佃製作所にはその距離を埋め合わせるものが無かった。

「とはいえ、帝国重工の『アルファ1』もだいぶこなれて来たんじゃないのか」

野木は、ゆっくりと首を振ると意外なことをいった。

「彼らは方向性を間違えてる」

「どういうことだ、それは」

驚いて問うた佃が目にしたのは、苦悩を刻んだその横顔だ。

佃はこの一年ほど、社業が繁多《はんた》であったこともあり、しばらく帝国重工の新規事業とは疎遠になっていた。

野木が語った開発の内幕は、佃にとって軽い衝撃をもたらすものであった。

2

「野木教授が心配されるのは、ごもっともだと思います」

その日、所用で帝国重工に寄った佃は、用事を済ませると宇宙航空企画推進グループに財前を訪ねた。

「何が起きているんです」

「それが……」

テーブルに視線を落とし、財前は渋い表情で眉間に皺《しわ》を寄せた。「製造部が種々検討するうちに、大型化してきているんです」

「大型化?」

果たしてそれの何が問題なのか——。

「佃さんもご存じのように、トラクターの売れ筋は小型から中型のものです。大型トラクターとなると、海外や北海道などで展開する一部の大農家にニーズが偏ってしまいます。これでは日本の農業を救おうという所期の目的から外れたものになってしまう」

「なんでそんなことになってしまったんです」

野木が不満を抱くのも当然である。

「問題はふたつあります」

神妙な面差しで財前は、指を二本、立てた。「まず一番大きな問題は、弊社の製造部の意向です。結局、彼らの得意とする技術で勝負しようとしたために企画意図から逸脱し、大型化が既定路線になってしまいました」

おそらく、それは財前の想定内だったのではないかと佃は推測した。財前は帝国重工製造部がどういう部門であるかを知りつくしており、だからこそ当初から内製化ではなく、佃製作所に外注しようとしていたに違いない。

「それともうひとつの問題は、ライバルとして登場した『ダーウィン』です。『ダーウィン』が狙っているのは小型から中型のトラクターです。つまり、的場が考えているのは市場での棲《す》み分けなんです」

「競合はしたくないと」

「社内ではそう説明していますが、実際には対抗していくだけの小型エンジンとトランスミッション開発に時間と費用がかかりすぎるというのが本音でしょう」

「なんてこった……」

呆《あき》れた佃は、

「それでいいんですか、財前さん」

無駄とは思いつつ、財前に苦言を呈する。「あなたは、一緒に日本の農業を救おうとおっしゃったじゃないですか。野木だってそのつもりで協力したんですよ。これではハシゴを外されたも同然です」

「申し訳ない。私にもう少し力があれば」

財前のいいたいことはわかる。

的場俊一だ。

自らの功のために企画を横取りし、内製化を打ち出したが故の迷走である。

「的場さんは間違っていますよ。誰もそのことをいえないんですか」

「いったところで耳を貸すような人ではないんです、あの人は」

「だったら、このまま野木を裏切る形で事業を進めるつもりですか。それではあんまりだ。

佃は、これを見てください」

佃は、タブレット端末を出すと、この日財前に見せるためにもってきた映像をそこに映しだした。

財前の目が見開かれ、そこに映し出されたトラクターの動きに釘付《くぎづ》けになる。

「これは――」

やがて顔を上げた財前に、

「ウチで開発した無人農業ロボットの試作機です」

「この自動走行制御システムは？」

「御社が使っているものをさらにバージョンアップしたものです。ただご心配なく、このトラクターはあくまで野木研究室の実験用車両という位置づけです。製品化はまだ視野には入っていません」

野木は、独自開発した自動走行制御システムの供給先を帝国重工に限定する旨《むね》の契約を締結していた。その例外が、野木研究室の実験用トラクターの車両開発だ。野木の研究は日々進化し続けている。先日の北海道農業大学での実験は、その最新プログラムにより運営されたものであった。

「何がいいたいかわかりますか、財前さん。いまさらウチに発注してくれとかそんなことじゃないんです」

佃はいった。「開発費も少ない、大して人員を割けるわけでもない。ウチの拠《よ》り所は、小型エンジンを長年作ってきた技術と経験だけだ。こんな我々だってできるのに、人員も資金もある帝国重工ができないなんてことがありますか。ただ、挑戦してないだけなんじゃないですか。やればできるはずです」

唸《うな》ったまま、財前は右手を額に強く押し付けて考え込む。

「野木を裏切るようなことにはしてほしくないんです」

佃は訴えた。「お願いします、財前さん。なんとか軌道修正して、正々堂々、『ダーウィン』と戦ってください」

俯《うつむ》き、膝の間で組んだ指先を見据えていた財前から、

「おっしゃることはよくわかりました」

やがてそんな返事があった。「ただ、もう少しお時間をいただけないでしょうか。この通り、お願いします」

立ちあがった財前は、そういうと深々と頭を下げたのである。

3

帝国重工は岡山市の郊外に、広大な実験農場を構えていた。

耕作放棄地となっていた土地を探し、地権者たちとの交渉を進めたのは、財前である。

岡山を選んだのにはいくつか理由があった。

まず、将来的に無人農業ロボットの製造ラインとして候補に挙がっていたのが帝国重工広島工場で、そこから比較的近いということ。

そしてもうひとつは、この岡山の地がそもそも農機具発祥の地というに相応《ふさわ》しいことだ。いまでも農機具メーカーの多くが岡山に集まっている。

いま一台の大型トラクターがその農場の中を走っていた。

強い日差しの中、乾燥した風に吹かれ、土埃《つちぼこり》を上げながら敷地の端まで行き、そこでターンして戻ってくるという作業を繰り返している。

帝国重工の無人農業ロボットの試作機「アルファ1」の実験風景だ。

いままで幾度となく繰り返されてきた実験であるが、この日が特別なのは、本社から総責任者の的場俊一が見に来ているからだ。

「順調そうだな。もう製品化に踏み切ってもいいぐらいじゃないか」

見学を終え、帝国重工の岡山支社の応接室に戻った的場は始終、上機嫌であった。

実験には岡山県知事と岡山市長を招いており、新聞記者もついて来た。いま必要なのは「アルファ1」の存在と実力を、広く世の中に知らせることだ。まず世の中に認知されないことには、セールスに結びつかないことは、的場も重々承知している。

「いやあ、すばらしい実験でしたな、的場さん」

いま応接室の向かいで破顔した岡山県知事は「アルファ1」の性能を褒《ほ》めちぎり、製造工場建設の際はぜひ岡山で、と市長共々頭を下げた。

「今日は本当にいいものを見せていただきました。ところで、わが岡山にはかつて大規模な政府の実験農場があったことはご存じでしょうか」

「ええ、もちろん存じております」

笑顔で応じた的場の前に、知事側からファイルに入った書類が差し出された。

「実は毎年、ここ岡山で開かれる一大農業イベントがありまして。『アグリジャパン』といいます。ご存じですか」

「あ、いいえ——」

申し訳なさそうに首を横に振った的場に、

「日本に限らず海外からも多くの農機具メーカーが出展し、開催期間中は、農業関係者を中心に十万人を下らない来場者数を誇っております」

知事は胸を張った。「今年も秋に開かれることになっていますが、この『アルファ1』を出展していただけませんでしょうか。マスコミも数多く駆けつけますし、大変な注目を浴びることになること請け合いです。大宣伝になりますよ」

「それはありがたい」

的場は膝を叩《たた》いた。「こちらからも是非、お願いします」

「この場の思いつきで恐縮ですが、もし帝国重工さんがよろしければ、いま見せていただいたのと同じデモンストレーションをお願いできませんか。無人農業ロボットは、おそらく将来、日本の農業を背負って立つことになるでしょう。その姿を間近に見られるとなれば、みんなが喜ぶ。ぜひ、イベントの目玉にしたい」

「どうだ、奥沢君」

その場には財前もいたが、的場が声をかけたのは製造部長の奥沢であった。

「願ってもないチャンスです。知事、ありがとうございます」

腰を折って礼を言う奥沢を、少し離れたところから財前は見ていた。

的場は、この新規事業において財前を遠ざけ、ひたすらに奥沢を重用している。外部には、エンジンなど主要パーツを外注に出そうとした財前には任せられないと説明しているようだが、実際は、財前から企画を取り上げた後ろめたさがあるからに違いない。

いまや重要なことは全て、的場と奥沢の話し合いで決まる。この事業の実質的な主導権は宇宙航空部から取り上げられ、的場と、その腹心ともいえる製造部の奥沢へと移ろうとしていた。一方で、所管はあくまで宇宙航空部であり、この事業での不採算や失敗のつけだけが回されてくる損な役回りだ。

そして、試作機「アルファ1」は、当初財前が思い描いていたものとは、かけ離れたものになっていた。もちろん、野木が期待していたものでもない。

的場と奥沢のふたりに決定的に欠けているのは、この無人農業ロボットを使う者の視点だ。

無人で走るトラクターを、ただ作ればそれでいいわけではない。

戦前の巨大戦艦や戦車から始まり、重厚長大産業の柱として君臨し続けてきた帝国重工には、大会社同士のビジネス、対企業の視線はあっても、一般人の顧客を相手にする目線はなかった。

「作れば売れる」のが、帝国重工の発想である。

的場も奥沢も、その陥穽《かんせい》に塡《は》まっている。意見をいう財前を遠ざけた結果、持ち上げるだけの取り巻きに囲まれているのが現状だ。

「おい、財前」

知事らを見送った後、的場から声がかかった。「君は『アグリジャパン』を知っていたか」

「ええ、知っていました」

「だったらなんでいわないんだ」

的場は刺《とげ》のある目で財前を見据える。

「まだ一般公開できるほど、安定した技術にはなっていないと考えています」

「なんだ、得意のロケット品質か」

　奥沢が憎々しげに揶揄《やゆ》した。奥沢は、製造部を差し置いてエンジンを外注しようとした財前に対して、一貫して敵愾心《てきがいしん》を抱いている。

「『アグリジャパン』には『ダーウィン・プロジェクト』にも声がかかる可能性があります。相手の手の内もわかりません」

「そんなもの知る必要はない」

　的場は言下に吐き捨てるや、燃えるような目で財前を睨《にら》み付けた。「なにが来ようと、ウチの技術は絶対だ。『ダーウィン・プロジェクト』だと？　そんな連中に負けるわけはない」

　決めつけた的場は、さっさと背を向けて去って行く。

「財前君よ」

　その後に続こうとした奥沢が、ふいに財前を振り返った。「エンジンだのトランスミッションだの、君は専門外じゃないか。君ら宇宙航空部の人間は、我々製造部の作ったものを黙って売ってりゃそれでいいんだよ」

　反論も出来ず、財前はただ、唇を噛《か》んでふたりの背を見送るしかなかった。

4

「さっき連絡があって、岡山で開かれる『アグリジャパン』に出てくれないかという話があった。なんでも帝国重工も無人農業ロボットの出展を決めているそうだ」

重田が電話で伝えると、「絶対に出ろ」、そう北堀は命令した。

「差を見せつけるチャンスだ」

帝国重工の無人農業ロボットの状況については、同社協力会や社員と直接のパイプがある重田、伊丹によるところも大きいが、ニュース番組を制作している北堀の元にも独自ルートで様々な情報が入ってくる。

ここ何日かで北堀発最大のスクープは、次期社長と目されていた的場俊一の就任見送りであった。

知らせを受けた重田は、その場に居合わせた伊丹とともに拍手喝采、会食していた場で勝利の美酒に酔ったのは記憶に新しい。もちろん、就任見送りの引き金となった『週刊ポルト』の記事を仕掛けたのは他ならぬ北堀である。マスコミを巧みに操り、世論をコントロールする。どうすれば世の中を味方に付けることができるか、どうすれば相手を追い落とすことができるのか——北堀ほど知悉《ちしつ》した人間を重田は知らない。

「相手もチャンスだと思ってるだろうさ」

重田は低い笑いを洩らした。「飛んで火に入る夏の虫だ。返り討ちにしてやるよ」

様々なルートから「アルファ1」の概要はすでに把握している。

製造部門の技術的制約で大きくならざるをえなかったというエンジン、そして伊丹にいわせれば時代遅れのトランスミッション。一方の「ダーウィン」は、重田のダイダロスが実績のあるエンジンを、伊丹のギアゴーストが最新のトランスミッションを供給する鉄板の組み合わせである。

負けるはずがない。

「帝国重工対『ダーウィン』。かつて帝国重工に煮え湯を飲まされた男が、仇敵《きゅうてき》を倒す。テレビで流れるその瞬間に、日本中が痺《しび》れること間違いなしだ」

電話の向こうで、北堀の声は嬉々《きき》として弾んだ。

「『アグリジャパン』？」

その夜、重田からの連絡を受けた伊丹は、話をきいてしばし考え込んだ。

「出展はもう約束したんですか」

「主催者側には明日、承諾しようと思ってる。北堀からは絶対に出ろといわれたよ。

ニュースになるって」

「まあ、ニュースにはなるでしょうね」

「なんだ、あまり乗り気じゃなさそうだな」

慎重な伊丹の態度に、重田の声はどこか不満そうだ。諸手《もろて》を挙げて一緒に喜ぶとでも思ったらしい。

「技術的にはまだ途上なのに、出るというのはどうも」

「実験ではちゃんと動いているじゃないか」

心外といわんばかりの重田の反論に、「止まってしまうときもある。聞いてないんですか」、逆に非難めいた口調で伊丹は応じた。

「聞いてるさ」

重田はこたえる。「でも、『アグリジャパン』のイベントは秋だぞ。それまでには解決してるだろう」

根拠のない自信である。「とにかく、出るから。いいよな」

「まあ、いいでしょう。重田さんがそう決めたのなら」

通話の途切れたスマホを手にしたまましばし考えた伊丹は、「堀田《ほった》」、とデスクにいる男に声をかけ、他の社員に聞かれないよう社長室に呼び入れた。

「『ダーウィン』の不具合、解決したのか」

「氷室さんが調べてますが、はっきりしないみたいですよ」

その氷室は、以前島津が座っていたデスクにいる。会話が聞こえないよう、堀田も声を潜めた。氷室は優秀だが人一倍神経質な男で、ちょっとした会話にも気を遣う。すぐにキレて周りに当たり散らすからだ。

「なにが問題なんだ」

「原因が特定できないんです。正直、ウチのトランスミッションが原因かどうかもわかりません。いまさら島津さんにきくわけにはいきませんしね」

「ダーウィン」に載せているトランスミッションは、島津の置き土産といってもいいものだ。

「なにかあるんですか」

堀田はどうやら重田との電話を聞いていたらしい。「アグリジャパン」の話をすると、しばし考え、ちらりと背後の氷室を一瞥《いちべつ》した。

「それまでに解決できればいいんですが」

伊丹ははじめて、島津と決裂したことを後悔している自分に気づいたのであった。

「奥沢君、例の無人農業ロボットはどうなんだ」

取締役会の終了が宣言された後、社長の藤間に呼び止められた奥沢は、戸惑いを禁じ得なかった。

なぜ自分が質問されるのか。

無人農業ロボットは宇宙航空部の管轄だ。一方の奥沢は製造部の人間であり、そもそも進捗《しんちょく》を問われる立場にはない。

「あの無人農業ロボットは、宇宙航空部の管轄ですので、私は――」

「君らが現場の主導権を握っているそうじゃないか」

発言を遮《さえぎ》った藤間のひと言に、奥沢はそっと警戒した。藤間はゆっくりと歩き出しながら、持ち前の鋭い眼光を放ってくる。

「的場さんが総責任者ですし、詳しいことは私には――」

「なんで当初の計画から逸脱してる」

奥沢の話など聞いていないかのように、藤間は強引に問うた。

「当初の計画、とは」

「事業計画では中小のトラクターをメインに据えていたじゃないか。何故《なぜ》、その路線を捨てた。日本の農業の一助となるために無人で動く中型トラクターをメインに開発するというのがそもそもの趣旨だったはずだ」

「はい、いやその――」

奥沢は口ごもる。もとより誤魔化しの通じる相手ではないが、

「コストがその――合いません」

「コストが合わない？」

　ぎらりとした眼差《まなざ》しを藤間はねじ込んでくる。「そんなことなら最初から予測できたはずだ」

「おっしゃる通りでございます」

　奥沢は一瞬、視線を揺らしたものの、「ただ、大型路線は的場さんの指示でもありますので」、と逃げを打つ。「企画当事者からの指示となりますと、私どもは従わざるを得ません」

「ほう」

　藤間は目を細め、錐《きり》のような視線を奥沢に向けてきた。震え上がりたくなるような目には、嘘や妥協の一切は通じない。

「どうやら、きく相手を間違えたようだ」

　ほっとしたのも束《つか》の間《ま》、「ところで、秋に、岡山でイベントがあるそうだな」、どこで聞きつけたか、意外なひと言が飛び出した。

「実は岡山県知事の蜷川《にながわ》君は、大学の同窓でね。わざわざ電話を寄越したよ。私にも来てくれということだ」

「いらっしゃるんでしょうか」

だとすると一刻も早く的場の耳に入れなければならない。

「ああ、行くつもりだ。まあがんばってくれ」

藤間の手が、奥沢の肩におかれ、声が潜められた。「みっともない姿を見せないでくれよ」

5

その手紙は、他の郵便物に混じってポストの底に落ちていた。

ダイレクトメールの類《たぐ》いだろうと思ったら、封筒に見慣れたロゴが入っている。ギアゴーストのロゴだ。

宛名は手書きで、クセのある筆跡には見覚えがあった。案の定、封筒の裏の差出人にはこうあった。

――伊丹大
自室に戻って開封してみる。

その後、お元気ですか。弊社は相変わらずです。

もうご存じかも知れませんが、ギアゴーストは、ダーウィン・プロジェクトに参加しています。

来週、岡山でのイベントで無人走行を披露する予定で、そのときには君が設計したトランスミッションが活躍します。ぜひ、ご来場のほどを。

再会を楽しみにしています。


同封されていたのは、「アグリジャパン」のフリーパス券だった。ご丁寧に東京・岡山間の往復新幹線の回数券までついている。

「いまさらなにいってんの、伊丹くん」

誰もいない部屋の中で、島津はぽつりと呟《つぶや》いてみた。

ギアゴースト退職後、友人の紹介で得た大学のアルバイト講師の仕事から戻ったところだ。いまは正職員として迎えてくれる大学を探しているところだが、なかなか空きがなく、しばらくは不安定なアルバイトを続けるしかない。

「誰が行ってやるもんか」

封筒に戻し、一旦はダイニングテーブルの上に放り出した島津だが、やはり気になって、カバンに入ったままのモバイル端末を引っ張り出すと、イベント名で検索をかけてみた。

「アグリジャパン」のホームページを見つけるのは簡単だった。「ICT農業最先端」という派手なタイトルと紹介文が載っている。

が、それはただの紹介とは少々、違っていた。

――帝国重工vs.「ダーウィン・プロジェクト」

「おいおい」

思わず呟いてしまう。たしかに、週刊誌の記事で一時期騒がれていたのは知ってい
た。

「ここまであからさまにやるかな」

また独りごちる。

そしてもう一度、伊丹の添え文を読み、「あのトランスミッション、完成したんだ」、
とまた声に出してみる。

なんていったっけ、伊丹くんが見つけてきた私の後任……。

「そうだ、氷室なんとかさんだ」

気づいてみると、モバイルの画面を切り替えてスケジュールを確認している自分が
いた。

「空いてんじゃん」

島津は、チケットの入った封筒をキッチンのコルクボードにピンで留めた。

午後一時に始まった会議は、休憩を挟んで四時間近くにも及び、終わった頃には佃も山崎も、くたくたに疲れ切っていた。

次期大型ロケットに関する連絡会議という名目であったが、関係各部および各社に伝達されたのは、要するにコストの大幅な圧縮であった。

目玉は、新エンジンの投入である。

設計の変更により部品点数を減らし、さらにエンジンの出力は向上させる。この日発表された計画では、現在百億円かかる大型ロケット打ち上げ費用を半分の五十億円に圧縮するという大胆なコスト削減策が示されたのであった。

「スターダスト計画は、首の皮一枚で繋《つな》がってる感じですね」

会議場を出た山崎もどっとため息を洩らす。「藤間社長が続投を決めたおかげでなんとかプロジェクトの続行が確保されたようなもんですからね。その意味では、『ダーウィン・プロジェクト』に感謝しなきゃいけません。あの『週刊ポルト』での報道がなけりゃ、的場さんが社長になって打ち切りの憂き目に遭っていてもおかしくない」

「まったくだ」

佃も応じ、その場で財前に連絡をとった。

会議終了後に会いましょうと事前に言われていたからである。佃のほうも、無人農業ロボットのその後について知りたいと思っていたから好都合だ。

「外に出ませんか。もし次の仕事がなければ、軽く一杯いかがです」

財前に誘われて向かったのは、八重洲にある落ちついた雰囲気の居酒屋であった。

生ビールで乾杯の後、話題になったのはいましがたの会議で話し合われた大型ロケット打ち上げコスト削減についてである。

「競争が厳しくなってきていまして」

現場を離れたとはいえ、同じ宇宙航空部内にある財前は相変わらず、事情に通じている。

「コスト高がそのまま衛星打ち上げ数の減少に繋がっているという話はお聞きになったと思いますが、それだけではありません」

ここだけの話ですが、と声を落とした。「藤間社長が今回は続投ということで話がまとまりそうですが、次はわからない。それまでの間に打ち上げコストを下げ、世界的に見ても優位な実績を作ろうという意図なんです」

どんなプロジェクトも社内外の複雑な事情に常に翻弄される。大型ロケットしかり、そして今回の無人農業ロボットしかりだ。

「その無人農業ロボットなんですが、新たに動きがありまして」

財前が見せたのは、一枚のパンフレットであった。

「『アグリジャパン』、ですか。それにしても、これは」

　佃が驚いたのは、そこに、「帝国重工vs.『ダーウィン・プロジェクト』」という大コピーを見つけたからだ。

「最初はこんな話ではなかったんです」

　イベント出展までの経緯を語る財前は当惑の表情だ。「こういうあおりはやめてくれといったんですが、調べてみるとウチの担当者のチェックミスで、気づいたときにはパンフレットも大量に出回った後でした」

「でも、対決といってもデモンストレーションをするだけなんですよね」と山崎。

「そうなんです。ただ広大な実験農場にスタンドを立てて集客の目玉にしたいということでして。野木教授もイベント内で講演をされることになっています。どうですか佃さん、よろしければいらっしゃいませんか」

　そういって財前は、招待チケットの入った封筒を佃の前に差し出した。「別にこの無人走行デモに限らず、きっと佃さんの参考になることもあるはずですから」

　いわれなくても佃は行くつもりであった。

　帝国重工と「ダーウィン・プロジェクト」、この二大陣営のデモンストレーションを一緒に見られる機会など他にはないからである。

6

「アグリジャパン」の会場は、人で溢《あふ》れかえっていた。最寄り駅と会場を往復する何台ものシャトルバスがひっきりなしに来場客を会場ゲート前で吐き出し、佃や山崎ら佃製作所社員たちもすし詰めのバスで先ほど運ばれてきたばかりだ。

「すごい賑《にぎ》わいですね」

秋の日射しに眩《まぶ》しそうに目を瞬《またた》かせた江原がいった。雲ひとつない晴天である。

人も多いが、それよりも驚くのは出展ブースの多さだ。ひと際目に付くのは、最新型トラクターを並べたヤマタニなど大手農機具メーカーのブースだが、それ以外にも大小含めた様々な業者も出展し、自社製品やサービスをPRしている。

それを物色、ときにブースに入り浸って様々な興味関心を示しているのは、全国からきた多様な分野の農業関係者たち、あるいは、園芸や畑仕事を趣味にしているような個人だ。

「来年からウチも出しましょうよ。もしかしたら、引き合いがあるかも知れません」

江原に言われるまでもなく、佃もそれを考えていたところである。そう思わないではいられない活況を呈していたからだ。農業関係者にとっては一年に一度のビッグイベントである。

「この先ですね」

案内図を見ていた津野が指さしたほうに進むと、一段と目立つ帝国重工の看板が目に入ってきた。

他の業者の四区画分ほどを独占し、大勢の専用スタッフを配置した大ブースの中央には、ラバオレンジ色の車体を磨き上げられた一台のトラクターが鎮座している。

無人農業ロボット「アルファ1」試作機だ。

「これか。たしかにでかいな」

間近で見た山崎の第一声だ。

日本の田畑で活躍しているトラクターとしては、もっとも大きな部類ということができるだろう。当然、これを使う農家は大規模農業主に限定される。

「社長、社長――」

津野に肩をトントンと叩かれて振り向くと、「あれ見てください」、と少し先にあるブースを指し示した。

「ダーウィン・プロジェクト」だ。

やけに目立つ黄色と黒の横看板が晴天に映えている。

「覗《のぞ》いてみましょうよ」

津野を先頭にして帝国重工のブースを出たものの、近づくにつれ、混雑で先に進めなくなった。「すごい人気だなあ。これじゃあ近づけないですよ」

展示車両の前には立錐《りっすい》の余地もないほどの人だかりが出来ている。

ブース内に置かれた大きなスクリーンに無人で動くトラクターの映像が流れているのが遠くからでも見え、プレゼンの音声が外に設置されたスピーカーから聞き取れる。

「これが伊丹社長のいう勝ち組ってことですか」

佃の隣に立つ山崎の表情が厳しく引き締まっていた。「ダーウィン」のブース脇には、参加企業の名前がずらりと並んでいるが、そのトップにあるのがダイダロスとギアゴースト、そしてキーシンの三社だ。

かつて、安さ一流、技術は二流と揶揄されたダイダロスが、いまや時流を摑《つか》み、佃製作所の一歩も二歩も先を行っている。ギアゴーストしかりである。そして、どんな汚い手を使おうとキーシンという会社は平然とのしあがり、あと数年もすれば日本の無人農業ロボットはこの三社によって独占されてしまうかも知れない。

「なんだか——やられちゃったな」

山崎がぼそりと呟く。山崎だけではない。ここに来た佃製作所の社員全員が、

「オレたちは流れに乗り損ねた」

そう思ったに違いない。

もし救いがあるとすれば、この技術的趨勢《すうせい》を見越して、佃製作所もまた独自の無人農業ロボットに対応する技術を開発してきたということだ。だがそれも、採用してくれるところがあって初めて意味がある。

「行きましょう、社長。講演、はじまりますよ」

唐木田に促されてその場を離れた佃たちは一様に押し黙り、まもなく基調講演が始まろうとしている建物へと足を運んだ。


――『ICTが切り拓《ひら》く日本のスマート農業』

講師は、北海道農業大学の野木だ。

満席の聴衆に拍手で迎えられた野木の講演は、まさにこのイベントに相応しい内容であった。

スライドや映像を交えながら、日本の農業が抱える問題点を指摘し、その解決策として様々な最先端技術を紹介し、解説を加えていく。

ドローンによる農薬散布状況の把握、専用センサーによる田んぼの水位管理など、取り上げられた事例は様々だ。

聴衆はメモを取ったりして熱心に聞き入っていたが、その熱気がもっとも高まったのは、なんといっても野木の専門、ビークル・ロボティクス研究に関する話題に移ってからだ。

無人農業ロボットによる農業改革は、産業革命に近い衝撃がある。

人手に頼り、力の無い女性や高齢者にはきつかった農作業が自動化されることで、飛躍的に効率が上がり、世帯収入をも押し上げる。

「これは、私の大学の実験農場での無人トラクターの映像です」

スクリーンにその映像が映し出されたとき、聴衆から一斉に拍手が起きた。

この技術が農業の未来を変えてくれる——。

誰もがそう期待している。もちろんそのためにはクリアしなければならない様々な問題があることも事実だ。技術的な課題の克服、農家の集約化、そして道路交通法の改正。だが、遠からずそれらの問題は解消し、農業は劇的な変容を遂げていくに違いない。その未来を期待し、確信するに足る講演であった。

「いい話だった」

講演後も聴衆たちに囲まれ様々な質問に答え続けた野木とようやく話が出来たのは、講演終了後三十分もしてからである。

「話はともかく、問題はこの後だよ」

額に浮かんだ汗を拭いながら、野木はいった。

間もなくイベントの目玉である無人農業ロボットのデモンストレーションが始まろ

うとしている。

ノックがあって、ドアの向こうから佃の知った男が顔を出した。

財前だ。

「ああ、佃さん、いらしていただいてたんですか」

笑みを浮かべたものの、すぐに表情を引き締めると野木に向かい、「そろそろ準備が整いましたので、ご案内いたします」

さらに、「もしよかったら、佃さんたちも一緒にどうぞ」、と声をかけてくれた。

「帝国重工側のテントで、席はありませんが、一番よく見えますから」

財前の気配りに礼をいい、野木共々向かったのは、混雑した会場の先にある広々としたデモ会場であった。

本物の水田をそのまま会場に仕立てた作りだ。四角い田んぼの一辺には用水路が流れ、その向こうは千人近くも収容できそうなスタンドが設置されていた。その規模だけでも目を見張るが、さらに驚いたことにはすでにそのスタンドが客で埋め尽くされていることである。

スタンドの反対側、帝国重工の作業テントの横には来賓《らいひん》席があり、「社長、最前列、見てください」

唐木田がそっと指さした先に端厳たる男の横顔を見出《みいだ》した佃は、驚いて財前に目で問うた。帝国重工社長の藤間だ。

「岡山県知事とは大学時代の友人ということもありまして」

財前がいった。「ただ実際には、この新規事業の成果を自分の目で確かめたいという思いが強いのではないかと。なにしろいろいろありましたから」

大型ロケットのスターダスト計画は、藤間体制を象徴する一大事業だが、それ以外の大型買収、豪華客船、さらにジェット機製造といった新たな事業は、ことごとく難航し、帝国重工の財務内容を悪化させる原因となってきた。

財前曰《いわ》く、藤間には、新規事業をあまりに部下任せにしすぎたという反省があるという。

自分が承認した事業の進捗は自分の目で確認し、必要とあらばトップダウンで指示を出す——。まさに背水の陣頭指揮を執ろうという考えなのかも知れない。まさに、乃公《だいこう》出でずんば——である。

「そろそろですね」

腕時計を見た財前が視線をやった向こうに、一台の赤いトラクターが現れた。

「ダーウィン」だ。

おそらくは三十馬力程度の比較的小さなトラクターである。スタンドの観客からすれば、もっとも馴染《なじ》みのあるタイプに違いない。車体は赤色だが、深紅というより、どこかイタリア車が纏《まと》っているような明るさがある。

デモンストレーションは、まずその「ダーウィン」が三十分。その後、帝国重工「アルファ1」という順番だ。

――それでは皆さんお待ちかね。無人農業ロボットのデモンストレーションがいよいよ始まります。

進行役の案内に歓声と拍手が沸いた。指笛まで鳴るスタンドには、おそらく「ダーウィン」関係者も大勢詰めかけているのだろう。サッカーでいえばホームグラウンドの声援を受けているようなものだ。

「ダーウィン」の車体が小さく揺れた。エンジンが始動したのだ。

歓声が収まり、佃にも軽いエンジン音がはっきりと聞き取れる。

動き出す前にクラクションが二度鳴らされたのは、「ダーウィン」側の演出だろう。

ゆっくりと発進した「ダーウィン」は、道路の幅が二メートルもない農道をゆっくりと進み、三十メートルほど行ったところで左折して圃場《ほじょう》へと入っていった。

一旦停車し、後部にリンクしている作業機が下ろされると、耕耘爪が回転しはじめる。そのまま直進し、突き当たりにある畔《あぜ》近くで旋回して方向を変えた。

圃場の真ん中あたりには、主催者側によって案山子《かかし》が立てられていた。

「ダーウィン」は、その案山子の手前まで来たところでぴたりと動きを止める。センサーで感知したのだ。無人農業ロボットの課題のひとつは安全性だ。人にぶつかったりしないよう、障害物を常にセンサーでモニタリングし、回避する行動を取ることが求められている。

案山子を避けるように回り込んでいった「ダーウィン」は、やがて入ったのとは反対側に作られた出口から農道に上がっていく。スタンド前の直線で大歓声を受ける様はどこか、自動車レースのウィニングランを想《おも》わせるものであった。

時間にしてちょうど三十分。時折、エンジンやトランスミッションの動作が不安定になることはあったが、それは専門家である佃たちにしかわからないことで、観客の多くには完璧な走行と映ったであろうことは想像に難くない。

帝国重工内のテントでは、慌ただしさが増していた。

スタッフが真剣な顔でパソコンを覗き込み、「ダーウィン」と入れ替わりに「アルファ1」が所定の位置にまで運ばれていく。

——次は新しく農機具に参入する帝国重工の無人大型トラクター「アルファ1」の登場です！

紹介のアナウンスに拍手が起きたが、人気の「ダーウィン」と比べると、それは遥《はる》かに控えめなものであった。

「スタートしてください」

イベントスタッフの声がかかり、パソコンが操作された。

ドスンという太いエンジン音は、いままで聞いていた「ダーウィン」にはない迫力がある。

最初の難関は、スタート直後に進入する農道であった。

「ダーウィン」より車幅があるために、農道の幅ギリギリを使わなければならない。数センチの誤差という前評判を試される場面だ。

走行を開始した「アルファ1」が、農道に入っていく。ゆっくりと進むスピードは、「ダーウィン」よりも遅いが、さすがにここでスピードを出すわけにはいかないはずだ。

三十メートルほどの農道が異様に長く感じられるのは、スタッフたちの背後からトラクターを見つめる野木の緊張が佃にも伝わってくるからだ。

その横顔がふっと緩んだのは、「アルファ1」の直進が終わり、見事圃場へと降り立ったときである。

「よしっ、行くぞ」

誰かが声を上げ、同時にトラクターのスピードが上がった。車体が大きい分、見た目の迫力では「ダーウィン」より上だ。

歓声とため息が圃場に降り注ぎ、その注目を一身に受けた「アルファ1」が最初のターンを決めてみせた。

佃の隣で、山崎が何かいいたそうな顔をしている。隣に立っている軽部に目配せするが、軽部は仏頂面のまま答えない。

圃場の端から端まで二度往復した「アルファ1」の進行方向に、いま案山子が立っていた。

停止するのか、バックするのか。あるいは「ダーウィン」のように迂回《うかい》していくのか。

ところが――そのどれでもなかった。

「あっ」

小さな声を佃が発したのと、「アルファ1」が案山子を踏みつけ、タイヤに巻き込んだのは同時である。

スタンドから悲鳴が上がった。

来賓席で藤間の背後にいた男が慌てて立ちあがり、足早に佃たちのいるテントまで来るや、

「なにをやってるんだ！」

鋭い叱責を放った。的場俊一その人である。

「センサーがうまく作動しなかったらしくて。泥がついたんじゃないかと思います」

そんなスタッフの言い訳に納得するはずもなく、的場は怒りに顔面を蒼白《そうはく》にしている。

致命的なミスであった。

安全性に問題有り――まさにその最悪の評価を受けるに十分な失態を、衆人環視の中、起こしてしまったことになる。

「アルファ1」はまだ走行しているが、この時点でデモの失敗は誰の目にも明らかだ。

圃場の端まで到達した「アルファ1」が再び農道に出てきた。

来賓席の前を通り、落胆と失意に沈む帝国重工のテントの前を我関せずとばかり虚《むな》しいエンジン音を響かせて通っていく。帝国重工のスタッフ、野木、そしてそこに居合わせた佃たちも、ただ唖然《あぜん》として見送ることしかできない。

圃場を取り囲むようになっている農道を右折し、スタンド方向へと向かった。

「ダーウィン」が受けたような歓声は、もはや期待できそうになかった。

残された最後の直線は、いわば敗者の行進だ。

まばらな拍手が佃のところにも聞こえた。

肩を落とした野木が佃を振り返り、首を左右に振ってみせる。その肩に手をやって佃が慰めようとしたとき、予想外のことが起きた。

スタンドがどよめいた。

振り向いた佃の視界に飛び込んできたのは、「アルファ1」の大きく傾いた車体だ。狭い農道から脱輪したのだ。

それが用水路へと転落していったのは次の瞬間である。

悲鳴にため息、それに笑い声まで混じっている。イベント関係者が駆け寄り、帝国重工のテントからもスタッフたちが大慌てで飛び出していった。

——大変失礼いたしました。帝国重工「アルファ1」の状態を確認の上、皆様には改めてデモンストレーションのご案内をさせていただきます。

アナウンスにスタンドの客たちがぞろぞろと席を立ちはじめた。物見高い客たちが、「アルファ1」の無残な救出作業を面白そうに眺めている。

これ以上、最悪の結果があるだろうか。

「ダーウィン」との違いを見せつけ、最高の宣伝の場になるはずが、真逆の結果になったのだ。

「ダーウィン」が賞賛と垂涎《すいぜん》の的になったのに対して、帝国重工の無人トラクターに向けられたのは嘲笑と侮蔑、そして憐《あわ》れみの眼差しだ。

無人農業ロボットの分野での勝敗を決定づけるデモ走行だった。

中小企業が大企業を打ち負かしたのだ。

野木が青ざめた顔で立ち尽くしている。その脇に立っていた佃は、ふと気になって来賓席に視線をむけた。

　そこに藤間の横顔があった。

　険しい表情で唇を噛み、じっと耐えるように瞑目《めいもく》している横顔だ。

　いま藤間の胸に去来する思いが果たしてなんであるのか、佃にはわからない。

　だが、それが途方もない危機感に埋め尽くされたものだろうことだけは、容易に想像がついた。

7

「シマちゃん、やっぱり来てくれてたのか」

　島津が声をかけられたのは、無人農業ロボット対決の想定外の結末を見届け、スタンドから会場に出たときだった。

　久しぶりに見る伊丹は笑みを浮かべ、勝ち誇った表情を島津に向けてきている。

「どうだ、すごいだろ。オレたちのトラクター。シマちゃんの目にはどう映った」

　伊丹は得意顔できいた。

「まああなんじゃないの」

「それはないだろう」

伊丹は呆れたようにいった。島津の返事が気に入らないのは明らかだ。「もしかしてオレ、そんなに嫌われた?」

「あんたのことは関係ない。きかれたから、正直に答えただけ。じゃあ」

歩きだそうとした島津を、

「ちょっと待ってくれ」

伊丹は引き留めた。「ダイダロスと提携したの、正しかっただろう。それはシマちゃんも認めるんじゃないか」

「なんでよ。ちょっとうまくいっただけでしょ」

島津は冷ややかな眼差しを向けたが、「まあそうかもな」、伊丹はあっさりと認めた。いまここで島津と議論するつもりがないのだ。

「それより、うちのトラクター、見ていかないか。手紙にも書いたけどさ、シマちゃんの設計したトランスミッションを搭載してるぜ」

「別にいいよ。いまのデモ見せてもらえば十分だし」

再び歩きかけた島津に、

「なあ、シマちゃん」

伊丹がすがるように話しかけた。「もう一度、オレと一緒にやらないか」

振りかえると、そこに思い詰めたような伊丹の眼差しがあった。

「あの、氷室さん、だっけ？　優秀だっていってたじゃない」

退職するとき、その氷室に島津は仕事を引き継いだ。

シマちゃんはもう——必要ない。

かつて伊丹が吐いた言葉は、いまも島津の記憶にまざまざと残っている。何度も繰り返し点灯するネオンサインのように。

その理由が、氷室だったはずだ。島津以上に優秀で使える男——。

「あいつはイマイチでさ。やっぱりシマちゃんにいて欲しいんだよ」

嘆願する伊丹を、島津は言葉を無くし、まじまじと見ている。そして、

「あんた、そんな奴だっけ？」

島津はいった。「自分が信じて連れてきた社員をさ、そんなふうに簡単に見切るなんて。変わったね、伊丹くん」

「そんなんじゃないんだよ」

伊丹は困惑し、首を左右に振った。「まだウチの仕事に興味あるはずだ、シマちゃんは。だから来てくれたんじゃないのか」

「別に。見たかったから見に来ただけだよ。トラクターも一応は動いてるようだし。別にそれでいいじゃん」

伊丹は、まだ島津を説得する言葉を探しているふうに見える。「私は自分を本当に

必要としているところにならら行きたいと思う。だけど、それはあんたのとこじゃない。あんたが私をこんなふうに誘うのは、困ってるからでしょう。本当はあのトランスミッションに満足してないからだよね。でも、それはあんたが自分で解決すべきことだと思う。私に頼るんじゃなくてさ」

伊丹の目が見開かれた。図星だったからだろう。

言葉を呑《の》んで立ち尽くす伊丹を残し、

「じゃあね」

島津はくるりと踵《きびす》を返すと、混雑する人混みの中を再び歩き出した。

8

「その後の調べで、センサーには圃場の泥が付着していたことがわかりました。本来そういったものが付着するはずもなく、これは何らかの不可抗力が働いたとしか思えません」

製造部長の奥沢の苦しい弁明が続いている。

「アグリジャパン」の関係者控え室である。帝国重工に割り振られた会議室は、張りつめ、いまにもひび割れそうな緊張感に包まれていた。

コの字型に並べられたテーブルの議長席に座っているのは藤間ひとり。奥沢はその脇に立ち、汗の噴き出す額をハンカチで何度も叩いている。野木に付き添う形で、佃と山崎もその部屋の片隅にいて成り行きを窺《うかが》っていた。

「次にコースの逸脱についてですが、これは私どもの技術ではなく、野木教授側の問題でありまして――」

「ちょっと待ってください」

たまりかねた様子で遮ったのは、野木本人だ。「あれだけで私のほうに問題があったと決めつけるのは時期尚早《しょうそう》だと思いますが。帝国重工さんのシステムに問題があった可能性も十分にあるでしょう」

「野木先生のシステムにどういう問題が生じたのかね」

藤間の質問は、奥沢に向けられていた。

「それはこれから詳細を調査いたします。とにかく、我々のほうはテストにテストを重ねておりますので」

「その詳細な調査の結果、我々のシステムに問題ありとの結論は出ないと言い切れるのか」

「いえ、それはその――」

奥沢は顔をしかめて言葉を呑んだ。

その態度に藤間はおもむろに立ち上がると、野木に深々と頭を下げた。

「野木先生、失礼の段、お許しください。申し訳ございません」

再び奥沢をきつい眼差しで射《い》た藤間は、いった。「自分の立場を守るためなら、嘘も吐《つ》く。君はそれでも技術者か。そんな部下をどうやって信じればいいんだね。的場君――」

ふいに声がかかり、奥沢の背後にいた的場に視線が向いた。

「ひとつ君にききたいんだが、このプロジェクトは私が承認したものとは違うんじゃないのか」

鋭い質問に、的場の緊張が財前にも伝わる。

「どういうことでしょうか」

「君の新規事業計画書によると、無人農業ロボットは、日本でもっとも汎用性の高い小型から中型のものに注力するとあったはずだ」

的場は唇を嚙んだまま俯いて続きを待っている。

「ところが、『アルファ1』は大型のトラクターじゃないか。あれでは、企画意図から外れることになる。どういうことか説明したまえ」

「製造部で従来作ってきたエンジンのノウハウが最も発揮されるのが、あのサイズになります。最初は大型トラクターを作りますが、徐々にダウンサイジングしていく考えです」

「その頃にはライバルにシェアを奪われている」

藤間のひと言に、その場が凍り付いた。「君も保身のために嘘を吐くのか、的場君。ダウンサイジングは、いま必要なんだ。そのためにこの事業計画案では当初、エンジンとトランスミッションは外部に委託することになっていたはずだ。それを君は内製化すると書き換えた。なぜだ」

財前が驚きの表情になる。たしかに財前の企画ではそうなっていたが、なぜそれを藤間が知っているのか——それがわからなかったからだろう。

「エンジンとトランスミッションは、トラクターの根幹です、社長。キーテクノロジーは自社開発が我が社における暗黙の了解ではないでしょうか」

「だったらいますぐ小型エンジンとトランスミッションを作れ。日本の農業を救いたいという野木先生のご協力を賜るために、いまや我が社のライバルとなった『ダーウィン』に勝つためにも、いますぐに必要だ。それができるか、奥沢」

唇を嚙んだ奥沢からの返事はない。

「実はその、小さなエンジンやトランスミッションというのは、いままで対応したことがございませんので。少しお時間をいただく必要があるかと——」

「もういい」

藤間は右手を挙げ、言い訳をする奥沢を制した。「製造部は降りろ」

奥沢の目が見開かれ、「でもしかし――」、反論しようとするのを、

「君たちに任せていては、この事業を立ち上げることはできないだろう。世の中の流れ、競合の存在、市場のニーズ。そういったものを無視して、簡単に出来ることしかやらない。自分たちが世の中の中心だと思っている連中に、新規事業ができるはずがない。それを私はいままでの失敗で痛いほど学んだ。また同じ轍《てつ》を踏むほど愚かなことはない。――的場君」

矢のような視線が的場にむけられた。「外注でいい。あの『ダーウィン』と渡り合える技術力のある会社に、このトラクターを託せ。まずは市場の信任を得ることが最優先だ。今日、地の底に墜《お》ちた我々の信用を全力で取り戻せ。いいな」

無言で一礼した的場に、藤間は決意を帯びた鋭い一瞥《いちべつ》を浴びせた。

9

「どう思いました、社長」

それまで虚ろに何かを考えていた山崎が問うた。

岡山から東京に帰る新幹線の中である。岡山駅の売店で缶ビールを買い、それをち

びちびと呑みながら、佃もぼんやりと考え事をしていたところだ。

「どうって、帝国重工のトラクターか。あれはひどかったな」

「そっちじゃなくて、『ダーウィン』のほうですよ。どう思いました」

「ああ、あれな……」

実は佃も、それを考えていた。

目を閉じると、小型の赤いボディが脳裏に浮かび上がる。エンジンの音、車体の挙動、それぞれがエンジンとトランスミッションの関係とリンクしながら、脳内で再生される。

「まずまず、かな。ただ、あの状況で停止してしまったり、コースアウトしたりしなかっただけで合格点かも知れないが」

「私、ちょっと思ったんですが、あのトラクターの自動走行制御ですが、制御のタイミングが少し遅れたために蛇行した場面がちょくちょくありました」

「それはオレも思った」佃も頷《うなず》いた。

「こう真《ま》っ直《す》ぐに走っていって、圃場の端で左に曲がる。ここで――」

山崎は右手と左手を動かしながら、その場の動きを再現してみせる。「曲がる前に考えてましたよね。おそらくトラクター側の情報処理システムとの通信がうまくいっていないんじゃないかな」

「可能性はあるな。あるいは、大元《おおもと》のプログラムか」

それだけではない。車体の動き出しや加速時の挙動、作業機の制御など、素人目にはわからなくても佃から見ると、様々な課題を見てとることができた。

「『ダーウィン』もまだ完璧にはほど遠いってことだ」

「帝国重工よりはかなりマシですが」

山崎は次に帝国重工「アルファ1」について、ひとしきりの論評をしてみせる。辛辣《しんらつ》だが、どれも的確なものばかりだ。

「でかい会社ってのは難しいですね」

あらためて山崎は嘆息した。「一般的に正しいか正しくないかという以前に、その会社にとって正しいかどうかというダブルスタンダードがあるんですから」

「それが諸悪の根源なのさ」

佃は新たな缶ビールのプルタブを引いた。「世の中の価値観、世の中の正義。そんな当たり前のことが自分たちの都合で脇に置かれ、忘れ去られる。一体、なにが原因なんだろうな」

山崎はしばらく考えていたが、やがて諦めたように首を横に振った。

目を閉じた佃の脳裏に、野木の呆然《ぼうぜん》と立ち尽くす姿が浮かんだ。ぐっと瞑目した藤間の横顔。あの穎脱《えいだつ》した経営者は、一隻眼《いっせきがん》をもってあの場面の意味するところを的確に見抜いていた。

「大至急ご相談申し上げたいことがあります。お伺いしてもよろしいでしょうか」

財前から、あらたまった口調で連絡があったのは、その翌朝のことであった。

10

財前を乗せた社用車が佃製作所の駐車場に滑り込んできたのは、午前十時過ぎのことである。

「昨日の『アグリジャパン』ではお見苦しいところをお見せしました」

山崎と共に迎え入れ、社長室で向き合うと、財前は開口一番に詫びた。

「藤間の叱責があった後、社長室の者に耳打ちされたんですが、私が最初に作成した新規事業計画書が、実はひそかに藤間に届けられていたようです」

「財前さんの知らないところで、ということですか」

そんなことがあるのだろうか。こと大企業の内情には、首を傾げたくなることが多々存在する。

「誰がそんなことを」山崎の問いに、財前は意味ありげな間を挟み、

「水原です」

直属の上司にあたる本部長の名前を口に出した。

水原のどこか人を食った顔を思い浮かべた佃は、

「水原さんは、なぜそんなことを」

胸に浮かんだ疑問を口にする。

「私の企画書を読んだ的場が、自分の企画にするといいだした。だが、本当はそうじゃない。それを藤間に知らせようとしたのかも知れません」

「水原さんなりに、一矢《いっし》を報いようと」

「ああ見えて、水原は、一筋縄ではいかない策士ですから。今回はその策に助けられました」

そういうと財前は、改まって背筋を伸ばした。

「佃さん、いま一度お願いします。帝国重工に、エンジンとトランスミッションを供給していただけませんか。一旦お断りしておきながら、虫の良いことをいうなとお怒りでしょう。ですが、いまこの状況を打開できるのは、御社をおいて他にありません。この通りです――」

佃にとっては嬉《うれ》しい申し出には違いない。だが、それは同時に、帝国重工と「ダーウィン・プロジェクト」の開発競争に佃製作所もまた参戦することを意味していた。

山崎の問うような目が、佃を向いている。

逡巡《しゅんじゅん》を浮かべた目だ。

たしかに、佃製作所では野木教授の協力の下、エンジンとトランスミッションを製造し、試験段階にまで漕《こ》ぎつけている。

だが、エンジンはともかく、トランスミッションについては、市場での実績がまだ無い。

ダイダロスのコスト、ギアゴーストの傑出したトランスミッションに本当に佃製作所一社で太刀打ちできるのか。

この話は、当初、財前が持ち込んできたときとは次元の違うところにまで世間に認知され、注目されてもいる。失敗は許されない。

「お話はわかりました」

佃はこたえ、唇を一文字に結んで社長室の窓へ視線を投げかけた。秋らしい日射しに燃える窓から抜けるような空が見える。

「返事まで少々、時間をいただけますか」

佃の返事に、

「どうか前向きにご検討ください。よろしくお願いします」

丁重に頭を下げ、財前は帰っていった。

「社長、引き受けるんですか」

帝国重工の社用車が、会社の前の坂道から見えなくなるのを待って、山崎が問うた。

「エンジンはいいと思うんです。ですが、トランスミッションはまだ、ウチの品質レベルからすると――」

「いいたいことはわかる」

軽部たちトランスミッション開発チームの頑張りには敬意を表している。だが、物事はただ努力すれば全て解決できるほど甘くはない。野木の実験農場で、試験走行をこなせるレベルと、あらゆる条件下で酷使される製品との間には、懸絶《けんぜつ》した差があるからだ。

それを埋めるのは、努力と運だけでは難しいと佃は思う。経験が必要なのだ。いまの佃製作所の実力で競合他社との差を埋め合わせるためには、まだ数年の時間が必要だろう。だが、それでは間に合わない。

「ちょっと考えさせてくれ。その上で結論を出す」

佃が、予定にない外出をしたのは、その日夕方近くであった。

## 11

島津裕の住むマンションは自由が丘に近い住宅街にあった。最寄り駅は大岡山で、徒歩五分ほどの場所に建つ低層マンションの三階である。

「突然、お邪魔して申し訳ない」

「いえいえ。何もお構いできませんが、どうぞ」

島津は相変わらずの屈託のない笑顔で佃を招き入れ、リビングのソファを勧めてくれた。若手技術者たちが仲良くしていることもあって、島津は時々、佃製作所に顔を出すことがあった。そのおかげで、佃も以前より親しくなっている。

「散らかっててすみません。私、片付け苦手なんです」

「なんだかシマさんらしいな」

女性のひとり住まいではあるが、女性らしさはあまり感じない。そんな印象を運んでくるのは、床や椅子に無造作に積み上がった原書の専門書や、リビングから見える隣室のデスクに広げられた書類のせいかも知れない。

現場を離れても、島津の頭の中を占めているのは最新のエンジニアリングであり、理想のトランスミッションなのだ。

「大学の講師、どうだい」

「まあなんとか」

島津は笑みを浮かべたが、そこには満たされない現状への思いもまた滲《にじ》んでいるように見えた。島津であれば、いまはアルバイトでも、そのうちしかるべき地位を獲得するだろうが、まだそのチャンスには恵まれていないらしい。

——やっぱり現場って楽しいなあ。

かつて、佃製作所を訪ねたときの島津のひと言は、いまも佃の胸の内に色濃く残っている。

印象的な言葉だった。

島津裕という人の生き様を体現する言葉でもあったと思う。

「シマさん、ウチで一緒にやらないか」

この日、島津を訪ねた本題を、佃は切り出した。「実は、改めてそれを頼みにきた。ウチにはシマさんが必要なんだ。トランスミッション開発チームを率いて欲しい」

もって回った言い方は苦手で、気の利いた誘い文句も思いつかないので、単刀直入の誘いである。

「考えてくれないだろうか」

「そうですねえ……」

島津は困惑の表情を浮かべた。どう断ろうか、考えているようにも見える。

それはそうだ、と佃は急に自信を無くして思う。

島津ほどの能力があれば、佃製作所などという中小企業ではなく、もっと大きな舞台を目指すはずだ。

わざわざこんな頼み事をしにきた己《おのれ》の身の程知らずに恥じ入った佃に、島津がきいた。

「いまどんな状況なんですか、トランスミッション。この前遊びに行ったときにちらっと見せていただいた感じでは、かなり良くなってると思ったんですが」

「だいぶいいものに仕上がりつつあるんだが、実は今日、帝国重工から、新規事業への参加要請があったんだ」

無人農業ロボットの件に、島津は真剣に聞き入った。

「それって、あの伊丹くんたちがやってる『ダーウィン・プロジェクト』の――」

「そう、対抗馬だ」

「アグリジャパン」での帝国重工の惨敗をどう説明したものか、佃は迷った。いや、佃が説明するまでもなく島津はすでに知っているだろう。なにしろ、昨日の情報バラエティやニュースで、繰り返し映像が流されていたから。「ダーウィン」の勇姿と、用水路に填まってひっくり返った帝国重工トラクター。下町連合の勝利は、喝采とともに受け入れられ、帝国重工の信用と名声はもはや地に墜《お》ちたも同然である。

その帝国重工の無人農業ロボットに協力することを島津がどう判断するのか、佃には想像ができなかった。

勝ち目がないと端《はな》から却下されるか、ある程度の検討に値するのか――。ところが、

「あ、そのイベント、私、見に行ってました」

島津から予想外のひと言が飛び出したのは、「アグリジャパン」の話を切り出したときだ。

「実はそこで帝国重工対『ダーウィン』の実演があって――」

「用水路に落ちましたよね」

島津の口調は、そのときの興奮を彷彿《ほうふつ》とさせる。「丁度、私の目の前でひっくり返ったんです」

「シマさん、なんであのイベントに」驚いて佃はきいた。

「伊丹くんからフリーパス券が送られてきたんです。新幹線の回数券と一緒に。私に見て欲しいって。『ダーウィン』に使われているトランスミッションに私も関与してたからって」

「伊丹さんが――」

予想もしなかった話に、佃は言葉を失った。

ギアゴーストとの関係はもはや切れたと思い込んでいた。だが、そうではなかったのだ。

「もしかして、ギアゴーストに誘われたのかい」

島津は言葉を濁したが、どうやら的を射たらしい。佃は意気消沈した。

ギアゴーストのものと比べたら、佃製作所のトランスミッションなどいまだ雲壌《うんじょう》の差である。

「そのオファーを、受けるんですか」

苦渋の佃に、

「まさか」

意外なひと言を島津は返した。「もうギアゴーストに戻るつもりはありません。私は、ひとに喜んでもらうためのトランスミッションを作りたいんです。帝国重工の的場さんに仕返しするとか、そんなことのために働く気はありません」

「だったら――」

あらたまって佃は頼み込んだ。「うちのトランスミッション開発チームを導いてもらえないだろうか。これは、オレひとりの意見じゃない。山崎も、軽部も、立花もアキちゃんも、皆がシマさんのことを待ってるんだ。頼む、ウチに来てくれ」

そういって佃は深々と頭を下げる。

「ありがとうございます」

やおら顔を上げた佃に、島津は当惑の笑みを浮かべていた。「その気持ち、うれしいです。私もみなさんと一緒に仕事がしたい。現場に出たい」

佃はぱっと表情を明るくし、

「だったらやろう！」

誘いの言葉を口にした佃に、

「少し時間をいただけませんか」

島津はいった。「二、三日でいいです。気持ちの整理がつくまで。必ず連絡しますから」

「わかった。待ってるから。――あ、それとこれ。アキちゃんから、ぜひ持っていけっていわれて」

生チョコの箱を見て、島津は少々恥ずかしげに声を上げた。

「わあ。やっぱ、わかってるなあ、アキちゃん。ありがとうって伝えてください」

やれることはやった。

島津がどんな決断を下すのかはわからない。佃に出来ることはただ、それを待つだけだ。


佃を玄関先で見送った島津は、リビングに戻ると深々とため息をついた。

コーヒーを淹《い》れ直し、仕事部屋のデスクにつくとパソコンを立ち上げ、音楽ソフトで曲を選択する。『シェヘラザード』の重苦しい第一楽章が流れ出したところで、デスクのうえに広げた一通の封書を手にした。

中味は、先日二次面接を受けた大学からの、最終面接の日程を知らせる通知だ。

「なんか、タイミング悪いんだよなあ」

ひとりため息をついた島津は、そっと通知を封筒に戻すと、デスクについたまましばし目を閉じ、壮大な交響組曲に耳を傾けた。

12

会議室には秘《ひそ》かな興奮と熱狂が渦巻いていた。そしてそれと同量の冷静と不安も。

営業部と技術開発部の全員が、帝国重工からもたらされたオファーについて語る佃の話に耳を傾けている。

「テーマはあくまで農業だ」

佃はいった。「とかく『ダーウィン』との対決に目が向きがちだが、彼らに勝つことが目的なんじゃない。日本の農業は、高齢化し離農者が増え、このままいけばいつか立ち行かなくなる危機的な状況に瀕《ひん》している。無人農業ロボットは、農業に従事する多くの人を勇気づけ、力になるはずだ。農業の未来を新たに切り拓くために、我々は全力を尽くしてこの事業に参加したい」

ものづくりに必要なのは、技術や効率だけではない。

それ以上に大切なのは、意義である。

何のためにやるのか――。

その主旨に賛同し、情熱の対象とならない限り、ものづくりは成就《じょうじゅ》しない。そしてそれは、社会的な貢献を伴うものでなければならない、と佃は思う。

なぜなら、佃たちのものづくりは、商売としての一面から逃れられないからだ。

商売である以上、それを必要とする客がいなければ成立しない。そこに世のものづくりの難しさがある。作りたいものを自由に作って商売が成り立つとすれば、それは単なる偶然に過ぎない。

「最初はハシゴを外されたけど、ウチの価値が再認識されたってことですね」

興奮に顔を朱に染めていったのは、営業部の江原だ。「将来、きっと収益の柱になりますよ」

「それ以前に、事業としてやる意味があると思う」

そういったのはアキだ。「ウチのエンジンやトランスミッションが、困っている農家の人たちの力になれるなんて、素晴らしいです」

「ついでにギアゴーストとも決着を付けられるしな」

憎々しげにいったのは軽部だ。

「だけど、負ける可能性だってあるでしょう。うちのトランスミッション、ギアゴーストよりも上にいってるって本当にいえるのかい」

　唐木田の冷静なひと言に軽部はこめかみをひくつかせたものの、反論はできない。

「この前の『アグリジャパン』で『ダーウィン』のデモは見たけど、それほどでもなかったですよ。ウチだって北海道農業大学の実験農場では成功してるじゃないですか。いけるんじゃないですか」

　営業部の若手、村木がいったが、

「でも、トランスミッションでのビジネスの実績がないというのは、正直、不安ですね」

　生真面目な立花の意見はけっして杞憂《きゆう》ではなかった。「どうあれ、ギアゴーストには、斬新なトランスミッションを作って、アイチモータースに採用された実績があるんです。その経験だけは、ウチが越えられない壁ですよ」

「逆にいえば、財前さんはよくトランスミッションも一緒に発注してくれましたよ」

　津野からそんな意見が出た。「他の会社に発注されたとしてもおかしくなかったと思うし、財前さんの期待にこたえないわけにはいかないんじゃないですか」

「自信がないのならエンジンだけ引き受けて、トランスミッションは遠慮する手もあるんじゃないか」

　唐木田がいった。「帝国重工の製造部じゃないけど、結局出来ませんでしたでは、この事業企画の足を引っ張ることになる。それどころかウチの信用も地に墜ちますよ。そのリスクを背負う覚悟があるのかないのか。どうなんだ、カルさん」

ふだん斜に構えている軽部の表情が厳しくなり、苛立《いらだ》たしげに舌打ちをしただけで、しばらくこたえない。

「財前部長がうちの技術力を買ってくれているのはわかります。だからといって、安請け合いでは困る。断るならいまです」

唐木田の指摘は道理で、反論の言葉はなかなか出てこなかった。

「たしかに、ウチにはトランスミッションを製品化した実績がない。それは事実だ」佃は認め、「だから、ギアゴーストに負けないだけのものを手掛けられる、トランスミッションのプロフェッショナルに加わってもらおうと思う」

「助っ人ですか」

唐木田が思案顔になる。「どこかのトランスミッションメーカーの退職者に顧問として入ってもらうとか」

「いや、顧問じゃない。正社員として迎え入れる」

「そんな都合のいい人材、いるかな」

否定的にいったのは、中堅エンジニアの上島友之《うえしまともゆき》だ。「第一、『ダーウィン』のトランスミッション、島津さんの設計がベースになってるんですよ。島津さんを超える人なんか、どこにいるんです。天才ですよ、彼女」

「それについては、オレも同感だ」

佃の返事に、声にならないため息が洩れた。落胆にも似た気配が漂う中、

「島津裕を超えるのは、島津裕しかいない」

佃はいった。「であれば、島津裕に頼むしかないんじゃないか」

沈黙が訪れた。そりゃそうですけど、といった小声がどこかから聞こえる。

そんな中、立花とアキのふたりが、途轍《とてつ》もないことを期待する眼差しを佃に向けていた。

「マジかよ。冗談だろ」

軽部も顔を上げ、唖然として腕組みを解く。その気配は微細な電波のように、たちまちのうちに会議室を包み込んでいった。

まさか——。

全員が目を見張る中、佃が会議室の外に向かって呼んだ。

「お待たせしました。どうぞ」

ドアが開き、その人の姿が会議室に現れたとき、一瞬の間を置いて、大歓声と拍手が沸き上がった。

現れたのは、島津裕その人だ。

一番驚いたのは当の本人かも知れない。

思わず目をまん丸にして立ちすくんだ島津に、佃はおもむろに右手を差し出した。

「ようこそ——佃製作所へ」

# 第五章　禍福《かふく》スパイラル

## 1

　空は、無い。天空を埋め尽くし渦を巻く乱雲が、陽《ひ》を遮断し、光を奪っている。午後二時を過ぎたばかりだというのに、圃場《ほじょう》は薄い暗闇の底へと沈んでいた。湿り気を帯びた風は重く、生ぬるい吐息のように殿村の首筋を撫《な》で、収穫を間近に控えた稲穂を揺らしていく。

　トラクターから降り、農道に立っている殿村は、時折吹き付ける不穏な風に飛ばされないよう麦わら帽子を右手で押さえ、空を見上げていた。

　トラクターにぶらさげたポータブルのラジオから流れているはずの好きな落語は、風音にかき消されて聞こえない。つい先ほど聞いた最新の天気予報によると、中部以西で大雨を降らしてきた低気圧が次第にその軸足を関東地方に伸ばし始めているのだという。

真剣な表情で空を見上げていた殿村の頰に、ぽつりと雨粒が当たったのはそのときだった。

それが合図であるかのように一陣の風が吹きすさぶと、傍らに建つ物置小屋のトタン屋根が激しい雨音をたてはじめた。

トラクターに駆け戻り、エンジンをかける。

運転席には小さな屋根がついているが、斜めに降りしきる雨はたちまち殿村の肩を濡《ぬ》らし、長靴の中にまで冷たい水の感触を伝えはじめた。百メートルほど先にある自宅の屋根が霞《かす》むほどの雨だ。

ずぶ濡れになった殿村が自宅倉庫にトラクターを入れたとき、父の正弘が家から小走りに出てくるのが見えた。傘もささず、厳しい表情を空に向けてしばらく眺めていたが、殿村に向き直り、

「舟、おろすぞ」

そういった。

「まさか」

半信半疑の殿村に構わず、正弘はハシゴを使い、天井にくくりつけられた〝上げ

舟″のロープを解き始める。

鬼怒川《きぬがわ》の流域に拡《ひろ》がるこの辺りは、河川の氾濫《はんらん》に苦しめられてきた歴史がある。読んで名の如《ごと》く怒った鬼のように暴れ、猛威を振るった川は、ときとして百姓たちの血の滲《にじ》むような努力をあざ笑うかのように田畑を水没させ、家を流し、水田に土砂を流し込んできた。

故に、この辺りの古い農家は、倉を水の浸《つ》かりにくい高台に建てる一方、船大工に作らせた舟を納屋や倉庫の屋根に上げ、万が一に備えているのである。

自然との闘いの中で、米づくりを営んできた百姓たちの生きる術《すべ》であった。

ふたりで慎重に舟を下ろし、一旦コンクリートの床に置く。舫《もや》いのように舟を柱に繫《つな》いだ父は、持ってきた防災グッズを中に入れ、強い雨脚《あまあし》に叩《たた》かれている倉庫の軒下から、再び真っ暗な空を見上げた。

「前に、使ったことあったっていったよな」

足元に横たえた舟を見て、父にきいた。

「オレが子どもの頃、いっぺんあったな。――水は、恐ろしいぞ」

七十年も前の話だ。どんな災禍がこの地を覆ったのか、いまそのときのことを思い出しているらしい父は眉を顰《ひそ》め、険しい表情になる。

「何人も死んだ。オレと仲の良かったやつも死んだ。何軒も家が流されてな、もの凄《すご》い音だったよ。あっという間に、根こそぎもってっちまうんだよ」

「うちもやられたんだっけ」

子どもの頃から何度も聞かされた話だ。

「ああ。畑も田んぼもやられて、とんでもない年になった。氾濫した川の流れ次第では、この家も全て失うところだった」

父は雨に濡れるのも構わず軒《のき》から出、大粒の雨に顔面を打たれながら空を睨《にら》み付ける。

「長い間無かったからといって、どうせ今度も大丈夫だろうなんて思ったら大間違いだ。いつだって備えろよ、直弘。こんな舟一艘《そう》でも、家族の命を救ってくれるんだ」

「ああ、わかってるよ」

父の異様なまでの警戒感に、殿村は戦《おのの》きすら感じた。

農業とは、自然の摂理を利用した人間のささやかな営みに過ぎない。その自然は、人間にとって農作物の恩恵を授ける一方、ときとして情け容赦ない牙を剝《む》く。その力の前に、人間はあまりにも無力だ。その無力を知ることは、生き残るために必須の知恵だ。

「あのとき、ちょうどこんな天気だった」

空は荒れ狂っている。

風が一段と強くなってきた気がした。

雨脚は断続的に強くなったり、弱くなったりを繰り返しているが止《や》む気配はない。明日の農作業はおそらく無理だ。

父は倉庫を見回し、比較的高価な機械類をひっぱりだすと、倉庫から敷地内にある倉へと運んでいく。

殿村もそれを手伝い、倉に入れられるものはすべて入れた。

トラクターと田植機、コンバインは倉庫内に並べ、代わりに奥に積まれていた土嚢《どのう》を運んできて、入り口に並べる。段ボール箱や飼料、機材は倉庫の棚に上げた。家が流されるほどの濁流がきたらひとたまりもないが、床下浸水程度なら被害を最小限に食い止められるはずだ。

そしてここから先は、運否天賦《うんぷてんぷ》――なるようにしかならない。

2

作業に没頭していた立花がふと窓を見やったとたん、意識のどこかで聞いていた音が現実のものとなって視界に飛び込んできた。

「すごい雨だな」

アキが窓辺まで見にいき、「道が川みたいになってる」、というので近くにいた軽部も立っていって見下ろした。

「しかし、よく降るなあ」

感心したように軽部がいう。

立花も見ると、雨は激しく降り注ぎ、上池台の住宅街の屋根の上で無数のしぶきをあげ、道路に小さな奔流を作っていた。

すでに一両日降り続き、各地で冠水などの被害が出始めている。

「低気圧の動きが遅いらしいですからね」

アキが不安そうに空を見た。「帰りの電車、大丈夫かな」

そんな中、自席のパソコンに向かい、周囲の会話などまったく耳に入らないかのように集中しているのが島津であった。舌を巻く集中力だ。昼食も忘れて没頭しているかと思いきや、ぷいと出掛けて駅前のスーパーで弁当やお菓子を買ってきて、何事か考えながら食べていたりする。

佃製作所の正社員として役員待遇で迎え入れられた島津は、トランスミッション開発チームを率いる責任者としての立場を与えられていた。

異議を唱える者はいない。実績と才能を誰もが認めているからだ。

その島津が、佃製作所にきて一番喜んだのは、ものづくりの現場があることであった。

かつて島津が勤めたギアゴーストは企画設計に特化し、全ての製造をアウトソーシング、つまり外注していた。コンペで決めた外注先にデータを渡し、欲しいパーツを作らせる。組み立ても外注だ。

それが少人数でトランスミッションを作るための、優れたビジネスモデルであることは間違いない。

だが、島津がそれに満足していたかというと、そういうわけではなかった。

外注ではなく、自ら製造に携わり、細部にまで目を通す。それこそ、島津が長年希求してきたものづくりの理想だったのである。

いまようやく、島津はそれを手に入れたのだ。

「カルちゃん、ここの設計、変更できないかな」

その島津がいい、どれどれとばかり軽部が覗き込む。それに立花とアキたちも加わり、島津の意見をきき、議論しながら設計を見直していく。

島津が来てからのこのひと月余りで、指摘と改善点はすでに百を超えた。細かなものから、構造の根幹に関わるものまで様々で、佃製作所のトランスミッションの性能と信頼性は一気に底上げされ、しかもまだその途上にある。

「『ダーウィン・プロジェクト』がまた動き出したらしいぜ」

この土砂降りの中、一日営業に出ていた江原が、ズボンの裾を雨に濡らしたまま現れた。

「なんだよ、またマスコミにでも登場したか」

と軽部。「ダーウィン」は、プロジェクトの発表以来、テレビや新聞、雑誌など、あらゆるマスコミに取り上げられている。マーケティング戦略で帝国重工サイドは圧倒的に水をあけられた格好だ。

「全国の農家に呼びかけて『ダーウィン』のモニターを募集しはじめたって。全部で三十台。これから製造して来年からモニター期間をスタートさせるらしい」

「これでトラクターの発売まで後手に回ったら、マズイですよ」

立花が、焦りを滲ませた。「ウチも早くしないと」

「あくまでモニターなんだから、ウチだって出来るんじゃないか」

チームのひとり、上島がいうと、

「まだ早いよ」

それまで背中で聞いていた島津がくるりと椅子を回していった。

「だけどこのままじゃ――」

反論しかけた上島だが、

「まだテストも十分にできてないトラクターを農家の人たちに使わせるつもり？」

鋭さを秘めたひと言に、言葉を呑《の》み込んだ。いま見せているのは、いつもの人なつこい島津ではなく、妥協を許さない技術者の顔だ。

「このトランスミッションに決定的に欠けているのは、テスト走行の総時間だよ。農家の現場は、北海道農業大学の実験農場とは違う。まずはどこかの田んぼとかで徹底的に使って、改善すべき点を全て洗い出す。モニターに出すとしたらその後だよ。中途半端なものを出したら終わるよ」

有無を言わせぬ剣幕で島津がいう。

「ま、シマさんがいう通りだな。慌てたところで、失うものはあっても得るものはないか」

軽部がいったとき、階段を駆け上がってきたらしい佃が技術開発部のフロアに現れた。

「おい、みんな。大雨洪水警報が出てるぞ。今日は残業は中止だ。電車が止まる前に帰宅してくれ」

午後五時を少し過ぎたところだ。佃の言葉にあちこちでため息が洩《も》れ、何人かが恨めしそうに窓の外を眺めやる。

雨雲で覆われた空は真っ黒だ。すでに点《つ》いている街灯に銀色に輝く雨脚が長く伸び、一段と強くなった雨音が運ばれてきた。

3

翌朝のことである。

佃が、いつものようにダイニングへ降りると、母と利菜が、心配そうにテレビを見ていた。

「あんた、ご覧よ。酷《ひど》いことになってる。殿村さん、大丈夫かしらね」

「トノがどうかしたのか」

「鬼怒川が氾濫したんだって。これ栃木県の映像だってよ」

テレビ画面の中で、茶色い濁流が荒れ狂っていた。堤防が決壊し、そこから流れ込んだ奔流は、木をなぎ倒し、家々を倒壊させて流域に拡がる水田地帯へと押し寄せているという。

「こりゃ、酷いな」

すぐさま殿村に電話をかけてみたが、繋がらない。

早々に朝食を掻《か》き込んだ佃が会社へ行くと、出勤してきた社員たちがニュースを流すテレビの前に集まっていた。

「社長、調べたらこの映像、トノさんの家の近くみたいなんです。連絡してみたんですが、固定電話もモバイルも通じません」

津野が心配そうに、テレビと佃の間で視線を往復させる。

映像はヘリコプターからのもので、濁流に呑み込まれ転がるようにして流されていく家や流木にひっかかるようにして横転しているクルマを映していた。本来なら長閑《のどか》な水田が広がり、集落が点在していたはずの場所である。

「大丈夫かな、トノさん」

江原が心配そうにいい、「救援物資とか、必要なんじゃないですか」、佃の指示を仰ぐ。

「いまは無理だし、我々のようなのが行くと、むしろ救出作業の邪魔になりますよ」

唐木田の意見に頷《うなず》いた佃は、唇を嚙《か》んだ。

「まだ雨は止まないのか」

「午前中一杯は降り続くだろうって、さっきいってました」

江原のこたえに、佃は唸《うな》った。

無事でいてくれよ、トノ。

祈りながら、佃はただテレビの映像から目を離すことができなかった。

鬼怒川が氾濫危険水位に達したとの情報が入ったのは、前夜、午後九時過ぎのことであった。

# 4

殿村の住む地域にも避難指示が出され、年老いた両親とともに向かったのは、避難場所に指定されている高台の小学校だ。

残してきた家や田んぼのために、殿村に出来ることはもはや何もなかった。両親たちの体調を気遣い、一緒にいてやれることだけが唯一の救いである。

このまま無事に過ぎてくれればいいが——。

その殿村の願いを虚《むな》しく打ち砕く情報がもたらされたのは、日付が変わって間もなくのことであった。

警戒していた地元の消防団から、鬼怒川の堤防が決壊したとの一報が入ったのだ。

「おい、どこへ行く」

立ち上がった殿村にただならぬ気配を感じたのだろう、目を覚ました父が声をかけた。「行くなよ。ここにいろ。行くな」

「雨の具合を見てくるだけだから」

入り口にあったビニール傘を差し、体育館を出た殿村は、地鳴りのような音を聞いた。

いままで聞いたことのない、大地が鳴動《めいどう》するような不気味な震動を伴っている。

強い雨に叩かれながら、地域を見下ろす校庭の端まで歩いた。

冷たい雨が斜めに降りしきり、傘を無力化し、たちまち全身をずぶ濡れにしてしまう。

そこで殿村が目の当たりにしたのは、吸い込まれそうな漆黒の闇であった。

いつもなら点在しているはずの軒灯《けんとう》はなく、獣の大群が谷底で咆哮《ほうこう》し、疾走しているような鳴動が、高台に立つ殿村の足元にまで這《は》い上がってくる。

それが家々を呑み込む濁流の音だと気づいたとき、殿村が感じたのは恐怖だった。

いまこの暗闇の中で破壊され、押し流されているものがいかに尊いものか、かけがえのないものか、殿村は知っている。

長い間かけて培《つちか》ってきたもの、蓄積したものが、いまこの瞬間、蹂躪《じゅうりん》され収奪されていく。

為す術もなく。

果たしてこの夜が明けたとき、眼下にどんな無残な光景が広がっているのか。

この一年、手塩にかけてきた殿村家の稲がどんな悲惨なことになっているのか。

雨に打たれながら、込み上げてくる嗚咽《おえつ》を殿村はどうすることもできなかった。

「直弘——」

背後から声がかかって殿村は我に返った。

雨に濡れるのも構わず、殿村の横に立った父もまた、眼下の暗闇を見下ろす。

三百年間、殿村の家が米を作り続けた豊かな大地がある辺りに目を凝らした。

「仕方ねえ」

父は自らに言い聞かせるかのようにいった。「仕方ねえんだよ。自然を相手にしてる以上、こういうこともある。それが生きていくってことだ」

たしかにそうだろう。

しかし、だからなんだというんだ。

悲劇を運命だと片付けるのは簡単だ。それが運命なら、乗り越えようとするのが人間なんじゃないのか。

「ちきしょう!」

殿村が放った絶叫は、たちどころに闇に溶け、濁流の音にかき消された。

翌朝、殿村が見たのは、あたり一面の水であった。

まだ雨が降りしきる中、体育館に避難していた人たちが校庭に出、その光景に声を失い、涙しながら、ただ立ち尽くしている。

ようやく雨が小降りになり、自宅の近くまで戻ることができたのは、さらにその日の午後になってからである。

冠水していた道路の一部が使えるようになり、クルマで行けるところまで行ったもののの、そこから先は徒歩になった。二十分ほども歩いただろうか。

自宅の屋根を遠望し、建物はなんとか無事だったかと安堵《あんど》したのも束《つか》の間《ま》、近づくにつれて殿村は言葉を失い、ついには両側に広がる惨憺《さんたん》たる光景に絶望し、気づいたときには滂沱《ぼうだ》の涙を流している自分がいた。

見渡す限りの圃場が水没し、稲穂が水面下に沈んでいる。

どこかから流れてきた流木が稲を押し倒し、折れた枝が水面から突き出していた。

膝から力が抜け、まだ水の残る道路にしゃがみ込む。

立ちあがる気力も尽き、がっくりと肩を落とした殿村は、その場にひとり蹲《うずくま》って、ただ慟哭《どうこく》するしかなかった。

5

ようやく殿村と連絡がついたのは今朝方《けさがた》のことであった。

「社長、行くんですか」

「田んぼが水没しちまったらしい。とりあえず行ってくる」

水や食料などの救援物資は、昨日のうちに社員が手配して段ボールに五箱分、用意してあった。殿村だけでなく、家に帰れない避難者もいるとの情報があり、少しでも役に立とうと揃《そろ》えた物資である。

「私も一緒に——」

いいかけた山崎を、「いや、ヤマはここにいてくれないか。会社のほうを頼む」、代わりに江原ら若手の営業部員たちを連れていった。

社用車のバンに乗り込んだ佃たちが、東北自動車道に入ったのは正午近く。殿村の家の数キロ手前で通行止めになっていたため、道路脇の空き地にバンを駐《と》め、救援物資を詰めたリュックを背に歩き出した。

近づくにつれて次第に明らかになってきた惨状は、テレビの映像を通して見たものとは比べものにならなかった。

辺り一面に流されてきたものが散乱し、とんでもないところにクルマや家屋の一部と思《おぼ》しきものがある。

小一時間も歩いてようやく殿村家に辿《たど》り着いてみると、歴史を感じさせる土塀の膝の高さまでが茶色く変色していた。水に浸かった痕跡だ。

雨が止み、分厚い雲の切れ目にようやく青空が覗きはじめている。

敷地に足を踏み入れた佃が見たのは、泥に埋まった庭と、シャッターの上がった倉庫の中で、ひたすらスコップを動かしている男の姿だ。

「トノ――！」

ゆっくりとスコップを下ろした殿村の虚ろな眼差《まなざ》しがこちらを向いた。

「ああ、社長。ああ、みんな……。わざわざ来てくれたんですか」

「ああ、来たぞ」

佃は大声でいった。「怪我《けが》はなかったか、トノ。大丈夫か」

駆け寄った佃に、「私は無事です」、と泥だらけの作業服のまま両手を広げてみせた。

「ただ、ご覧のとおりの有り様で」

「ご両親は」

「まだ停電したままなんで、避難所にいます。そのほうが安全ですから」

おそらくほとんど眠っていないのだろう。殿村の顔には濃い疲労の色がこびり付いていた。

「トノさん、手伝いますよ。ちょっと休んでてください」

江原がいうと、遠慮する殿村からスコップを取り上げ、他の若手たちと手分けして倉庫や自宅玄関にまで入り込んだ泥を掻き始める。

「運べるだけの水と食料は持ってきた。何か足りないものがあったら遠慮なくいってくれないか」

「ありがとうございます、社長。ほんとうに――ありがとうございます」

殿村の、涙を一杯にためた悔しげな目が天を睨む様を、佃はただ言葉もなく見守るしかなかった。

6

「社長。これ、お願いします」

ドアがノックされ、経理の迫田《さこた》が顔を出したかと思うと、佃の前に箱が差し出された。

「どうしたんだ、これ」

「江原さんの発案で、トノさんのために募金をしようということになりまして」

「そうか。すまんな。ちょっと待ってくれ」

財布から一万円札を取り出して、箱に入れる。「頼むぞ」

箱を持って出ていく迫田を見送り、

「さて、どうしたものか」

佃はひとしきり殿村の現状について思案するのだった。

これが自然を相手にする仕事の宿命だといえばその通りだ。

その仕事を選んだからには仕方が無い——そうとも言えるだろう。

だが、どうあれ佃は、窮地にいる殿村を救いたいのだった。なんとか失意の底から立ちあがらせてやりたい。

——稲作のほうはほぼ全滅です。

そんな連絡が来たのは二日前のことであった。

すぐさま見舞金を殿村に送り、そして躊躇《ためら》いつつも、ある提案をした。

——トノ、ウチに戻ってこないか。

電話の向こうの沈黙が意味するものが、佃には痛いほどわかった。

経済的なことを考えれば、戻りたいはずだ。だが、

——私は辞めたんです、社長。こっちがダメになったからといって簡単に出戻るわけにはいきません。米づくりをやると決めたのは私なんですから。

殿村は、頑《かたく》なな返事で佃の誘いを固辞したのであった。

経済的な事情もさることながら、いまの殿村は精神的にも大きなダメージを負っているに違いない。

一年間の努力が、一夜にして失われる。

濁流に呑み込まれた大切な圃場を目の当たりにする衝撃は、想像するに余りあった。

「なんとかしてやれないもんか」

佃は自席で独り考え続ける。大切な友人の危機に、ろくなこともしてやれない自分がひたすらもどかしかった。

「こういうときのために共済にも入っていますし、足りない分は融資を受けて凌《しの》ぎます。みんなそうしてるんですから。私だけできないはずはありません」

連絡するたび、殿村の気丈さはかえって痛々しく、佃の胸を打つ。

「社長。ちょっと相談があるんですが」

山崎に声をかけられたのは、それからさらに数日が経った日のことであった。見ればいつになく真剣な顔の島津も一緒だ。ふたりを社長室に招くと、

「実はトノさんのことなんですが――」

山崎が切り出した。

7

「五百万円ねえ」

殿村が持参した書類にぱらぱらと目を通した吉井は、カウンターの向こうで椅子の

背に深くもたれて足を組んだ。

「お願いします。今回の水害で稲がほぼ全滅しまして。田んぼの原状回復費と運転資金として必要なんです。このままでは、来年の苗や肥料の代金も賄《まかな》えないかも知れない」

「なんか虫がいいなあ、殿村さんも」

吉井は底意地の悪い目を、殿村に向けた。「あれだけ好き勝手やってたのに、困ったら金貸せ、ですか」

「融資の条件は満たしているはずです。なんとかお願いします」

「条件を満たしていれば金が出てくるとでも思ってるのかなあ。たしか殿村さん、銀行員だったんでしょ。それだったらそのぐらいのことわかるはずなんだけど。融資をするかしないのか、決めるのはウチですから」

「そんな。融資していただかないと、米づくりを続けられないんですよ。前向きに検討していただけませんか」

「だったらさ、態度を改めたらどうなんだよ」

ふいに吉井の言葉遣いが荒々しくなった。「勝手に自分のブランドなんか作っちゃってさ。迷惑だっていったでしょ、そういうの。融資したらやめてくれるんですか。それだったらこれ、前向きに検討しますよ」

トントンと、殿村の提出した書類を指先で叩く。

殿村は唇を嚙み、

「融資の条件として、そんなのはおかしいんじゃないですか。これは災害時のいわば緊急資金ですよ」

反論を試みる。

「災害救助用だろうと無審査で通るわけじゃない。それぐらいわかるでしょう、殿村さんだって」

吉井は狡猾《こうかつ》な笑いを浮かべた。「稲本さんの農業法人に入っておけばよかったんですよ。それを断るから……」

「それは災害と関係ないじゃないですか」

「農業法人であれば、こっちの審査も通りやすいってことですよ。どうするんです？もう『殿村家の米』なんてやめられたらどうですか」

「殿村家の米」は、父が信念を持ってはじめ、育ててきたブランドだ。全国に楽しみにしている顧客がいて、水害のニュースに義援金や救援物資をわざわざ送ってきてくれた人もいる。そう簡単にやめるわけにはいかなかった。

「ちょっと考えさせてください」

殿村は目の前の融資申し込み書類を持って立ちあがった。「失礼します」

吉井は両手を挙げ、呆《あき》れたように気障《きざ》なポーズを取る。

融資の看板がぶらさがった窓口を離れ、足早に農林協の建物を出た。農林協がダメなら、他の金融機関をあたるつもりだった。付き合いはないが、この状況を勘案すれば、融資してくれる可能性はあるはずだ。

真《ま》っ直《す》ぐに前を向き、難しい顔で歩いていると、

「よお、殿村じゃないか」

振り向くと、稲本がにやついた顔で立っていた。

「まったく参ったな、今回のには」

深刻な殿村とは違い、稲本はどこか他人《ひと》ごとのような口調だ。「お前んとこ、全滅か」

「ああ。お前んとこはどうだ」

「ウチは大丈夫だったよ」

「そら、よかったね」

うらやましいと思う余裕もない殿村に、稲本は続ける。

「法人に加わっているメンバーの田んぼも大した被害もなくて済んだ」

あらためて書類を手挟んだ殿村を眺めた稲本は、「金、借りにきたのか」、察しよくそう尋ねた。

「まあ、そんなところだ」

「そうか。貸してくれるってか」

「いや。難しいことをいわれたよ」

稲本は、嬉々《きき》とした笑みを浮かべた。

「まあがんばれや」

殿村の肩をぽんぽんと叩く。「お前には礼を言わないといけないかもな」

「礼？」

意味がわからず、殿村はきいた。「なんだそれ」

「いやあ、お前がもしウチの農業法人に加わっていたらさ。お前んとこの稲が全滅してウチは大赤字になるところだった。お前が断ってくれて助かったよ」

屈辱と怒りに拳を握り締めた殿村に構わず、稲本は高笑いとともに背をむけると、いま殿村が出てきた農林協の殺風景な四角い建物へ消えていった。

「くそっ！」

駐車場に駐めた軽トラに乗り込んだ殿村は、力任せに両手でハンドルを叩いた。

「くそっ、くそっ！」

何度も何度も、手の痛みも無視して狂ったようにハンドルを叩き続ける。抑制した感情が奔流となって突き上げ、涙があふれ出した。

どれぐらいそうしていたか、殿村は脱力したかのように首をだらりと下げたまま、しばし動きを止めた。

着信メロディが鳴り出したのはそのときだった。

放心したような顔を上げ、胸ポケットのスマホを取り出す。

発信先を確かめて、通話ボタンを押した。

「トノ、話があるんだ。聞いてくれないか」

聞こえてきたのは、佃航平の声であった。


「殿村、来たのか」

カウンターに座った吉井に、

「ええ。いま金借りに」

吉井はこたえ、引きつったような笑いを漏らした。

「難しいことといったんだってな」

「とんでもない」

吉井はさも心外そうに、胸の前で手を横に振った。「ただ、普通のことをしてくれと頼んだだけですよ」

「なんつった、あいつ」

「考えさせてくれって、書類持って帰っていきましたよ。自業自得だ」

吉井は、せせら笑った。「そのうち、なんとかしてくれって泣きついてくるんじゃないですか」

「だろうな。そのときはウチの法人に入れてやるか。だいたい、脱サラの素人が米づくりなんかできるわけねえんだよ。舐《な》めんなってんだ」

忌々《いまいま》しげにいった稲本は、「これ、この前話した融資の書類な」、と持ってきたファイルを吉井に渡した。「貸してくれるんだろ」

「最優先でやらせていただきます」

愛想笑いを浮かべた吉井は、慣れた手順で書類を検《あらた》めはじめた。

8

父の正弘が、不機嫌そうな顔で座布団にあぐらを掻《か》いている。

「すみません、大勢で押しかけまして」

佃は頭を下げていうと、「早速ですが」、と殿村の前に、一通の提案書を差し出した。

殿村家の奥座敷である。

和室の古い大きなテーブルを挟み、床の間を背に殿村と正弘、その向かいには佃をはじめ山崎と島津、帝国重工の財前、さらには北海道農業大学の野木も顔を揃えている。

「ご存じかも知れませんが、弊社では新規事業として無人農業ロボットの開発に取り組んでおります」

財前が口を開き、テーブルに置いたモバイルで実験農場での無人トラクター走行映像を見せた。北海道農業大学での映像だが、「これはすごいな」、と興味をしめす殿村とは対照的に、正弘は身動きひとつせず、硬い表情を崩さないままだ。

「この無人トラクターは現在、製品化の前段階まで来ておりまして、今後実際の圃場や畑で、耐久性、安全性や走行性能、作業機の正確性などを確認したいと考えております。従来、こちらの野木先生がいらっしゃる北海道農業大学の実験農場、岡山での弊社契約圃場などを使っていましたが、往復にかかる時間や労力を考えると、もっと近場でそうした場所を確保するに越したことはありません。しかも、実際の農作業をこなし、米づくりもできる環境であればなおよい。そこで今回のお願いになるわけですが、殿村さん――」

財前は改めて、殿村親子に対峙《たいじ》した。「どうか、お宅の圃場をこのテストのために貸していただけないでしょうか」

正弘からの返事はない。

「オヤジ、いいんじゃないか。もう農閑期《のうかんき》でもあるし、今年はいろいろあったから」

説得しようとする殿村に、「なにするつもりか知らんが、田んぼは運動場じゃないんだ。トラクターで踏み荒らされたら、かなわねえな」、と正弘が反対意見を述べる。

「たしかに、走行実験では圃場を走ることになりますが、耕耘《こううん》もしますし、その後の米づくりに影響が出ないよう細心の注意を払うつもりです」

頷いた殿村がきいた。

「社長、どのくらいの期間を考えればいいんでしょうか。こちらとしては、農閑期だけだとうれしいんですが」

「少々言いにくいんだが――」佃は膝を詰めた。「今年から来年一杯、貸してもらえないだろうか。全部とはいわない。半分。いや三分の一でもいい。なんとか検討していただけませんか」

後半は父の正弘に向けた言葉だったが、来年までと聞いて横を向いてしまった。正弘にとって、田んぼは命の次に、いや命と同じくらい大切なものだ。それを実験やテストのために貸せといわれて簡単に首を縦に振るはずもない。

それは承知の上の交渉だが、正弘の頑なな態度は佃の予想以上であった。

「大切な田んぼを、こんな事業のために貸せないと思われたでしょう」

佃は正弘の心情を慮《おもんぱか》っていった。「ぶしつけな提案で本当に申し訳ありません。

この無人農業ロボットの根幹を成す自動走行制御技術は、ここにいる野木教授が長年の研究の末、開発したものです。野木教授と私は実は大学の頃からの友人でして」

正弘が少し驚いたように顔を向けた。「いま日本の米づくりは様々な問題に直面しています。就農年齢は年々高齢化の一途を辿り、離農する人たちは後を絶ちません。このまま進めば日本の農業は担い手を失い、そう遠からぬ将来、米づくりは危機的な状況に直面するでしょう。この無人農業ロボットは、昼でも夜でも動きます。誤差数センチで耕耘し、均《なら》し、そして田植えをし、収穫まで可能になる。無人農業ロボットに私たちが挑戦するのは、金儲けのためだけではありません。日本の農業の力になりたいという大きな目標のためです。私も野木も、そして帝国重工さんも思いは同じです。もちろん、これだけで農業の危機を救えるだなんて思っていません。農業には様々な問題があって、それをひとつずつ解決していかないことには、将来の扉は開きません。このロボットは、その将来の扉を開く有効な手段のひとつです。野木教授の試算によると、無人農業ロボットを導入することで農家の効率化は格段に向上し、年収を大きく引き上げることができるそうです。本当は農業に興味があるけれども、経済的な理由で踏み切れないでいる若者たちにとっては願ってもない朗報です。きっと、この技術は農業の在り方を変え、離農による就農人口の減少に歯止めをかける有効な手段になります。若手を農業に導くために、農業の担い手を増やし、農業の危機を救うために、この実験はどうしても必要なんです」

正弘は黙ったまま瞑目《めいもく》し、佃の話に耳を傾けている。

「殿村さん、なんとか考えていただけませんか。この通りです」

両手をついて頼み込んだ佃に、

「オヤジ、なんとかいってくれ」

殿村が嘆願するような目を向けたとき、刮目《かつもく》した正弘がやおら腰を浮かした。それまで座っていた座布団をどけ、畳に正座をして佃や財前、そして野木らと真正面から向き合う。

「私も同じことを考えていました、佃さん」

すっと、正弘の背中が伸びていた。「このままじゃ米づくりがダメになる。なんとかならないかとずっと思っていた。だけども私に思いつくことなんざ、限られていましてね。情けないことに、もうあきらめていたんだ。米づくりはもう自分の代で終わりだ。そう思っていました」

語る正弘からは、米づくりに対する深い愛情が滲み出ている。「だけど、いまの佃さんの話をきいて心底、うれしかった。私と同じ志をもって、米づくりのことを、農業の未来のことを真剣に考えていてくれる人がいた。仲間がいたんだ。その仲間が、素晴らしい知恵を出して農業を救おうとがんばってくれている。こんなうれしいことがあるでしょうか。米が作れなくなっちまったら生きててもしょうがないと思っていました。だけど、いまは違います。生きてよかった。皆さんと会うことができてよかった」

それは正弘の、心から発せられた言葉に違いなかった。

思いがけないひと言に、佃たち全員が瞬きすら忘れ、ただ正弘を凝視している。

「日本の農業のためにウチの田んぼが役に立つなら、こんなうれしいことはない。私からお願いします。どうか、日本の米づくりを、農業を救ってください」

いま正弘は涙を流し、深々とその場で頭を下げたのであった。

# 第六章　無人農業ロボットを巡る政治的思惑

## 1

一台のトラクターが秋晴れの圃場《ほじょう》を走っていた。

風が、吹いている。木枯らしにはまだ早すぎるが、晩秋の清冽《せいれつ》な冷気を確実に含んだ風だ。

トラクターの背後にある作業機の中で耕耘爪《こううんづめ》が回転し、舞い上げた土煙が、開いたパラシュートのように拡散している。

いま殿村家の圃場でテストしている無人農業ロボットは五台。農道脇の空き地に小さな管理棟を建て、そこに帝国重工と佃製作所のスタッフが常駐する体制ができあがっていた。

田んぼの畔道《あぜみち》に立って帝国重工の無人トラクター「アルファ1」の実験走行を見守る島津の隣には、殿村と父、正弘の姿があった。

「前から聞こうと思ってたんだがね、どうして無人トラクターに運転席なんか作ってあるんだい」

「一応、理由はふたつあります」

島津は右手の指を二本立てた。「ひとつは、無人とはいえ万が一、動かなくなってしまったときの緊急対応のためです。有人トラクターとして動かせるようにしてあります。もうひとつは道交法のためですね。現時点での法律では、公道を走行する車両は人間が運転することになっています。自宅から圃場へ出るときに技術的には無人走行が可能でも、法律上はできないことになっているんです」

「不自由な話だな」

正弘は顎《あご》のあたりをさすりながら、不満そうにいった。「まったく、お上《かみ》の頭が固いせいで農業が廃《すた》れちまったらどうするつもりなんだい」

「難しい問題もあるんですよ」

島津が解説した。「たとえば、誰も乗っていない無人運転のトラクターが事故を起こした場合、その責任を、メーカーが取るのか所有者が取るのか、とか。一方で、無人の運転技術も発展途上で、まだまだ未熟なところもあります。この状況で法律を早く変えろといわれても、実際には難しいはずです」

島津は目の前を横切るトラクターを指さし、話題を変えた。「ところで、殿村さん。あのトラクターを見て、何かお気づきになりませんか」

目を凝らした殿村親子の前を、無人トラクターが横切っていく。

「作業機の形が違うな」

最初に気づいたのは、正弘のほうであった。

「たしかにそうだ」

殿村が振り向いた。「耕耘用のローターじゃないんですか」

「これ見てください」

島津が見せたモバイル端末を覗《のぞ》き込んだ殿村親子が、不思議そうに顔を見合わせた。

「なんですか、これは」

「あの作業機にセンサーがついていまして、土壌の質を調べてるんです。センサーで分析した内容がこうしてモバイルに送られてきます」

驚嘆の声がふたりから上がった。「土壌の質のばらつきを調べることによって、どんな種類の米が合うとか、どこの土壌にどんな肥料を入れたらいいとか、細かく管理することができるんです。いまは土壌の質を見ていますが、センサーを切り替えることによって、もっと多様《いろん》なものを観察することも可能なんです」

「ドローンを飛ばして把握するやり方は聞いたことがありますが」

殿村の指摘に、島津は頷《うなず》いた。

「それよりも精度の高い情報が得られるんです。将来的にはその情報にもとづいて、無人農業ロボットが自動で肥料の量や濃度を変えて撒《ま》いたりできるようになるでしょう」

「すごいな。どうやって思いついたんです？」

「ほら、この前、畔《あぜ》を塗り直したでしょう」

決壊した河川の水が大量に流れ込んだ結果、殿村の田んぼは水没し、土砂がたまり多くの箇所で、畔まで壊れた。

田んぼを借り上げた佃たちはまず土砂を取り除き、さらに畔を塗り直す必要に迫られたわけだが、手作業でやるには重労働で、しかも時間がかかる。

「どうしようかってみんなで話してたら、営業部の江原くんが、『アグリジャパン』に、畔塗り機が出展されてたっていうんですよ」

全自動の畔塗り機を開発していたのは、地元岡山にある土橋《どばし》工業という会社であった。元来はトラクターなどに装着する作業機の会社で、耕耘爪では日本で約半分のシェアがあるという。

「その畔塗り機のおかげで田んぼの畔はいち早く修復できたわけなんですが、そのときこの無人農業ロボットのことを土橋社長が知って、実は自分も考えていることがあるから是非、プロジェクトに参加させて欲しいということになったんです」

土橋工業の参加は、無人農業ロボットにとっても重要な意味があった。どんなトラクターも、トラクターだけでは何の役にも立たないからだ。トラクターの用途は、耕耘用ローターなど作業機を装着して初めて成立する。

「トラクターと作業機は元来、切っても切れないものなのに、無人での運用にこだわって、作業機がお留守になってたんです。そこにICTの付加価値をつけることで、無人農業ロボットの作業効率をさらに上げることができます」

島津の説明を、殿村も正弘もただ唖然《あぜん》として聞き入るしかない。

「たまげるなあ、ほんとに」

正弘はもうお手上げとばかりにいい、首を左右に振っている。「なんでもできちまうじゃないか」

「そんなことないですよ」

島津はいった。「無人で動くロボットも刻々と情報を入れてくるICT技術も、使う人があってこそ初めて有意義なものになります。米づくりのために本当に必要な手順や知識は、実は殿村さん、あなたの中にあるんです。あなたには他の農家にはできない、優れた米づくりのノウハウがあります。でも、それをあなたひとりのものにしていては、米づくりの未来は拓《ひら》けません」

「オレの経験や知識を、さらけ出せってことか」

驚いたように、正弘が目を見開いた。

「全てを公にする必要はありませんが、最低限必要な情報は客観的に閲覧可能な形にしておくといいと思います」

「なるほど。農家ってのは口伝《くちづて》に頼ってきたところが多いからな」

正弘はいった。「それをきっちり教科書にしろってか。耳の痛い話だ」

「でもやりがいはある」

殿村が頷く。「重労働は無理だけど、オヤジにはオヤジにしかできないことがまだあるんじゃないか。ねえ、島津さん——島津、さん？」

そのとき——じっと瞬きもせず、田んぼの一点に島津は視線を向けていた。

慌てて殿村もその視線を追い、「あっ」、という小さな声を上げる。

さっきまで動いていた「アルファ1」が、田んぼの真ん中で停止している。五台のうちの一台だ。

「すみません。失礼します」

島津は管理棟の中へ慌てて駆け入った。

「結局、原因はなんだったんだ」

翌朝の技術開発部の打ち合わせで問うた佃に、

「それがまだわからないんです」

島津は冴《さ》えない表情でこたえた。

「トラクターのほうはあらかた調べたけど、通信系のトラブルなんじゃねえのかな」

軽部の意見は推測の域を出ず、島津も判断しあぐねている。

「ただ停車しているだけならまだわかるんです。だけど、エンストしてたし」

通信が途絶えたときのトラクターは、「停車」するようプログラムしている。十五分以内に通信状況が改善しない場合は自動的にエンジンが切られるが、停車と同時のエンジンストップは、プログラムによるものではない。

「野木教授に連絡して確認してもらったんですが、突然エンストして止まるということは少なくとも過去二年間のテスト走行ではなかったそうです」

立花からの報告に島津は考え込んだままだ。

「原因はともかく、何か問題があるらしいとわかったこと自体は悪くない。そのための走行テストなんだから」

佃は励ました。「市場に出ちまってからじゃ遅い。いまのうちに改善すべきことは改善していこう」

いうまでもなく製品開発は、販売するまでが勝負だ。その間に、どこまで品質を追究するかが作り手に問われている。製品化されてからの不具合はリコールになり、巨額の費用がかかる。製品への信頼性にもかかわる問題である。

その二週間ほど後の夜のことだ。

いつになく仕事が立て込み帰りが遅くなった佃が三階フロアを覗くと、島津がひとり残ってパソコンと向き合っていた。

「まだやってたのか、シマさん。メシでも食いに行くか」

「ああ、ありがとうございます。ちょっとこの前のトラブルで思いついたことがあって」

余程集中しているのか、虚《うつ》ろな生返事がある。

島津のデスクまで行き、覗き込んだ画面には、トランスミッションの設計図の一部が映し出されていた。

「おそらくこれがエンストの原因だったと思うんです」

そういいながら島津がボールペンの先で設計図の一カ所を指し示す。

無段変速を可能にしたトランスミッションの部品のひとつ——シャフトの周りに配置された複数のギアだ。

「それで、新しい仕組みで、配置とギアの形状を工夫してみたんですけど——」

腕組みして考えている。

「他に可能性は」

「思いついたのはこれだけです。他のところは、お馴染《なじ》みの部品のお馴染みの組み合わせみたいなもんだし……。ちょっとここの周辺部の設計、大胆に変更していいですか。それと――」

島津は、真剣な顔で佃にいった。「テスト走行で問題が解決できたら、この新しい技術、特許申請したいんです」

「特許か」

佃は顎に手をやって考えた。島津がそこまでいうからには、それだけの価値があるに違いない。

「わかった。そこはシマさんの判断でいこう。特許申請については、神谷《かみや》先生と相談して進めてくれないか」

神谷修一《しゅういち》は、弁理士資格も有する佃製作所の顧問弁護士だ。知財では、国内トップクラスの弁護士として名を馳《は》せている。

「よし、これでいいや」

そういうと島津はさっさとパソコンの電源を落として机を片付けはじめた。「ああ、お腹空《なかす》いた。ご飯、どこ行きます?」

2

伊丹は眉を顰《ひそ》めた。

堀田が上げてきた報告は、宮崎県のモニター農家からのものであった。えびの市は、同県と鹿児島県の境にある霧島連山を遠望する場所にある米どころだ。問題になったのは、全国米味コンテストで「特A」のコシヒカリを作っている実力農家に貸し出した一台である。

ギアゴーストのミーティングルームで行われている「ダーウィン・プロジェクト」の打ち合わせだ。

「無人運転中に、理由もなく動かなくなったということです。プログラムをリセットしたら元に戻ったと」

「不具合？」

氷室は黙ったままだ。長髪を左右に垂らし、黒縁メガネをかけた氷室は、いかにも研究者然とした雰囲気を醸《かも》し出している。

「何か心当たりは」

その氷室にきくと、「通信障害でしょ」、というこたえが間髪を入れず返ってきた。

その場に好ましくない決めつけだと思ったが、案の定、

「根拠のないことをいわないでくれるか」

会議用テーブルを囲んでいた戸川が嚙《か》みついた。通信関係は自動走行制御システムを提供しているキーシンの担当だ。むっとした顔で氷室を睨《にら》み付けている。

刺々《とげとげ》しい雰囲気に、堀田が気まずそうに身じろぎした。

「他に同じような報告はあったか」

問うた伊丹に、「動かなくなったという報告は何件かありました」、と堀田が続けてこたえる。「ただ、他のケースは使い方が問題だったりして、マシンが原因とは思えませんでした。実際に、プログラム設定の手順を間違えていたりして、こちらで説明したあとは、正常に動いています」

「今回の不具合はそういうのと違うということか」

黙ってきいていた重田が問う。

「詳しくヒアリングしたんですが、使い方に問題はありませんでしたし、先方もこちらの問題だと主張しています」

「買い取る金がなくなっていちゃもんつけてきたとかじゃないの」

氷室が相手を疑いはじめた。「信用できる相手？」

モニターに出している「ダーウィン」は全部で三十台。モニター期間は一年間だが、

問題なければそのまま割り引き価格で買い取ってもらう契約になっている。

「えびの市でも有数の農家です」

手元の資料を見て堀田はいい、「買い取る金がないとは思えません」、と端《はな》から相手のせいにしようとする氷室の態度に眉を顰めた。

「トランスミッションに問題がある可能性は？」

重田に問われ、氷室が苛立《いらだ》ちを露《あら》わにした。

「ないですよ、そんなもの。それよりエンジンを疑ったらどうなんです。ベトナム工場でしたっけ？　安さ一流、技術はなんとかっていわれてるじゃないですか」

「まあまあ」

重田が目に怒りを浮かべたのをみて、伊丹が割って入った。「明確なトラブルとして報告されたのはこの一件だけだ。もう少し様子を見よう」

重田からも氷室からも返事はない。戸川からも。

「ダーウィン・プロジェクト」は、月に一度、主要メンバーの会社で連絡会議を開き、様々な施策を練ると同時に、モニターからの改善要求などを話し合うことになっている。

「一応ウチも設計その他を見直してみるが、ギアゴーストもキーシンも、同様に確認してくれよ。念のためだ。後になればなるほど、対応が難しくなる」

重田がまとめ、ようやく隣に座っている北堀に発言を促した。

殺伐とした議論に瞑目《めいもく》したまま耳を傾けていた北堀だが、自分が発言する番になるや、それまでずっと堪《こら》えていたかのように満面の笑みを浮かべる。

「朗報がある」

手元に用意した資料を会議のメンバーたちに配付すると、場の空気が一転して期待と喜びが満ち始めた。

「内々の情報だが、『ダーウィン・プロジェクト』が首相の肝いりのICT農業推進プログラムに内定したらしい。これで政府のお墨付きってわけだ。正式な連絡は明日、重田のところに来るだろう」

このときばかりは、満座の拍手が起きた。

「お前のお陰だよ、北堀」

重田が礼をいう。「知名度を上げられたからこその快挙だ」

「まあ、そうともいえるが、なにかと政治的な事情ってものもあってね」

北堀は、事の真相に言及した。「地元選出の萩山仁史が、『ダーウィン』を浜畑首相に売り込んだんだよ。浜畑首相のほうも、票田の人気取りでICT農業を推進するといったものの実は具体策を欠いて空手形になりかけていた。萩山にしてみれば自分を売り込む絶好の機会になり、首相にとってもいい点数稼ぎになるというわけだ。さらに、ここが我々にとって重要なところだが、認定されれば助成金も下りる」

「すばらしいじゃないか」

重田が破顔し、声を弾ませる。「これで、帝国重工にさらに差をつけることができるぞ」

「いやそれが――」

北堀はそれまでの笑顔を引っ込めた。「実は、帝国重工の無人農業ロボットもこれに選ばれた」

些少《さしょう》の落胆が会議室に広がった。

「がっかりしなさんな、逆だよ、皆さん」

「逆とは、どういうことですか」

疑問を浮かべている伊丹に、北堀は続ける。

「これで、今後、何かにつけて帝国重工のトラクターと比較される機会が出てくるってことさ。この前の『アグリジャパン』しかり。そのたびに我々の『ダーウィン』がいかに優《すぐ》れているかアピールするチャンスだと思ったほうがいい」

そして、「ダーウィン・プロジェクト」の成果を北堀の会社がニュース映像としてマスコミ各社に売り込み、さらに知名度を高めていく。

「ダーウィン」は庶民の味方。一方の帝国重工の「アルファ1」は、その庶民の努力に立ちはだかる巨悪――。

そんな対立構造を北堀は作り出し、巧みにテレビやラジオのニュースや情報バラエティといった番組に忍ばせ、世の中への刷り込みを図っていくのだろう。

左翼思想の北堀にとっては大企業も与党も〝仮想敵〟のようなものだが、この男が優れているのは、このICT農業推進プログラムしかり、使えるものは使う柔軟性があることだ。

「この先、浜畑首相は、あらゆるところで農業分野での自分の取り組みを宣伝しようとするだろう。そのたびに『ダーウィン』が取り上げられ、そして世の中に認知されていくことになる。つまりこれによって『ダーウィン』は、下町の中小企業だけのものではなく、国家レベルのプロジェクトに格上げされたというわけだ。我々はついに、その力を国に認めさせたんだ」

それは同時に、帝国重工の無人農業ロボットを、いや的場俊一その人を追い落とす準備が全て整ったことと同義である。

重田の目に殺気が漂っていた。

「『アグリジャパン』での我々は成果を上げたが、まだそれは農業という分野での評価に留《とど》まっていたと思う。だが、これからは違う。『ダーウィン』の新たな〝進化〟が始まるんだ」

北堀のふるう熱弁は、その場にいる全員の気持ちを鼓舞し、昂揚《こうよう》させるに十分であった。そんな中、ひとり浮かない顔をしていたのは、資料配付などの雑用係として末席に控えていたギアゴーストの調達担当、柏田である。

「堀田さん、今日の話、本当に大丈夫なんでしょうか」

会議がお開きになり、後片付けをしていた柏田は、近くにいた堀田に話しかけた。

「大丈夫って何がだよ」

「北堀社長のマーケティング戦略が優れていることはわかるんですが、ちょっと飛ばし過ぎなんじゃないかと思って」

「不具合も出てるしな」

堀田自身、気になるのかプロジェクターをしまいかけていた手を止めた。

「それもそうですが、帝国重工の無人農業ロボットに佃製作所が加わったでしょう」

その情報はすでに、「ダーウィン」陣営にもたらされていた。帝国重工社長、藤間による鶴の一声で製造部が外され、それまでの大型トラクター路線が修正されたという話だ。

これに対して、重田と伊丹が下した判断は、「恐るるに足らず」、であった。

佃製作所の小型エンジンは高性能が売りだが、コストではダイダロスにはかなわない。一方のトランスミッションは、事業を立ち上げて日が浅く、製品化の実績もない。

「ダーウィン」が負けるはずはない——というのが、ふたりの一致した意見だ。

「実は今日、洗足《せんぞく》工業の足立《あだち》社長からちょっと気になることを聞きまして」

洗足工業はギアゴーストの外注先の一社だ。「あそこ、佃製作所にも出入りしてるんですが、最近、島津さんを見かけたっていうんですよ」

「本当か」

堀田が顔を上げた。

「しかも、佃製作所の作業着姿だったって。もしかして島津さん、佃製作所に入社したんじゃないですかね」

「まさか。大学の講師だったんじゃ……」

「それは私も聞いてましたよ。でも、アルバイト講師だったでしょう。それだったら、佃製作所が厚遇で迎え入れたってこともあるんじゃないですか」

表情を変えた堀田が、ちらりと社長室に目を向けた。会議は終わったが、そこには重田と北堀がまだ残っていて、これから三人でどこかに食事にでも出かけるつもりらしい。

「そのこと、社長に報告したか」

「いえ、まだです。話を聞いて帰ってきたら、報告する間もなくこの会議だったんで」

「お前、佃製作所の立花くんとか、仲良かったよな」

堀田の意図は透けてみえる。柏田に確かめさせようというのだろう。だが、柏田は首を横に振った。

「冗談じゃないですよ。いまさらきけるわけないじゃないですか」

伊丹は、恩義ある佃製作所をソデにして、そのライバル会社ダイダロスとの資本業務提携に踏み切った。巻き込まれた訴訟では佃製作所の協力がなければ、巨額の賠償金を支払わなければならないところだったのにもかかわらずだ。しかも、コンペの末に一旦は発注が決定した佃製作所製バルブの件も、ヤマタニとの交渉の末、ご破算になっている。佃製作所にとってギアゴーストは、恩を仇《あだ》で返した裏切り会社に他ならない。

そのとき、話す間もなく伊丹らがオフィスを出ていった。

堀田が島津の件を伊丹に話したのは翌朝のことである。堀田がひそかに息を呑《の》んだのは、伊丹の中に明らかな動揺が見て取れたからだ。

「シマちゃんが、佃製作所に？」

顔色を変えた伊丹は、ショックの色をありありと浮かべたのである。

共同経営者だった島津は、堀田ら社員たちに「経営方針に対する考え方の違い」とだけ説明して会社を去っていた。

その後、伊丹と島津との間にどんなやりとりがあったのか、果たしてなかったのかは知らない。だが、このときの伊丹の表情は、堀田にひとつの仮説を抱かせるに十分だった。

伊丹は、島津をギアゴーストに呼び戻そうと思っていたのではないか——。

思い当たるフシがある。

氷室だ。

島津の後任として、三顧《さんこ》の礼を以《もつ》て招き入れたはずの氷室が、どうやら期待通りの人材ではなかったことは、もはや明確だ。

プライドは高く経歴も申し分ない。

だが、氷室には経験と実績はあっても、島津のような閃《ひらめ》きと直感は無かった。

天才といわれた島津は、そういわれるだけのサムシング——〝何か〟を持っていたと思う。

「佃製作所に……?」

ぼそりと呟《つぶや》いた伊丹は、鋭い舌打ちとともに短く息を吐き出した。「なに考えてるんだ、まったく」

視線は力なく泳いでいる。

「すみません。一応、社長の耳に入れておこうと思いまして」

社長室を出た堀田は、かすかな不安を感じた。

「ダーウィン」の躍進は華々しいが、それが全てにおいて成功しているわけではない。むしろ気がつかないところで、綻びや矛盾が顔を出し始めているのではないか。

その思いは、堀田の胸に落ちた小さなシミのようになって、なかなか消えなかった。

3

財前からの連絡は、吉報であった。

「実は昨日、連絡がありまして。無人農業ロボット事業をＩＣＴ農業推進プログラムの一環として認定されることになりました」

「それはおめでとうございます」

祝福した佃だが、ふと思い立って尋ねた。「ところで、それは『ダーウィン』も――」

「お察しの通りでして。あちらも同時に認定されたとのことです。首相としては、話題性の高い『ダーウィン』を入れることで、自身が打ち出した施策を世の中に知らしめようという意図があるのではないかと思います」

財前は続ける。「ついては、開発状況の視察ができないかと早速問い合わせがありました」

「それでしたら、圃場での無人走行実験をご覧にいれてはいかがですか。毎日やっていますし、かなり完成度の高いデモをご覧いただけると思います」

「一応、提案してみます。ただ、首相の日程調整がかなり難しく、警備などの問題もあるでしょう。また詳細が決まりましたら相談させてください」

引き上げていった財前から、その件で再び連絡があったのは三日後のことである。

「先日の首相視察の件、北見沢《きたみざわ》市で出来ないかと打診があったのですが、いかがですか」

「北見沢、ですか」

札幌に近い北海道の一都市だ。意外な場所が指定されたものである。「どうして、北見沢に」

「なんでも、北見沢市が行政を挙げてＩＣＴ農業を支援しているらしいんです。その取り組み自体もＩＣＴ農業推進プログラムに認定されたらしいんですが、そこを視察するのに合わせて、北見沢市で無人農業ロボットの実演をしてくれないかという話でした」

「なるほどそういうことですか」

納得した佃であるが、実は、と財前は続けた。「それには『ダーウィン』側も参加するとのことで、北見沢市としてもイベント化して盛り上げたいと」

思わぬ経緯から、「ダーウィン」との再対決が決まったのであった。

「浜畑首相肝いりのプログラムに選ばれたそうじゃないか。どう決着を付けるつもりだ、的場君」

帝国重工会長の沖田の問いは静かではあったが、その内に秘めた否定的な感情を如実に映していた。

六本木にある、沖田お気に入りの高級イタリアンである。洒落《しゃれ》てはいるが、メニューも価格表もない。オードブルからメイン、さらにデザートまで、大量の食材を逐一ワゴンに並べて選ばせるスタイルは、的場にいわせれば非効率の極みであった。おかげで、普通のレストランなら二時間もあれば終わるコース料理が、三時間経《た》ってもまだ終わらない。

個室には、沖田と的場の他に、製造部長の奥沢の三人がいる。その奥沢は、話題が無人農業ロボットに転じたとたん、不機嫌に黙り込んだ。

「『ダーウィン』には、必ず勝ちますのでご安心ください」

こたえた的場に、「そんなことをきいてるんじゃないよ、君」、という沖田の苛立ちまぎれの叱責が飛んだ。

「いまだに製造部を外したままとはどういうことなんだといってるんだ」

「申し訳ございません」

内心で渦巻きはじめた怒りに頰を朱に染め、的場は詫《わ》びの言葉を口にする。「藤間社長の一声で現場が混乱しております」

「だったらそれを正すのが君の役目だろう。いったい君は何のためにこの事業を引き受けたんだね」

沖田は、相手が腹心であろうと批判するときには情け容赦の欠片《かけら》もない。平然と嫌みを口にし、いま冷ややかに的場を見据える目には、侮蔑の色さえ浮かんでいる。

「一時的に外部に発注しておりますが、折を見て内部に取り込むつもりでおりますので、しばらくお待ちください。現在、製造部内で小型エンジンとトランスミッションの開発を急いでおります」

「いつになることやら。君や私がこの帝国重工の役員席に座っていられる間に頼むよ」

歯に衣《きぬ》着せぬ沖田は、話すうちに自分の中で怒りが燃え上がっていくタイプだ。

「それともうひとつ。君はいつまであの連中をのさばらせておくつもりかね」

「ダーウィン・プロジェクト」のことである。「いいかね。君は自分だけが週刊誌ネタになった被害者だと思っているかも知れないが、それは違うぞ。世間で悪者扱いにされているのは君だけじゃない、帝国重工も同じだ。あの重田とかいう男がしたことは我が社に対する宣戦布告以外の何物でもない。聞けば、あの連中のトランスミッションを作っているのは、君に所払いされた挙げ句、退職した男だそうじゃないか。そんな連中にわが帝国重工が舐《な》められるなど、言語道断だ。『ダーウィン』だかなんだか知らんが、叩《たた》きつぶせ。いいな」

沖田に言われなくても、当然そうするつもりだった。だが、余計なことをいえば火に油を注ぐことになる。

「かしこまりました」

沖田がまだ何かいいかけたとき、ドアが開いてワゴンが入ってきた。ほっと的場は胸を撫《な》で下ろし、このときばかりは、この店の非効率に感謝したのであった。

4

ギアゴーストの堀田は、誰もいないオフィスでひとりモニタに映し出された設計図を睨み付けていた。

果たしてどれぐらいそうしていたか。

いまはっと我に返ったのは、玄関で物音がしたからであった。

すでに午後十時を過ぎている。

照明を落としたショールームを入ってくる人影を目で追った堀田は、やがてその姿がオフィスの明かりの下に浮かび上がったところで、小さく吐息を洩《も》らした。

「誰かと思った。どうされたんです」

「メール来てただろ。モニターから」

やはり、そうか。

取引先と会食に行くといって氷室が社を出たのは、午後五時過ぎのことだ。行き先はきかなかったが、おそらく食事中にメールに気づき、客と別れた後、会社に戻ってきたに違いない。

「ダーウィン」のモニターから日々寄せられる情報の取りまとめを担当しているのは、ギアゴーストだ。堀田が責任者として管理するメールフォルダに送られてくるメールは、ダイダロスやキーシンといった関係者と共有され、重要なものは連絡会議での議題となって、対策が練られる。

そのメールが届いたのは、氷室が外出した午後六時過ぎのことであった。

送付者は新潟の米農家で、この日運行中の「ダーウィン」が突如停止し、エンジンもストップ。再起動をかけたがそのまま動かなくなった、というものである。メールには、当時の天候から気温などを含む詳細な作業情報のデータの他、圃場の真ん中で立ち往生している「ダーウィン」の写真が十枚ほど添付されていた。

いま自席のパソコンを立ち上げた氷室は、眉間に皺《しわ》を寄せ、気難しい顔でモニタを睨み付けている。

「やっぱりこれ、エンジンかトランスミッションの構造的な欠陥なんじゃないですか。もう一度設計を精査したほうがいいと思います」

「簡単にいうんじゃないよ」

刺々しい言葉が投げ返されてきて、堀田は言葉を呑んだ。不具合の情報に接しても、氷室が指摘するのは、エンジンや自動走行制御システムへの疑問点ばかりで、なかなかトランスミッションの設計見直しにまで踏み切ろうとしない。

そのスタンスは、技術者として氷室が育ってきた環境にも大きな影響を受けているのではないかと、堀田は睨んでいた。

氷室が実績を積んだ会社、トランスミッション大手のトーミツでは、設計部門が強い。オリジナリティの高い同社トランスミッションを支えるのは設計部門であり、一旦承認された設計はめったなことでは修正されないという業界の噂《うわさ》だ。

「原因がわからないんですよ、氷室さん。もし、ウチのトランスミッションに欠陥があったらどうするんです」

危機感を募らせた堀田の反論に、

「トランスミッションを設計したのは前任者だ。もし欠陥があったとしても、それは私の責任じゃないだろ」

氷室のこたえは的外れもいいところだった。そんな理由が保身になるとでも思っているのか。いや、そもそもそんなことを言っていられる場面か。

暗澹《あんたん》たるものが胸に広がるのを、堀田はどうすることもできない。

「たしかにこれは島津さんが設計したものです。でも、欠陥を指摘されたら、困るのはウチなんですよ」

「欠陥があればだろ」

プライドの高い氷室の強気は、内に秘められた危機感の裏返しではないか——。堀田はふとそんなことを思った。

「そのときは氷室さんだけじゃない、私にとっても責任問題ですよ。前任の島津さんが設計したものを、氷室さんは認め、引き継いだんですから。私だってそうです。検図もした。設計は完璧だと思いました。だけど、何かあるかも知れない。もう一度精査すべきです」

堀田は、画面に映し出されている設計図を指さした。「氷室さんだって、何かおかしいと思ってるから、戻ってきたんじゃないんですか」

セキュリティ上の必要性により「ダーウィン」に関する情報は、閲覧できる端末が指定されている。スマホで確認できるのは、メールの頭の部分だけで、詳細を知るにはギアゴースト社内にある自分のパソコンを立ち上げるしかない。

「別に。ただ気になったから戻ってきただけだ。この前、不具合も報告されていたからな」

えびの市の農家でおきた一件だ。結局、その後その農家から不具合の情報は上がっていない。

「今回の不具合はこの前よりもさらに悪いですよ。エンジンの再起動ができなかったっていうんですから。通信システムや自動走行制御ばかりが原因だとは断定しにくい」

前回、氷室が主張したのが通信システム犯人説だ。根拠はなく、ただ責任をなすりつけるような発言だったと、堀田はひそかに軽蔑している。

すぐに返事はなく、氷室はじっとパソコンに向かって、おそらくは送られてきたメールの内容を吟味しているらしい。

「明日、問題のトラクターの修理に向かおうと思います。このままではモニターの農家に迷惑がかかってしまいますから。一緒に行きませんか、氷室さん」

「遠慮するよ、私は」

端《はな》からそこまでする気がないのは、態度に表れていた。「トランスミッションに問題があると万が一証明されれば、私が行くのはそれからで十分だ。それはそうと、堀田──」

氷室が鋭い一瞥《いちべつ》をくれた。「この件、くれぐれも口外しないよう、そのモニター農家に言い含めておけ。わかったな」

5

「ICT農業推進プログラムの視察の件なんですが、事前に知らされていたものよりも大がかりなものになりそうです」

電話で告げた財前の口調からは緊張感が伝わってきた。

「大がかりというと、どんな」

佃が思い浮かべたのは、あの「アグリジャパン」でのデモンストレーションだ。あそこでの帝国重工「アルファ1」の失態は衝撃的だったが、それが逆に佃製作所が事業復帰に至る契機になったのは皮肉な話であった。

「首相だけではなく、佐野知己《さのともみ》や望月章吾《もちづきしょうご》といった政治家も同道するとか」

「そのふたりがなぜ？　北海道選出ですか」

ふたりとも、与党の大物政治家だ。

「地元ではありませんが、ふたりとも農林族で鳴らした大物ですよ。首相のＩＣＴ農業構想に相乗りして名前を売ろうというんでしょう。これに北海道知事も随行するといってきました。これだけのメンバーが視察するとなると、当然マスコミも注目するはずです。

財前はいった。これは我々にとってチャンスです」

「『アグリジャパン』では残念な結果になりましたが、ここで内容のあるデモ走行を行えば、かなりのプロモーションになる。そしてもしかすると、これが製品化前の、最大のチャンスになるのかも知れません」

「なんとか、成功させましょう」

そういって財前との電話を終えたものの、佃は重々しい吐息を洩らした。

ことはそう簡単ではない。大企業の帝国重工は勝って当然。一方、「ダーウィン」が帝国重工を凌駕《りょうが》すれば、それは金星となる。

勝つべくして勝つ――。

「勝負の世界で、これ以上難しいことはないな」

社長室の窓に立ちながら、佃はひとりそう呟いた。

「おもしろいじゃないか」

北見沢市での視察の話に、ダイダロスの重田が願ったり叶《かな》ったりの笑みを浮かべたのは、連絡会議の場であった。

「『アグリジャパン』の再現だ」

嬉々として北堀はいった。「内々に聞いた話だが、浜畑首相は『ダーウィン』が大のお気に入りだそうだ。それはそうだ。一国の首相として帝国重工よりも『ダーウィン』を応援したほうが一般庶民の支持を得られるからな。いいか重田。もし首相が話しかけてきたら、『ダーウィン』に乗ってみませんかと声を掛けてくれ。首相が『ダーウィン』に乗ってご満悦の画《え》が撮れれば、それだけで新聞やネットでかなりの露出が見込まれるはずだ」

いまや北堀のイメージ戦略は留まるところを知らず、「ダーウィン」のロゴシール、ハンカチ、メモ帳、ボールペンといったノベルティに始まり、大成功を見越してドキュメンタリー用の記録映像まで撮影している念の入れようだ。

「ちょっと外してもらっていいかな」

いま——。この会議の模様を撮影しているそのカメラマンに向かっていったのは、ギアゴーストの伊丹だった。

「先日の新潟のモニター農家から報告のあった不具合の件、ウチの社員が現地へ行って故障の状況を調べてきた。その報告を聞いてくれ」

連絡会議の場には、いつものメンバーが集まっていた。やや緊張した面持ちで伊丹の発言を継いだのは、ギアゴーストの堀田である。

「ダイダロスの柳本《やなぎもと》さん、それにキーシンの竹内《たけうち》部長、そして私の三人で現地に向かい、当該車両を見てきました。その場でエンジンルームを開けて調べてみたんですが原因が特定できず、モニター農家さんには事情を話して故障したトラクターの現物を一旦こちらに戻してもらうことにしました」

「おいおい、大丈夫なんだろうな」

北堀が眉を顰《ひそ》めたが、こたえられる者はいない。

「明日、弊社にトラクターが運び込まれますので、担当各社でそれぞれ精査をお願いします」

重田と戸川のふたりから、聞き取れないほど曖昧《あいまい》な返事があって、その件は了承される。

「他のモニターから同様の不具合は報告ないのか」

心配そうな北堀に、

「いえ、これだけです」

堀田はこたえた。「私のほうですべてのモニターの状況は把握しておりますが、調べてみると当該トラクターには他にない特徴がありました。段違いに走行距離が長かったということです」

「つまり、耐久性に問題があるということか」

北堀が呟き、低く唸《うな》って腕組みをした。

そのことは同時に、今後、同様の不具合が他のモニター農家からも寄せられる可能性があるということを意味している。

「不具合があってもさ、製品化する前に直せば何の問題もないんだ、皆さん」

北堀はあくまで前向きだ。「いまのうちに徹底的に精査して、とにかく、首相の視察では、全国の皆さんにいいとこ見せてくださいよ。下町の技術力を全国に知らしめようじゃありませんか」

勇ましい言葉だが、出席者から返されたのは、何とも割り切れなさの残る曖昧な呟きだけであった。

6

ギアゴーストの狭い作業スペースの作業台に、一台のトランスミッションが運び上げられたのはつい先ほどのことである。

新潟から届いたトラクターのエンジンルームから、すでにエンジンはダイダロスの担当者へ引き渡され、それより早く通信系システム一式はキーシンの社員が取りに来た。

「目立つ傷は特にないようですね」

屈《かが》んだりしながら銀色のトランスミッションケースを子細に観察した柏田が、堀田を見た。「何かにぶつかった痕跡とかもありません」

工具を取り出した柏田がケースを外すと、内部の複雑な構造が浮かび上がった。

「氷室さん、分解しますよ」

堀田の声がけで、デスクで何事か仕事をしていた氷室が席を立ってくる。気乗りしないのが顔に出ていた。

その前でゆっくりとパーツを外し、取り出した形状をひとつひとつ確認しながら作業台の上に並べていく。

息詰まるような沈黙の作業である。時折、柏田や堀田が何事か呟くが、それ以外は、金属同士がこすれ合い、ぶつかり合う音だけが室内に降り積もっていく。

柏田から小さく驚きの声が上がったのは間もなくのことであった。

いま、ひとつの部品が慎重に取り外され、他のものとは別にして作業台の上に置かれたところだ。遊星《ゆうせい》ギアと呼ばれるパーツの関連部分だ。トランスミッションのギアシフトを司る重要パーツのひとつである。よく見ると不自然に変形しているのがわかる。

いいながら、周辺のパーツを観察した堀田が、遊星ギアそのものの摩耗《まもう》に気づいたのは間もなくのことであった。さらに、柏田によって変速シフト側の異常が指摘されるに至り、もはや不具合の原因がトランスミッションであることは確定的な状況に思われた。

「こんなになれば、そりゃ動かなくなりますよ。ウチのトランスミッションのせいだ」

柏田は愕然《がくぜん》として表情を歪《ゆが》めた。「だけど、なんでこんなことに」

「何かと干渉しあってるんじゃないか」

堀田がいい、柏田に代わり自らその周辺のパーツを取り外しはじめる。やがて、小さく唸ると小首を傾《かし》げた。

「どう思います?」

その問いは、氷室に向けられたものだ。

返事はない。ただ恐ろしいほどの眼差しで、氷室はパーツを睨み付けている。経験豊富な氷室をしても、原因が特定できないのだ。

「素材の問題かな」

自ら仮説を口にしつつも、その可能性はほとんどないな、と堀田はすぐに考え直した。同じ素材は他のトランスミッションでも使用しているが、こんな問題が起きたことはない。何か別の原因があるはずだ。

「他におかしなところはないな」

最後まで分解し、バルブの動作チェックも済ませた堀田は、深々と吐息を漏らした。

「なんでこんなことに」

ちょうど外出から戻った伊丹が、事情を聞いて顔色を変えた。「氷室君、わからないのか」

「これだけでは、ちょっと」

氷室は感情の失《う》せた目を変形したパーツに向け、虚ろな声を出す。「この設計、堀田は手伝ったんだろ。だったら自分で気づくことがあるんじゃないか」

「気づいてたらいいますよ」

顔を上げた堀田の口調には、氷室への苛立ちが滲《にじ》んでいた。

「問題があったからこうなったんだ」

氷室は冷ややかに言い放った。「もっと謙虚に向き合ったらどうなんだ」

「他人《ひと》ごとですか。氷室さんはなんのために――」

「原因を特定しろ、堀田。すぐにだ」

伊丹が遮《さえぎ》り、有無を言わせぬ口調で命じたとき、どこかで着信音が鳴り始めた。伊丹のスマホである。

舌打ちとともに電話に出た伊丹だが、

「なんですって？」

スマホを耳に押し当てたまま堀田を見、制するように右手を挙げる。通話を終えた伊丹の表情は幾分、青ざめてみえた。

「キーシンの戸川氏からだ」

伊丹は告げた。「プログラムにバグがあったらしい」

自動走行制御プログラムの欠陥だという。「変速を指示するコマンドが暴走する可能性があったそうだ」

「暴走？」

柏田が問うた。「具体的にはどんな――」

「クルマでいえば、意味も無くローからセカンドに入れるような指示を、一分間に何十回とトランスミッションに出していた可能性があるらしい。それでこっちの状況をきいてきた」

いま全員の視線が、変形した部品へと注がれている。

「それが……原因？」

呟いたとたん、堀田は突如脱力してしまったかのように両腕をだらりと下げた。

「まったく人騒がせな連中だな」

声高にいって、氷室がその場を離れていく。

「悪かったな、堀田。柏田も。お疲れさん」

そういう伊丹自身、疲れ切ったため息をひとつ漏らし、その場を離れていった。

「一分間に数十回の無意味な変速コマンドですか」

柏田も呆《あき》れ顔だ。だが、その顔を堀田に向けると、小さく首を傾げてみせた。「そんなことぐらいで壊れるかな」

それは堀田にというより、誰にでもないひとり言のようであった。

# 第七章　視察ゲーム

1

北見沢市は、札幌の東約五十キロに位置する人口十万人ほどの町である。

佃航平が北海道農業大学の野木とともに同市入りしたのは昨日午後のことであった。実はその三日前には、山崎や島津ら技術開発部のスタッフたちが先乗りして、帝国重工側スタッフとともに首相視察に向けたデモ走行の準備に入っている。

そして昨夕、一足遅れて帝国重工の財前もそこに加わり、市内のレストランで打ち合わせを兼ねたささやかな壮行会を開いた。

爽やかな五月の一日である。地平線の彼方まで続く肥沃《ひよく》な大地に、初夏を感じさせる日射しが注いでいる。

首相の来場予定は午後一時四十五分。市内で別の事業を視察した後こちらに向かい、まず北見沢市長からICT農業への取り組みが説明され、午後二時から帝国重工と「ダーウィン・プロジェクト」各二十五分の持ち時間でデモンストレーションを実施する予定だ。首相はその後東京で予定されている会合に出席するため空港に向かうことになっており、かなりタイトなスケジュールの中でのイベントということになる。

朝から、機材の搬入に始まり、走行ルートやプログラムのチェック、テントの設営に配付資料やパンフレット類の準備など、休む間もなかったが、それも正午過ぎには全て完了し、いまは首相の到着を待つまでに調《ととの》っている。

「あと三十分か」

腕時計の時間を確認した山崎が、この三日間の野外作業で日焼けした顔を幾分強《こわ》ばらせ、祈るように呟《つぶや》いた。「何事もなく無事終了してくれよ」

「やることはやったんだ。あとは自分たちの技術を信じるしかない」

佃がいい、同意を促そうと隣に立っている野木を見て——ふと言葉を呑《の》み込んだ。思いがけず、そこに野木の強ばった横顔を見つけたからだ。野木の視線は、隣接する仮設テントに向けられている。

「ダーウィン・プロジェクト」の幕営《ばくえい》だ。

「どうした、野木」

「彼だ」

野木がいった。「キーシンの戸川。手前にスーツを着た男がいるだろう」

佃はその男を遠くからそっと観察した。

小柄な三十歳代後半とおぼしき男だった。濃紺にストライプの入ったスーツをきっちりと着込み、派手なネクタイを締めて、スタッフたちと談笑している。

「野木先生の技術を盗んだっていう男ですか」

立花が眉を顰《ひそ》めて見つめたとき、こちらの気配を察したか、戸川が振り向いた。目があった——と思った。だがそれも一瞬のことで、誰かが冗談でもいったのだろう、体を反らして派手に笑う姿は、野木や佃たちのことなど意にも介していないふうに見える。

「挨拶がてら嫌みのひとつでもいってやりますよ」

歩きだそうとした軽部を、

「いいですから、もう」

野木のひと言が制した。「もういいんです。ありがとう、軽部さん」

何かいいたそうに野木を振り向いた軽部だが、そこに浮かんだ決意にも似た感情に言葉を呑んだ。

「彼が盗んでいった開発ソースは、私の二十年近い研究の積み重ねで作成したものです」

野木がいった。「しかしね、軽部さん。盗んだからといってそのプログラムだけでは無人農業ロボットを自在に動かすことはできません。あれから六年もの歳月が経《た》っているんです。ＩＣＴにおける六年間は、その他の一般的な産業における三十年、いや五十年にも相当するといっていい。盗まれた開発ソースは、六年前の環境に順応したものに過ぎず、いまとなっては古すぎます。おわかりかと思いますが、現在の環境に適応するためには、新たなプログラムが必要なんです。それには深い理解とノウハウが必要になる。果たして彼らにそれができたのか――その答えはやがて誰の目にも明らかになるはずです。無人農業ロボットのユーザー、ひいては世の中が彼らに評価を突きつけるでしょう。その評価こそが全てですよ」

　野木は常に進化し続けている。

　不当な手段で入手した開発ソースにより、ベンチャー企業キーシンは一時的な躍進を遂げたが、その技術力は単なる見せかけである。開発ソースを進化させ、さらに改良を加えていくためには、長く研究を重ねてきた野木の優れた知見が必要なのだ。はたして戸川の会社に、そこまでのものがあるのか。トラクターが一見同じように動いているようでも、その性能にはかなりの差があるはずだと、佃は思うのであった。

「世の中が評価してくれるっていう考え、私は好きだな。その通りだと思う」

島津がいい、少し淋《さび》しげに頷《うなず》いてみせた。

そういえるのは、島津自身、かつて帝国重工でのトランスミッション開発で悔しい思いをしてきたからだろう。

帝国重工時代に否定された島津のトランスミッションはその後、アイチモータースのコンパクトカーに採用され、確固《かっこ》たる実績を上げるに至った。会社では評価されず、現場から追い出された島津を、社会が評価したのだ。

「技術者にとって、それ以上の勲章はない」

佃はいった。「結局、社内政治や宣伝の巧拙ではなく製品が全てなんだ。それを使う人たちが必要だと思い、いいと思ってくれたものだけが生き残る。その意味で、オレたちが相手にしているのは『ダーウィン』じゃない。日本全国の農家だ。所詮《しょせん》、こんな対立構造はマスコミが煽《あお》っているだけの茶番さ」

「そんなものに振り回されてると思うとバカバカしいですが――」

ため息混じりに山崎はいったが、

「とはいえ、勝とうや」

軽部が気合いの入ったひと言を吐いた。「オレは、『ダーウィン』に負けるつもりはねえからな」

「オレもです」

珍しく、生真面目な立花も毅然《きぜん》と言い放つ。「勝ちます、絶対に。勝たなきゃいけないと思う。野木先生のためにも」

社員たちの気持ちが、ひとつの場所に集まってくる。

熱い奴らだな、と佃はいつもながら思う。

そして、いい奴らだ。

この連中と仕事をしていると、心底嬉《うれ》しくなることがある。いまこの瞬間のように。

そのとき、佃の耳に、軽いエンジン音が届いてきた。

見れば、花魁《おいらん》道中さながらに赤いトラクターが一台、数人の男たちに先導されてこちらに向かってくるところである。

その中に、知った顔があった。

伊丹、そして「ダーウィン・プロジェクト」を立ち上げた重田のふたりだ。またニュースにでもするのか、テレビのカメラマンを引き連れている。マスコミの注目は、最初から「ダーウィン」だ。いつの日か社会の正当な評価が下されるといっても、現時点ではこれが紛《まぎ》れもない世の中の評価である。

「佃さん――」

声をかけられ、「ダーウィン」から視線を戻すと、的場を迎えに行っていた財前が、立っていた。その背後の人物を目にし、佃たちが一揖《いちゆう》する。

「もう準備はできたのか」

的場俊一の質問は、誰にともなく発せられた。

「完了しています」

財前のこたえに、的場は小さく頷き、

「トラクターを見せてくれ」

無人農業ロボット「アルファ1」に向かって歩き出した。

総責任者という立場ではあるが、的場が現場に来ることはめったになかった。佃の知る限りでは、「アグリジャパン」を含め今日で二度に過ぎない。打ち合わせの席にも、また圃場《ほじょう》での走行実験にも顔を出したことはない。

熱意なき君臨。的場にとって無人農業ロボット事業は、単なる出世の道具に過ぎないのだ。

しかし、その道具は、「ダーウィン・プロジェクト」の出現によって自らをも傷つける諸刃《もろは》の剣《つるぎ》になった。週刊誌のスキャンダル、「アグリジャパン」での失態は、虎《こ》視眈々《したんたん》と社長の座を狙う的場にとって痛恨ともいえる汚点である。

今回の首相視察は、的場にとってようやく訪れた汚名返上の好機なのだ。

帝国重工のテントの傍らに置かれた「アルファ1」の前に立った的場は、

「随分小さくなったたな」

そんな感想とともにしげしげと眺めた。「これが良くて、この前のが良くないというのは、どうにも私には納得できないね。これだったら、あれとそう変わらんじゃないか」

向こうに見える「ダーウィン」を顎《あご》で差す。

「大きさは同じですが、佃製作所のエンジンとトランスミッションの性能は、『ダーウィン』よりも上です」

財前の説明に、

「どんなトランスミッションなんだ」

的場の背後に立っていた男が尋ねた。

製造部長の奥沢である。

「このトラクター専用に開発した無段変速トランスミッションです」と財前。

「無段変速？」

奥沢はしかめ面で否定的な反応を示した。「そんなものなら、ウチが搭載していたトランスミッションのほうが遥《はる》かに安定していたはずだ。小さければなんでもいいのか」

「あれ、基本設計が古すぎて使いにくいと思いますけど」

その声のほうをさっと向いた奥沢が浮かべたのは、不思議そうな表情であった。

「君は――」

「佃製作所の島津と申します。覚えていらっしゃらないと思いますが、以前、帝国重工のトランスミッションのセクションにいました」

「ああ、誰かと思ったら」

ようやく記憶をたぐり寄せたらしい奥沢が失笑した。「我が社を退職したとは聞いていたが、こんなところで会うとはね。まあ、ウチの下請けぐらいが君にはお似合いなんだろう」

「会社は小さくても、いいものは作れます」

島津はいった。「だけど、帝国重工にいたのでは私にそのチャンスはありませんでした。いまこうして最新型のトランスミッションを世の中に問うことができるのは幸せなことだと思ってます」

「最新型か。よくいうよ」

小馬鹿にした口調でいった奥沢は、「的場さん、こんな連中にエンジンやトランスミッションを頼らなければならないというのは、悲劇ですね」、そういってのける。

「まさしく悲劇だ。ところが、その悲劇は藤間社長のシナリオでね。老害というのか、最近、あの方がでしゃばった事業でうまくいった例《ため》しがない。もしこのダウンサイジングが失敗したら、これは藤間社長のミス以外の何物でもない」

的場は憎悪に満ちた一瞥《いちべつ》をトラクターに向けると、さっさと背を向けて場を離れていく。

「けったくそ悪いな、まったく」

軽部が吐き捨てた。「結局オレたちのしてることは、あいつの出世の手助けかよ」

「いいじゃないの」

島津はいまのやりとりをさして気にするふうもない。「誰が出世しようと、そんなこと関係ない。いいものを作って、農家の人たちに喜んでもらう。私たちが目指してるのは、そこなんだから」

「まあ、シマさんがそういうなら、それでいいけどよ」

鼻の辺りを指でこすりながら軽部がいったとき、

「社長、ちょっと遅いと思いませんか」

腕時計を見ながら山崎がいった。「もう浜畑首相が着いてなきゃいけないんですが」

いわれて初めて、首相の到着予定時刻を十分ほど過ぎていることに気づいた。

「私、市役所の人に確認してきます」

アキが駆け出していき、しばらくして戻ってきた。「東京からの飛行機が三十分ほど遅れて、予定が押してるみたいです」

アキの報告に、「それを早くいってくれよな」、そんな言葉がスタッフたちの口々から洩《も》れる。

「浜畑首相が会場入りされます」

ようやく市の職員が知らせに来たのは、それから二十分ほども後のことであった。

2

近くで見る浜畑鉄之介は、小柄だが、ギラつくほどに精力的な印象の男であった。会う人会う人に笑顔を振りまきながら、声をかけられると時に真剣な表情になって言葉を返し、力強い握手を交わす。

政治家には二世議員が多いが、浜畑には親からもらったバックボーンはなく、苦学した後、政治家秘書から身を立てたのはよく知られた話だ。誰にでも気さくに話しかけ、新幹線で隣り合わせた人が親の見舞いに行くというと、その病院名をきいて見舞いの花を贈る。それだけ聞けば古いタイプの政治家そのものだが、浜畑を首相にまで押し上げた最大の原動力は、〝嗅覚〟である。

それはいわば、勝ち馬に乗る嗅覚だ。風見鶏《かざみどり》と陰口をたたかれようと、本人は一向に意に介さない。

後ろ盾もなく金もない。そんな男が海千山千の政界を渡り歩くとき、最大の武器となるのが、機を見るに敏《びん》の感覚なのだ。そして容赦ない選別眼と判断力で、政敵になる男たちを切り捨てる冷酷さも持ち合わせている。

「スタートできるよう、準備してくれ」

財前のひと声で、テント内は一気に慌ただしくなった。

「すみません、責任者の方、いらっしゃいますか」

腕章を巻いた市の職員が、テントに飛び込んできたのは、そのときである。

「私ですが」

財前が名乗り出ると、息を切らした職員は申し訳なさそうな顔で告げた。

「いま浜畑首相が知事と歓談されていますが、かなり時間が押しているんです。この後、無人農業ロボットの視察に入られますが、当初予定していた時間の半分もない状況でして。すみませんが、首相にお見せするデモはひとつだけに絞らせていただきます。首相たってのご希望で、今回は『ダーウィン』さんのみのデモということで」

予想外の事態に財前だけでなく、その場に居合わせた全員が顔色を変えた。

「それは勘弁していただけませんか。だったら十五分ずつとか、一緒に行うとか。そういうやり方もあるはずです」

抗議した財前だが、

「すみません、首相のご意向ということで、『ダーウィン』さんのほうにはもうお願いしてますので」

とりつく島もない。

「君、それはないんじゃないか」

突如《とつじょ》、どこかから怒りの表情で詰め寄ったのは的場だった。「このために我々は三日も前から準備してるんだぞ。何を考えてるんだ」

「首相がお帰りになってからやっていただくのはどうかと、市長が申しております」

「ふざけるな」

的場が激昂《げきこう》したとき、近くで歓声が起きた。見ればテレビカメラを引きつれ、SPに警護された浜畑がゆっくりと歩いてくるところであった。その足が止まったのは、「ダーウィン」のテント前だ。浜畑のほうから話しかけ、重田の案内で近くに停《と》められたトラクターに歩いていくと、ご満悦の表情でその運転席に乗るパフォーマンスを見せている。

「くそっ」

悔し紛れに吐き捨てた的場は、スタッフを押しのけてテントの前に出るや、浜畑が近づくのを待って自分から話しかけた。

「浜畑首相、帝国重工の的場と申します」

体を斜めに折り、部下や下請けの前では決して見せない愛想笑いを浮かべた的場は、

「もしよろしければ、私どもの無人農業ロボットのデモをご覧になりませんか」、ダメ元での申し入れである。

「いやいや。今日は時間が押してしまってね」

浜畑は左腕の時計を指さしてみせると、「あなたが的場さんですか」、と驚いたことに的場の名を口にした。

「はい。お見知りおきください」

おそらくは事前に説明を聞いてきたのだろう、しげしげと的場を見つめた浜畑から、

「お見知りおきはいいけど、あんまり中小企業を苛《いじ》めないでくださいよ」

思いがけない言葉が出、周囲から笑いが起きた。

的場の表情が硬直する。

浜畑はそんな的場の前をさっさと通り過ぎると、市側が準備した特別席へ泰然と歩《ほ》を進めたのであった。

後には怒りと屈辱に震える的場だけが残された。首相のひと言を生んだのは、当然、「週刊ポルト」の記事だ。奥沢さえもが、かける言葉を失い立ち尽くしている。

「的場さん。的場さんよ」

そのときだ。この成り行きを遠巻きにしていた人垣を割って、ひとりの男がおもむろに近づいてきた。

にやついた笑いを浮かべ、的場の前に立ったのは、ダイダロスの重田である。

重田の顔を見たとたん、的場がすっと息を呑むのがわかった。

「『ダーウィン・プロジェクト』の重田です。重田工業の重田といったほうがわかりやすいかな。その節は大変、お世話になりました」

痛烈な嫌みである。的場は怒りの色を浮かべた目を重田に向けたまま応じなかったが、ふとその隣にいる男に気づいて眉を顰めた。

「伊丹。お前か」

「お久しぶりです。的場さんに厄介払いをされてから、重田社長と意気投合しまして」

そういって的場と対峙《たいじ》する伊丹を見て、佃はひそかに息を呑んだ。そこに底知れぬ憎悪の光を見たからである。

「なるほど、そういうことか」

ふたりを交互に見た的場は、突如、「これはおもしろい」、そういうなり大声で笑い出した。

「それで？　君たちは、こんなことで私に仕返しでもするつもりなのかね。君の会社が行き詰まったのも、お前が機械事業部をお払い箱になったのも、誰のせいでもない、すべては自分のせいじゃないか。他人のせいにしてもらっては迷惑千万だな。何をいっても負け犬の遠吠《とおぼ》えにしか聞こえない。では、失礼」

的場が背を向けかけたとき、

「いいたいことはそれだけか」

重田の低い声が、その動きを止めた。

「オレたちはあんたを、徹底的に叩《たた》きつぶす。よく覚えておくんだな」

背中で捨て台詞《ぜりふ》を聞いた的場は、ふんと鼻で笑っただけで、その場を離れていった。

3

赤いボディのトラクターが、圃場を駆け巡っている。

「ダーウィン」だ。

テント前から農道をゆっくりと進み、ちょうど浜畑首相たちのいるテントの前で一旦、停止する。首相と北海道知事たちの拍手に見送られて農道沿いに進み、やがて圃場に入ってから見せたパフォーマンスは、前回の「アグリジャパン」と同様のものだ。

「ちぇっ。なかなか隙がねえな」

トラブルを期待しているような口調で軽部がいった。

「止まってくれないかな」

そんなことをあからさまに口にするスタッフもいる。だが、「ダーウィン」は、期待に反し、止まりはしなかった。

圃場に置かれた障害物を回避し、畝《うね》を壊すことなく正確な走行を続けている。

その様子を、さっきから島津が真剣そのものの表情で凝視していた。ひと言も発することなく、じっと動きに目を凝らして。

やがて、圃場から上がった「ダーウィン」が、再び農道へと戻ってきた。

誰かが期待したトラブルも、不審な挙動もなく、見事にプログラミング通りの走行を終えて陣営に帰還し、「ダーウィン」は二十五分間の旅を完璧のうちに終えたのであった。

盛大な拍手が沸いた。

浜畑首相も立ち上がって、手を叩いている。その隣にやってきた重田と握手を交わし、何事か言葉を交わした後、軽く右手を挙げてテントから姿を消した。

「悔しいですが、大成功ですね」

その様子を呆然《ぼうぜん》と見やりながら、山崎が深く嘆息する。

首相が会場を後にすると、それまで圃場を取り囲んでいた客たちも動き出した。お目当ての「ダーウィン」のデモンストレーションは終わった。後は帰るだけなのだ。

「帝国重工さん、そろそろお願いします」

顔を出した市の担当者にいわれ、遠隔操作のパソコンに野木がスタート時間を入力した。

さして期待も注目もされないまま、帝国重工の「アルファ1」が佃たちのテント前を出ていき、いまはもう誰もいない観覧席の前を通って圃場へと向かっていく。

島津がさっきと同じように、「アルファ1」を見つめていた。厳しさを湛《たた》えた、製作者としての眼差《まなざ》しで。

圃場に入った。

土壌センサー付のローターが回り始めると、予《あらかじ》め準備したモニタに成分表示が刻々と送り込まれる。

まばらな客から感嘆の声が上がらなくもなかったが、それは当初期待したものに比べたら無いに等しかった。

「話になんねえな。不戦敗だ」

デモの終了とともに、軽部が愚痴《ぐち》をいった。

「でも、ちゃんと成功した」

全てを見終えた島津は晴れ晴れとしていった。「とっても良かったと思うよ。『ダーウィン』なんかよりも、ずっといい」

それは、意外なくらいはっきりとした物言いであり、評価であった。

その島津の顔を、軽部や立花、アキたちが何か不思議なもののように眺めている。

「ダーウィン」なんかよりも、ずっといい——。

天才島津のその評価はやけに印象深く、佃の胸にも刻み付けられたのであった。


撤収が始まり、祭りが終了した後の、とりとめもなく散漫な時間が訪れた。

会場に軒《のき》を並べていた出店もそろそろ店じまいの頃で、近くの屋台でペットボトル入りのコーラを買った島津は、宴《うたげ》の後の、淋しさの伴う作業をぼんやりと眺めていた。

「シマちゃん」

声をかけられたのはそのときだ。

伊丹大が、そこに立っていた。少し日焼けして、以前にはなかった眼光の鋭さが備わっている。何かと戦っている目だと島津は思った。あるいは、失敗の許されないプレッシャーを日常とする男の目かも知れない。そしていま、その目はどこか誇らしげでもあった。

「どうだった、ウチのトラクター。良かったろう」

すぐには答えず、島津は一口、コーラを飲んだ。

「ほんとにあのトラクター、売るの」

おそらく意外な問いだったのだろう。言葉の意味を推《お》しはかろうとするように、伊丹が目を細くして島津を見た。

「どういう意味？」

「あのトラクターのトランスミッション、私が設計したやつだよね」

「ああ、そういうことか」

伊丹はようやく理解できたとばかり、困ったような笑いを浮かべて腰に手を当てる。俯《うつむ》き、さてどういったものかと、まばらになった客たちの姿に目をやった後、再び島津を向いた。

「たしかにあれはシマちゃんが設計したものだ。だけど、そのトランスミッションに属する全ての権利は、ウチにある。研究開発費だってウチが出したわけだからさ。特許だって、会社が所有していることになってるしさ」

「そんなこといってるんじゃない」

島津はいい、改めて伊丹を見ると、

「伊丹くんってさ、結局、なんにもわかってなかったんだね。経営者だけどやっぱり技術屋じゃないんだよな」

そういった。

「どういうことだよ、それ」

伊丹の表情が強ばり、眼光が鋭さを増す。

「言葉通りの意味。あれで本当にいいと思ってるわけ？」

ほんの数秒島津を凝視した伊丹は、

「何もわかってないのは、シマちゃん、あんたのほうだ。あんたは負け馬に乗ったんだよ」

視線を撤収の進む帝国重工のテントに向けた。「帝国重工も佃製作所も、無人農業ロボットでは我々には敵《かな》わない。シマちゃん、佃製作所に入ったんだってな。大学の教室から現場に戻ったことは歓迎する。だけど、佃製作所じゃあ退屈するだけだと思うね」

「そんなことない。私は楽しくやらせてもらってる」

島津はあっけらかんと明言した。伊丹がまた何かいいかけたとき、「シマさん、ちょっとすみません」、テントのほうから立花の声がかかった。

「いま行く！」

そっちに返事をした島津は、空いているほうの手を挙げただけで、さっさと伊丹に背を向けた。

## 4

「なんだ、テレビに映るから期待しておけなんていっちゃってさ、紹介されてんの『ダーウィン』ばっかりじゃないの」

その翌朝、テレビチャンネルをザッピングしながら、娘の利菜がいった。

「仕方が無いだろ。我々がデモ走行する前に首相が帰っちまったんだから」

佃がいうと、

「『ダーウィン』だけ見て？」

呆《あき》れたように利菜はいい、「そんなことで来年の発売、大丈夫なの？」、心配そうに眉を顰めた。

「これから宣伝費を投入して帝国重工製の良さをアピールしていくしかないだろうな」

宣伝費が潤沢に使えるだけ帝国重工はマシである。

一方の「ダーウィン」は、宣伝費がないかわり、マスコミをうまく利用して、タダで大宣伝を打っているようなものだ。

「ウチの会社、どうも世間知らずなところがあるからなあ」

帝国重工社内にいて、利菜にもそう痛感することがあるのだろう。「会社同士の取引は得意なんだけど、庶民感覚が欠落してるっていうか」

「だけど、この事業は財前さんがやってるんだから、なんとかするだろう」

そういった佃に、

「的場さんが問題なんだよ。あの人にはモノを売るノウハウなんてない。あるのは社内政治力だけ」

利菜は一端《いっぱし》の口をきく。「しかも、今回の無人農業ロボット事業は、的場さんに逃げ道を作っちゃった」

「どういうことだ、それは」

聞き捨てならない話である。

「ほら、あの『アグリジャパン』での大失敗があって、その後、藤間社長が、方向性を修正したじゃない。そのために、もし失敗してもそれは藤間社長が市場のニーズを読み誤ったからだっていう言い訳ができる。実際、的場さんはすでにそんなことを周囲に洩らしてるらしいよ。社長が口出しするとロクなことにならないって」

的場なら、十分にやりそうなことである。

「なあ、利菜。いったい、的場俊一というのはどういう人なんだ」

改めて、佃は問うた。あそこまで貪欲《どんよく》に出世を目指す男の本性とはなんなのか。

「これは私も聞いた話なんだけどね」

そうひと言断った利菜は、知り得る的場俊一の人となりを語り始めた。

的場俊一は、東京渋谷の官舎で生まれ育った。

もともと的場の家は、古くから日本橋で繊維問屋を営んで繁盛してきた商家であった。その家の三男坊として生まれた的場の父は、ひたすら学業に精励した真面目な男で、当時名門中の名門であった日比谷高校から東大法学部に進むという絵に描いたようなエリートであった。

何事にも厳格な父は、的場には常に厳しく、褒《ほ》める、ということをほとんどしなかった。

テストで九十点を取れば、なんで満点が取れなかったといい、運動会でリレーの選手になったといえば、そりゃよかったな、と口先だけで答える。

父はとびきり頭が良かったが運動音痴で、スポーツには興味の欠片《かけら》もなく、野球中継すら見た事がないような男だった。足が速い事になどどんな意味があるんだ、と本気で思っている。まして、そんな本心を隠して、息子を褒めたり励ましたりといったことは絶対にしない信念のようなものがあった。

「俊一が喜んでるんだから、もっとちゃんと褒めてあげて」

母がそんなことをいうと、真顔でいうのだ。

「子どもの機嫌なんかとってどうするんだ」

そんな父は旧大蔵省の官僚で、そこはエリート意識の塊のような言動がそのまま通じるような職場であった。

将来の次官候補と言われるほど期待された父は、順調に出世の階段を上がっていた。

父の中で、世の中のヒエラルキーの頂点に立つのは、東大卒の大蔵官僚である。自分たちは紛れもないこの国の支配階級であり、下々の者たちを導いている。民間企業などは自分たちの匙《さじ》加減ひとつでどうにでもなる下僕にすぎない――。

「民間の奴らは、黙ってオレたちの指導に従っていればいいんだ」

そんな言葉を平気で吐くような父にとって、的場は学業に優れず、ことごとく期待外れの息子であった。

実際、的場はそれほど勉強が出来なかったわけではない。父が出来すぎたのだ。

そんな父に対する敵意をはっきりと抱いたのは、的場が慶應への進学を決めたときである。

「なんだ私立か。上司に顔向けできないな。みっともない」

――みっともない。

そのひと言は、ずっと的場の胸で消えることのない傷となった。

父にとって自分とは、ただ生物学的な「子」に過ぎず、価値もなく、蔑《さげす》みの対象でしかない。

父に対する強烈な対抗意識が芽生えたのもこのときだ。

「いつか見返してやる、必ず」

その父への反骨は、やがて押し止《とど》めることも能《あた》わぬ、憎悪へと変容していく。

父とは口もきかなくなり、大学入学後まもなく、的場は東横《とうよこ》線の学芸大学駅に近い下宿を見つけて家を出た。

そんな父が、出世の階段から外れたことを知ったのは、大学四年の夏である。

それをこっそり的場に知らせてきたのは母だ。

「元気なくしてるから、たまには顔を出してやって」

官僚にとって、人事は全てである。

大蔵次官を目指してきた男が、初めて味わう挫折《ざせつ》だ。

母に頼まれた的場は、嬉々《きき》としてその要請を受け入れ、早速次の日曜、下宿を出て、文京区内にあった官舎へいそいそと出掛けたのであった。

エリート街道をまっしぐらに歩んできた父。学歴と官僚の価値観が全てだと思い込んでいる男の落胆ぶりはいかほどのものか。

それが激しければ激しいほど、的場は喜悦に浸り、満足するに違いない。

その一方で、的場にもひとつ、報告することがあった。就職先が決まったのだ。

訪れてみると、正月以来、半年ぶりで会った父は、居間のテーブルで静かに本を読んでいた。

的場の家はいつも静かで、テレビがついていた例しがない。このときもそうだ。

「お母さんから聞いたんだけど、残念だったね」

多少なりとも残念がっているようにいったつもりだったが、的場から出た言葉には、抑えようのない嘲笑の響きが混ざっていた。

ふん、と鼻を鳴らしただけで父はこたえない。

だが、その横顔には隠しようもない悔しさが滲んでいるのを見、「ざまあみろ」、と的場は心の内で快哉《かいさい》を叫んだ。

トップを目指してひた走ってきた父にとって、これからの職場は、色彩を失った魅力のない世界に他ならない。権力志向の強い者にとって権力に見放されることは、生《い》き様《ざま》を否定されたも同然なのだ。

失意の底にいる父を見据えた的場は、この日抱えてきた報告事項を口にすることにした。

「オレ、帝国重工に就職することになったから」

「へえ、帝国重工。良かったじゃない」

コーヒーを淹《い》れてきた母がいったとき、ふん、とまた小馬鹿にしたように父が鼻を鳴らすのが聞こえた。

「民間か」

吐き捨てた父に、

「なんだ、悪いのかよ」

的場は怒りの矛先《ほこさき》を向ける。

「ちょっと」

母がたしなめるようにいったが、的場は、怒りを燃え上がらせた目で父を睨み付ける。

「官僚が偉いと思ってるのは官僚だけなんだよ」

的場のひと言を、

「世間知らずが、よく言うよ」

父はせせら笑った。出世の階段は踏み外しても、父のエリート意識は抜け難く健在だ。「帝国重工だろうと、官僚が決めたルールに従う。許認可がなければ何ひとつできない。民間なんてそんなもんだ」

「オヤジって、本気で自分がそんなに偉いと思ってるわけ」

底意地の悪い質問を、的場は発した。「そんな料簡《りようけん》だから、官僚は世の中から嫌われるんだよ。もっとも、その料簡の狭さが出世できなかった理由かも知れないけどね」

「なに」

憎々しげな言葉が父の口から発せられた。読んでいた本をそっと下ろし、怒りに青ざめた顔を的場に向けてくる。

「オレは帝国重工で必ず偉くなる。オヤジみたいな官僚がどれだけつまらない人間か、外から教えてやるよ」

父はまた本を持ち上げると、もはやそこに的場がいないかのようにひと言も発しなくなった。

帝国重工に入社した的場はエリートの集まる機械事業部に配属され、華々しい業績を上げ、同期トップで次々に出世の階段を上り詰めた。

業績のためには情け容赦なく邪魔なものを切り捨て、仲間さえも顧みない。

その原動力になったのは、父への憎悪だ。父の凝り固まった価値観を打ち壊すための反乱である。

その父は、的場が機械事業部長になった年に、脳溢血《のういっけつ》であっけなく死んだ。

近親者と少数の友人だけが来た葬儀は質素で、淡々として滞りなかった。

思いがけないことが起きたのは棺《ひつぎ》を閉じる前、最後の別れのときであった。

棺に眠る老いた父の死に顔を見た的場は、自身信じられないことに、突如込み上げてきた悲しみと怒りを抑え切れず、声を出して泣いたのだ。

嗚咽《おえつ》は止めどなく込み上げ、近親者を驚かせるほどで、それはまさに慟哭《どうこく》というに相応《ふさわ》しいものであった。

的場を翻弄したのは、単なる悲しみというより、途方もない喪失感であった。

父への憎悪を糧に、見返したい一心で、生きてきた。

だが、その的場の生き様に対して、父は最後までひと言の評価すらくれなかったのである。

昇格や昇級のたび、的場はそれとなく母に報告していたから、母がそれを父に告げなかったはずはない。

だが、父から反応があったことは一度たりともなかった。

的場の生き方を、その努力をどう思っているのか、ついに語ることなく、この世を去ったのだ。

いったい父にとって自分とはなんだったのか。

いったい自分はどう生きるべきだったのか。

父の死とともに自分の人生そのものが意味を失い、方向感を見失って漂流しはじめた。

ひと言でもいい。的場の仕事ぶりや、生き方を認めるといってくれたなら、的場は救われたはずなのに。

だがそれは、父の死によって永遠にかなわぬものとなったのだ。

葬儀が終わり、火葬場で待つ間、的場は放心し続けた。行き場もなく漂っていた自らの精神世界を取り戻したのは、骨箱を抱え、退職後に父が買った小さなマンションに母と戻ってきたときだ。

「オヤジは、結局、オレのことをどう思ってたんだろうな」

骨箱を小さな仏壇の前におき、的場はいった。母に問うでもないひとり言だ。

「なんとも思ってなかったわよ」

母は疲れた表情で数珠《じゅず》を握り締め、手を合わせている。「あなたのことも私のことも。なんとも思ってなかった。結局、自分のことしか考えてなかったのよ、お父さんは」

的場は愕然《がくぜん》として、穴の空くほど母を眺めた。

母が父のことを悪くいうのを初めて聞いた。

官僚の妻として、つつましく献身的に尽くしてきた母だった。まさに古風な妻の見本のような人の本音を、いま的場は聞いたのである。

「あなたはいままで通りにやればいい」

母はまっすぐに仏壇を向いたまま、数珠を持った手を膝においた。毅然とした、女の横顔がそこにあった。

「いまさら生き方なんて変えられない。変えられるもんですか。でもね、人生なんて所詮《しょせん》そんなもんよ。自分らしくない生き方だと思ってたものが、案外、自分らしい生き方だったりするの」

母の言葉は、的場の迷いや悲しみを打ち消して余りあるほどの衝撃であった。

それは同時に、的場俊一が的場俊一で有り続けることを決定づけた瞬間でもあったのである。


「父への憎しみが仕事の原動力か。悲劇以外の何物でもないな」

利菜の話を最後まで聞いた後、佃は疲れた様子で首を横に振った。「しかし利菜、この話、どこで聞いた」

「同じ職場にね、的場さんと一緒に仕事してたって人がいて、酔っ払うと部下にそんな話をするらしい。聞かされる方もたまったもんじゃないよ」

「同情して欲しいのか、的場さんは」

「理解して欲しいんだと思う。自分のやり方を」

利菜はいった。「ただ、人となりはかろうじて理解されても、決して共感はされないと思うけどね」

そんなことを言い残し、利菜は会社へ出掛けていった。

そういえば財前もまた、的場の部下だったことがあるという話を佃は思い出した。

そのことを佃に告げたときの財前の曰《いわ》く言い難い表情は、おそらくこうした的場の生い立ちを知ってのことなのだろう。

その財前から、無人農業ロボットの販売計画が決まったと聞いたのは、それからひと月ほどが過ぎた日のことであった。

「正式に発売日が決定になりました。今年十月から受注を開始し、納車は来年七月からです」

「ついに、決まりましたか」

佃は表情を引き締めた。それより前、生産計画はすでに決まり、佃製作所宇都宮工場も量産準備に入っている。

「アルファ1」のテストも最終段階に入っており、製品化に向けての課題のほとんどはクリアされている状況である。そんな中で今年十月という発売時期は、考え得る限り最短のスケジュールといってよかった。

ところが、

「ただひとつ、問題がありまして」

帝国重工のミーティング・ブースで、財前は表情を曇らせた。「実は二日ほど前、マーケティング担当がヤマタニの系列代理店でヒアリングしてきたんですが、『ダーウィン』の納車が三ヶ月ほど早められるそうでして」

「同じ七月じゃなかったんですか」

事前情報では、そのはずであった。帝国重工の販売計画も、そのライバルの動向を見越したものという話であった。

「『ダーウィン』は、どうやら四月から納車されるようです」

「マズイですね、それは」

佃も思わず眉を顰めた。

ただでさえ人気で優位に立つ「ダーウィン」が納車時期で先行するとなると、たとえ受注時期を揃《そろ》えても顧客を奪われる可能性がある。

「我々としても、それに合わせて前倒しできないか鋭意検討したんですが――」

佃も、工場の生産計画を思い出してみた。たしかに、四月納車にするのなら生産計画自体を大幅に変更する必要がある。しかし、現状の生産計画で、それを受け入れるだけのキャパを確保するのは不可能だ。

「これは私の推測ですが」

そう前起きして、財前は続けた。「もしかすると、一杯食わされたのではないかという気がします」

「つまり、最初から『ダーウィン』の方は四月で動いていたということですか」

驚いてきいた佃に、

「可能性はあります」

財前は頷いた。「事前情報ではたしかに来年七月の納車だったんですが、急遽《きゅうきょ》先日になって四月に前倒しにすると代理店に通知があったとのことで。弊社の出方を見据えた上で、対応を決めたのではないでしょうか」

無論、正確なところはわからない。

だが、したたかな「ダーウィン・プロジェクト」のことだ。二段構えの陽動作戦で、帝国重工の販売戦略を手玉に取るぐらいのことはしてもおかしくはない。

「ともかく、発売時期が決まった以上、大々的に宣伝していくつもりです。よろしくお願いします、佃さん」

果たしてそれで、どれだけの顧客を繋ぎ止めることができるのか。

それは佃にも、当の財前にもフタを開けてみなければわからないことであった。だが——。

5

「無人農業ロボットの受注は芳《かんば》しくないそうじゃないか。どういうことか理由を説明してくれないか」

役員会の席上、的場に質問を寄越したのは専務の織田《おだ》であった。居並ぶ役員の視線を集め、「申し訳ございません」、と的場は小さく詫《わ》びた。

「実は、競合他社が予想に反して早期の納車となりました。そのため、当初我が社の製品を購入するであろうと予測された農家の需要がそちらに流れてしまったようです。『ダーウィン』は、農林協での販売の他、農機大手のヤマタニの協力により、全国に張り巡らされた販売網が代理店として機能しております。一方、我が社の場合は、販社として設立した帝国アグリ販売のチャネルがまだ十分機能していないため、販売は実質、農林協のみに依存しております。この差も大きいかと」

理由はともかく、出足は惨敗である。だが、ただ負けたというだけで納得するような役員たちではない。そこですかさず的場は続けた。

「また当初、我が社では大型農業ロボットを企画しておりましたが、途中で『ダーウィン』と競合する小型のものへと変更しておりまして、その混乱も生産遅れの原因になっていると報告を受けております」

役員の何人かが、藤間を遠慮がちに見るのがわかった。これで的場への批判は回避される。

「まだ販売は始まったばかりだろう」

そのとき、厳しい表情で発言したのは、当の藤間であった。「多くの農家は、無人農業ロボットの実力は認識していても、現時点ではまだ買ったものか様子見をしているはずだ。道交法の問題もあれば、農水省の指導もあって、現状では無人農業ロボットの実力を百パーセント出せる環境にはない」

それについては、藤間のいう通りであった。「本当の天下分け目の戦いは、そうした問題がクリアされた後になるはずだ。それまでに君は、我が社の販売網の構築を急いでくれ。そして、帝国重工ロボットの評価を高めることだ。これは短期決戦ではない」

出足の躓《つまず》きを責められはしなかったことに北叟笑《ほくそえ》んだ的場だが、会議の後になってそれを叱責したのは、会長の沖田であった。

「生ぬるい」

会長室に呼ばれた的場に、沖田は不機嫌極まる様子でそう断じた。

「君は次期社長候補なんだぞ。それが何だ、法整備を待てだの短期決戦ではないだのと、そんな悠長なことでいいと思ってるのか。そもそもそれでは藤間の路線を暗に認めたことになるじゃないか」

かしこまった的場は、痛いところを突かれて唇を噛んだ。「私が君を社長たる器だと評価しているのは、妥協することなく物事を圧倒していく手腕を見込んだからだ。私だけじゃない、役員全員が君の手腕に注目している。この流れを上手《うま》く利用しろ。

劣勢であればあるほど、成功すれば君の経営者としての評価は確固たるものへ押し上げられる。強引だろうと前例がなかろうと、強引に道を切り拓《ひら》け」

沖田は、ねじ込むように的場にいった。「それが的場俊一という男だったんじゃないのかね。自分を思い出せ」

余程沖田は腹に据えかねたらしい。だが、その叱咤《しった》は、物陰から放たれた不意の強弓《ごうきゆう》のように的場の胸を射《い》た。

その通りだ。

自分に大切なのは、ただひとつ。的場俊一で有り続けることだったはずだ。それこそがあの日、父の遺影の前で到達した境地だったのではないか。

「難しい局面ですが、切り拓いてお見せします」

沖田の前で深々と頭を下げた的場の胸には、そのときすでにひとつの策が浮かんでいた。まさしく的場俊一らしい策が。

会長室を出た的場がまっすぐに向かったのは、製造部長の奥沢の執務室である。

「製造部の下請けで『ダーウィン』に関与している会社を全て洗い出せ」

入ってくるなり早口でまくし立てる的場に、奥沢は驚いたように腰を上げた。

「リストを作成してなにを――」

中途半端に発せられた奥沢の問いに返されたのは、腹を決めた的場の目だ。

「ライバルに荷担しているような会社を儲けさせてやる必要はない」

「つまりそれは、切れ、と」

戸惑いを隠せず、奥沢がきいた。真っ先に思い浮かんだのは、現場に混乱が起きるのではないか、という不安だろうが、そんなことは的場とて百も承知である。的場は強引なパワーゲームを仕掛けようとしていた。なり振り構わずに。

「取引条件を見直せ。徹底的に」

的場はいった。「仕入れ値を切り下げ、応じない会社があれば転注しろ」

的場の命令に、「ノー」は許されない。

「すぐに調べてリストを作成いたします」

頼む、というひと言を言い残し、的場は来たときと同じように慌ただしく立ちあがると、奥沢の部屋から姿を消した。

6

「ダーウィン」の発売を記念して開催されたパーティは大盛況であった。

パーティ参加者は、同プロジェクトに賛同して協力した京浜地区を中心とした約三百社の中小零細企業の代表者たちだ。

「圧倒的な滑り出しです！『ダーウィン』の受注台数は千台を突破いたしました。これも皆様のご支援の賜《たまもの》だと深く感謝いたします」

スピーチで熱弁を振るっているのは、ダイダロスの重田登志行であった。「とはいえまだまだ序盤戦です。我々には金はない。その代わり、知恵と機転という武器があります。今後、より一層、我々中小企業の技術力を日本中に知らしめましょう！」

ホールを埋め尽くす出席者から歓声と拍手が沸いたのは、背後のスクリーンに映し出されていた写真が切り替わり、「ダーウィン」の勇姿が大写しにされたからであった。

乾杯の挨拶に立ったのは、地元選出議員の萩山仁史である。

「私たち京浜地区の、日本の産業を支えてきた匠《たくみ》たちがついに主役になったんです。この躍進に、日本中が喝采し、ついに浜畑首相までをも動かし、ＩＣＴ農業推進プログラムにも認定されました。これは快挙だと思います。この勢いで是非皆さんの技術力を日本に、そして世界にアピールしていただきたいと思います。『ダーウィン・プロジェクト』の益々の大成功と皆様のご健勝を祈念しまして――乾杯！」

続いてスクリーンに映し出されたのは、「ダーウィン」のデモ走行の様子だった。

浜畑首相が登場していることからも、北見沢市での映像だということがわかる。次に「アグリジャパン」でのデモ走行に映像が切り替わった。会場がもっとも沸いたのは、ライバル帝国重工のトラクターが水路に落ちた場面である。

「ライバル企業のトラクターは、水浴びが得意であります。私は畑水練《はたけすいれん》というのを初めて拝見いたしました」

続いて登壇した地元区長の演説は、会場の爆笑を誘った。

もはや祝勝会の様相である。

「ダーウィン」を映像紹介したニュースや情報バラエティが次々に登場するたび、会場が沸く。拍手が途切れず、さらにこの一ヶ月での「ダーウィン」の受注実績を示す右肩上がりのグラフが登場するに至っては、感嘆の声があちらこちらから洩れた。スライドを作成した北堀は、帝国重工の受注実績も比較対象として含めており、それを見れば、「ダーウィン」の圧倒的優位は誰の目にも明らかである。

「すごい盛り上がりですね」

いま会場の片隅で気後れしたようにいったのは、ギアゴーストの柏田である。

話しかけられた堀田は、会場を埋め尽くす熱気と楽観とは裏腹な、厳しい眼差しを人混みに向けていた。

「これが、から騒ぎにならなきゃいいけどな」

「例の件ですか」

柏田の声は、会場の喧騒《けんそう》に切れ切れにしか聞こえない。だが、堀田には伝わったようだ。

この日、新たな報告がモニター農家から電話でかかってきた。

――なんか突然、動かなくなったんだけどさあ。どうしてくれんの、今日、作業しないと間に合わないんだよね。

千葉県内の野菜農家だ。

電話では解決しなかったので、慌てて代替機を積んだトラックで現場に向かったのは、堀田本人だった。

その場で解決できればと願ったが、甘かった。一時間の点検の末、問題のトラクターは回収してギアゴーストに運び込まれている。

「キーシンの自動走行制御プログラムはバグを修正したはずなのに」

首を傾《かし》げた柏田に、堀田は答えなかった。

このパーティの祝勝気分が盛り上がれば盛り上がるほど、冷めていく自分をどうすることもできない。

何かがあるのではないか。

モニター段階からその疑問を堀田はずっと解消できないまま、いまに至っている。

「帝国重工のトラクターも止まったりしてるんですかね」

「さあな」

堀田は首を傾げ、いまパーティ客のひとりと歓談している氷室の気取った横顔を秘《ひそ》かに観察した。「でも、向こうには島津さんがいる。もし島津さんだったら、いま頃こんなところで呑気に酒なんか呑んでないだろう。きっと、トランスミッションをバラバラにして、納得するまで原因を追究してるだろうよ」

そういうと堀田は、「もういいだろ。帰るぞ」、というなりそれまで呑んでいたオレンジジュースのグラスをテーブルに置いた。

「もう帰るんですか、堀田さん」驚いてきいた柏田に、

「会社に戻る。どうにも気になることがあるんでな」

パーティ会場を出た堀田は、表通りに出てタクシーを止め、会社のある下丸子の住所を告げた。

7

翌年四月。広大な畑を、二台のトラクターが縦走している。

前を行く一台は無人トラクターだ。ローターが回転して土を耕耘《こううん》し、その十メートルほど後ろを走るトラクターが何かの種子を蒔《ま》いているらしい。後ろのトラクターを運転しているのは、殿村も知っている近隣農家の次男坊だ。最近、その農家も稲本ら

の農業法人に参加したという話は耳にしていた。

稲本の農業法人がいち早く「ダーウィン」を購入したという噂《うわさ》はどうやら本当らしかった。

おそらく前を走る赤いボディがそのトラクターに違いない。無人で動き、畑の端まで行くとゆっくりとターンして戻ってくる。

農水省の指導で安全性の観点から無人トラクターのみの走行が制限されているため、こうした〝ランデブー〟走行など、現時点での使い方には制約があった。

「『ダーウィン』ってやつかよ、ありゃ」

農道で止めた軽トラの助手席で、父の正弘がいった。病院からの帰りである。暫《しば》く眺めていた正弘は、「佃さんたち、先越されちまったのかよ」、と悔しそうに呟いた。

「七月に出るらしいよ」

再び軽トラを出しながら、先日佃から聞いた話をしてきかせた。「ウチには、田んぼを貸したお礼も兼ねて、ただで貸してくれるらしい」

「なんだ、くれないのかよ。ケチくせえな」

「くれないほうがいいんだよ。貸してくれれば、メンテナンスも向こう持ちになるんだから。気を遣ってくれてるんだ」

「なるほど。さすが、佃さんだな」

感心したようにいった正弘だが、表情は冴《さ》えない。「だけど、出すのがちょっくら遅くねえか」

案の定、そんな感想が洩れてくる。「ただでさえ、評判が後手に回ってるんだ。せめて先手必勝で出したかったよな」

「『ダーウィン』側が、ギリギリまで発売時期を伏せてたらしい。もう少し遅い発売だと思わせてたらしいんだ」

「へーえ。なかなかやり手だな、下町の連中てのはさ」

正弘の反応には、感心と皮肉が入り混じっている。

「なんだオヤジ、『ダーウィン』は嫌いなのか」

帝国重工に実験農場として圃場を貸したことは、この近所の評判になっていた。

テレビの影響で「ダーウィン」は人気だから、逆に大企業側の帝国重工に肩入れする殿村親子を冷ややかに見る向きもある。それだけではない。あの水害で多くの農家が甚大な被害を被った中、殿村家だけは帝国重工の実験農場として圃場を提供することで経済的損失を補うことができた。

それはひとえに佃の機転と厚意によるものだが、そのこと自体をやっかむ者も少なからずいる。

田舎だからという理由は当たらないと、殿村は思う。

都会でも、会社という組織の中でも、同じことは起きる。長くサラリーマンを続けてきた殿村は、似たような経験を何度もしてきた。

陰口を叩く者には叩かせておけばいい。

人間はその歴史の中で、様々な差別や偏見と戦ってきた。だがそれは、決してなくなることはない。人前でせいぜいあからさまにしないだけの社会性を多少学ぶ程度だ。

「別に嫌いってわけじゃねえが、気にくわねえな」

「同じじゃないか」

殿村が呆れると、父は開け放していた窓を閉め、シャツのポケットを覗き込んで顔をしかめた。タバコを吸おうとしたのだろうが、医者に言われて禁煙していることを思い出したらしい。「テレビでちやほやされてる連中ってのが、どうも好かないだけさ。芸能人じゃあるまいし、果ては一国の首相まで出てきて中味を吟味しないで人気取りの道具にする。なんじゃそりゃ」

「帝国重工は、マスコミの話題にすらならないけどね」

「注文、ほとんど入ってないってよ」

正弘がそんなことまで知っているので、殿村は驚いた。「農林協のやつにきいたらそういってた。なんでだってきいたら、農林協でも『ダーウィン』を推薦してるんだってな。首相のお墨付きだってんで」

性能は帝国重工のほうが上のはずなのに。

だが、世間の評価はそんなことでは動かない。

性能の善《よ》し悪《あ》しではなく、これは好き嫌いの問題でもあるのだ。

「なんとかがんばって欲しいな」

農林協まで行って帝国重工トラクターの受注状況まできいてくる。正弘は、いつのまにか殿村以上に、帝国重工の、いや佃製作所の熱心な支援者になっていた。

それもこれも、佃航平という男の魅力に触れたからだと、殿村は思う。

佃製作所の、熱い連中と会って話せば、誰もが彼らを好きになる。

――これからだ。がんばれ。

ハンドルを握りながら、殿村もまた心の底でエールを送った。

# 第八章　帝国の逆襲とパラダイムシフトについて

## 1

「ダーウィン」に遅れること三ヶ月。帝国重工の生産ラインから上がったばかりの無人農業ロボットが、発注農家に届けられたのは七月初めのことであった。

開発コード「アルファ1」が改められ、製品名は、「ランドクロウ」。

準天頂衛星ヤタガラスにちなんでつけた名前だという。まず、無人トラクター、そして夏の終わりに無人コンバインをリリースすることになっている。矢継ぎ早の投入は、少しでも遅れを取り戻そうという帝国重工の本気の表れ——のはずであった。だが——。

「ランドクロウ」の販売実績は、受注開始から計画を大きく下回り、いまだ回復の兆しすらなかった。こうした販売不振は、そのまま下請けである佃製作所の業績を直撃する事態である。

「もっと宣伝してくれないと。これじゃあ、市場はぴくりとも反応しませんよ」

営業部の津野がいうのもわかるが、宣伝広告全般は帝国重工のやることで、佃製作所が口出しできることではない。

ある程度の苦戦は予想していたが、期待が大きかっただけに、社内の落胆も大きかった。このままでは「ダーウィン」に市場を席巻《せっけん》されてしまうのではないか。そんな危機感を誰もがいだいたのであるが、一方で、思いがけない「噂《うわさ》」が耳に入ってきたのもこのときであった。

「その『ダーウィン』なんですが、トラブルが報告されているようです」

聞きつけてきたのは、営業部の埜村である。「突然止まってしまったりといった事例が結構あるようで」

「ダーウィン・プロジェクト」に参加している取引先からの情報らしい。

「農林協が回収してきたトラクターが何台か、ギアゴーストに運ばれてきているという話でした」

「向こうも何かと問題有りってことか」

佃がいったとき、

「あの――」

小さく挙手をしたのは、営業部の村木昭夫である。

「故障云々《うんぬん》という話ではないんですが、『ダーウィン』の参加企業から、気になる話を聞きました。プロジェクトの参加会社が最近になって何社か離脱しているそうなんです」

村木が寄せたその情報は、会議室に怪訝《けげん》な沈黙を運んできた。

「なんなんですかね」

津野が腑《ふ》に落ちない表情でいう。

「内輪でトラブルでもあったのかも知れないな」

佃は会議テーブルを囲む面々を見回した。「いまの話、もし新たな情報があったら、すぐに報告してくれ」

2

「それはどういうことなんでしょうか。理由を聞かせていただけませんか」

硬い声になるのをどうすることもできず、重田は相手の男に問うた。

「ダーウィン・プロジェクト」の本部も兼ねるダイダロス、その応接室のソファに困惑顔でかけているのは、大橋《おおはし》という男であった。

大田区北千束《きたせんぞく》で大橋塗装という会社を経営している大橋は、この日、重田を訪ねてくるなり、「ダーウィン・プロジェクト」から抜けたいと申し出たのである。

突然の離脱表明であった。

「まあその――」

大橋は目を逸《そ》らし、両膝の前で組んだ手元を見つめた。「いろいろ考えたんだけどね、ウチがやらなくても他でできるだろう。ならば、この忙しいときにお手伝いする必要性もないんじゃないかという結論になってね」

本当に多忙が理由か。口にしない不満があるのではないか。大橋の顔をまじまじと見つめつつ、重田は疑った。

「御社の塗装は、このプロジェクトにとって必須なんです。他社でもできるなんてとんでもない。いま抜けられては困るんですよ」

事実であった。

大橋塗装の技術は、この辺りでも指折りだ。しかも、トラクターのボディのような大物になると、代わりとなる業者はすぐに思いつかない。

「困るといわれてもなあ」

大橋は顔をしかめた。「ウチとしても協力したいのは山々なんだがね、結構手間暇かかるわりに仕切り値は安いだろ。『ダーウィン・プロジェクト』が成功したからといって、正直、うちにさほどのメリットがあるわけでもない。これじゃあ、見合わないんだよ」

「そこをお願いします、社長」

重田は粘った。「『ダーウィン・プロジェクト』では、参加するほとんどの会社が、京浜地域にある町工場の技術を宣伝するという旗印の下、さして儲《もう》けのない値段で部品製造や加工を引き受けている。それは同時に、帝国重工「ランドクロウ」との価格競争力を維持するための策でもあった。

「これも、地元企業の発展のためです。いますぐにメリットはなくても、長い目で見れば、必ず見返りはありますから。『ダーウィン・プロジェクト』を応援してくれる全国のファンのためにも、なんとか継続してください。この通り」

「いやいや、それはいけない」

深々と頭を下げた重田に、慌てて大橋は顔を上げさせると、

「まあ、あんたのいいたいことはわかるんだが、こっちも商売だ。いろいろ難しい事情も抱えていてね。すまんが、今後の協力はいたしかねるということで、よろしく頼むよ。ごめんね」

立ち上がった大橋は、重田が止めるのも聞かず、逃げ出すようにダイダロスのオフ

ィスを出ていった。

後には、呆然《ぼうぜん》とそれを見送るしかない重田がひとり残されている。

これで五社目の離脱だった。

約三百社が参加する一大プロジェクトだ。離脱者が出ること自体驚くに値しないし、ある程度の予測はしていたつもりである。

むしろ、いままで誰も辞めなかったのが不思議なくらいだ。逆にいえば、それほど「ダーウィン・プロジェクト」が成功しているという証明でもあった。

それがここに来て離脱者が続出するとは。

「いったい、どういうことだ」

釈然としないのは、いずれも理由に納得できないからであった。

たしかに、誰もが忙しいのは事実だろう。

発注価格が安いといわれればその通りだ。

しかし、それだけのことでハシゴ外しのような離脱が続くのは不自然だ。

何かある。

重田が、その理由を知ることになったのは、それから数日後のことであった。

「ちょっと時間ありませんか、重田さん」

電話をかけてきた伊丹は慌てた様子で、今日は会社にいると応《こた》えると、すぐに飛んできた。

「さっき高岡《たかおか》マシナリーの高岡社長がうちに訪ねてきまして」

ダイダロスの社長室に入ってきた伊丹は、憤然とした様子で言い放った。「プロジェクトから降りたいと」

またか。

唖然《あぜん》とした重田に、伊丹はさらに思いがけない言葉を投げつけた。

「これは的場の仕業ですよ、重田さん」

重田はしばし言葉を失い、

「どういうことだ」

そう低い声で問うた。

「あんまり納得がいかないんで、高岡社長を問い詰めて口を割らせたんです。すると、『ダーウィン・プロジェクト』に協力するなら、今後の取引条件を見直すと帝国重工が通達してきたと。他の下請けにも同じ対応をしているらしい。帝国重工の知り合いに聞いたんですが、指示を出しているのは的場ですよ。間違いない」

重田の顔の中で目が見開かれ、ゆっくりと怒りの表情へと変わっていく。

「高岡にしてみれば、帝国重工との取引が見直されれば、大打撃になる。ウチとの取引をやめればそれを回避できるってわけです」

伊丹は、右手の拳でソファの座面を一発殴りつけた。

「すると、大橋さんが離脱したのも——」

「あそこも、帝国重工と結構な取引量があるんですよ。あれこれ適当な理由をつけているが、帝国重工から圧力をかけられた——それが真相です」

重田の中で鬱勃《うつぼつ》たる怒りが湧き上がった。

「高岡マシナリーが離脱したときの影響は」

重田が問うと、伊丹は指を眉のあたりに強く押し付けて苦悩の表情を浮かべる。

「代わりを探すのに時間がかかります。数社に声をかけて見積もりを出させて、さらに品質チェックまでとなると一ヶ月はゆうに」

高岡マシナリーは、ギアゴーストの主要部品の供給元である。

「在庫はひと月半しか持ってない。下手をすると、生産ラインが止まります」

重田は鋭い眼差《まなざ》しで部屋の空間を睨《にら》み付けた。不意のひと太刀を浴び、相手を睨む武士の目だ。

「我々のサプライチェーンを破壊して、製品供給をストップさせる気ですよ、的場は」

伊丹がいうと、重田はソファにもたれ、瞑目して黙り込んだ。

「ダーウィン・プロジェクト」は、下町の技術力を世の中に発信しようという旗印の下に集まった、いわば有志会社の集団で、ゆるやかな共同体である。「ダーウィン」を製造するにあたり、契約書は存在しているものの、契約破棄などに関する罰則規定は無いに等しい。

「状況はわかった。明日の夕方、もう一度打ち合わせしたいんだが、時間をくれないか」

しばらく黙考した重田は、重々しい眼差しを伊丹に向けた。「ウチの法律顧問を紹介したい」

「法律顧問？　どうするつもりです」

伊丹がきいたが、重田は明言を避けた。

「とにかく、来てくれ。話はそれからだ」

いったい、重田は何を企んでいるのか――。

さてその夕方、約束通り重田を訪ねてきた伊丹は、応接室に入るや、重田と向かい合っている人物を見て絶句した。

「やあ、これはこれは伊丹社長。その節は大変ご迷惑をおかけしました。お元気でご活躍で何よりです」

立ち上がった男の作り笑いに、伊丹は戸惑いの表情を浮かべた。

「なんで、あんたがここに」

法律顧問と重田はいったが、その男は弁護士ではなかった。何故《なぜ》なら伊丹もよく知っている悪事に手を染め、弁護士資格を剝奪《はくだつ》されたからだ。さらには、有罪判決を受けて実刑をくらっているフダ付きだ。

「いつ出てきたんです」

思わず眉を顰《ひそ》めて伊丹がきいた。

「つい三ヶ月ほど前に」

男はこたえ、スーツの内ポケットから名刺入れを出すと、一枚抜いて伊丹に渡す。

――株式会社ダイダロス　法律顧問　中川京一《なかがわきょういち》
「そういうことですので、以後、よろしくお願いします、伊丹社長」

中川は、芝居がかった慇懃《いんぎん》な態度で伊丹に一礼したのであった。

3

――町工場トラクター「ダーウィン」、出荷停止
その新聞の見出しは、佃を始め佃製作所の社員たちに、衝撃をもって受け止められた。

まさかと誰もが目を疑い、同時に、ある種の薄気味の悪さを感じたのも事実である。

金曜日の夜だった。

佃が声をかけ、いま、会社近くの居酒屋の二階にある座敷で社員たちと呑《の》んでいる。週末恒例の懇親会だ。自由参加で、会費はひとり三千円。それを超える分は佃が自腹で払う。

「ざまあみろ、といいたいところですが——あんまり気分のいいものではありませんね」

そういった津野は、釈然としない顔でコップのビールをぐっと空けた。

的場俊一が、「ダーウィン・プロジェクト」の協力企業に圧力をかけている——。

その後の情報収集で辿《たど》り着いたのは、驚愕《きょうがく》の真相であった。

「的場さんの本領発揮ってとこですか」

山崎が皮肉めいた。「非力な相手を直接攻撃してバラバラに破壊すると。こっちまで本物のヒール役になった気分ですよ」

「手柄のためにはなり振り構わず——それが的場流らしいが」

佃もまた険《けわ》しい顔で天井を仰ぐ。「これを評価する気にはなれないな。財前さんの話では、製造部内でも疑問視する向きはあるらしい。ただ、的場さん直々の指示となると誰もが反対意見を口にできず、従うしかないようだ」

「こんな妨害工作が、どこまで効き目があるのかは怪しいもんです」

冷静に評価したのは、唐木田である。「生産停止に追い込んだところでせいぜい一ヶ月程度のことでしかない。たんなる時間稼ぎですよ」

「その間に巻き返そうって腹なんじゃないですか」

津野が顔をしかめていった。「こういうせこい作戦の一方で、社内では販売促進の大号令がかかっているらしいですから。お陰様でウチも忙しくなりそうだ」

日本の農業の助けになるというお題目は脇へ追いやられ、目先の利益や先陣争いのために、鎬《しのぎ》を削る。

たしかに、綺麗事《きれいごと》ではメシは食えまいが、これでいいはずはなかった。

佃が改めて痛感したのは、会社経営の難しさだ。

いくら農業のためにといったところで、ビジネスとしてそれに関わる以上、帝国重工と「ダーウィン・プロジェクト」の熾烈《しれつ》な戦いの中に呑み込まれ、無関係ではいられない。

佃や社員たちがどう考えていようと、佃製作所は帝国重工側の主要メンバーとしての戦いを継続するしかないのだ。

「下請けはつらいなあ」

ヤケ気味の津野に、「まったくだ」、と佃も頷《うなず》くしかない。

「結局、的場さんには技術が評価できないんだよ」

冷めた口調でいったのは、島津だった。「そんな卑怯《ひきょう》な手を使わなくても、ウチのエンジンとトランスミッションがあれば、『ダーウィン』には勝てるのに」

「的場さんには焦りがあるって、帝国重工の人がいってましたよ」

江原がいった。「次期社長といわれつつ、『週刊ポルト』の報道にはじまり、無人農業ロボット事業でも思わぬ苦戦を強いられている。後ろ盾の沖田会長からは相当檄《げき》を飛ばされてるって話です」

いまの的場には逃げ場がない——佃にはそう思えてならなかった。

「ここまで、うまく行くとはな」

薄笑いを浮かべた的場が投げた新聞には、「ダーウィン」出荷停止の見出しが躍っていた。

「下請けの連中は皆、震え上がって従いました」

賛嘆の表情の奥沢に、

「下請けなんてのはな、結局、ウチ無しではやっていけない。その程度の連中なんだ」

権高《けんだか》に的場は言い放った。下請けを見下す的場の〝殿様意識〟は、機械事業部時代に培われたものだ。

かつて協力会の重鎮企業、重田工業に引導を渡した後、的場の急進的なやり方に社内の批判が高まった。新聞に書かれ、下請け潰しと叩《たた》かれたことがきっかけである。

こうした動きに対して、的場が取った行動はふたつある。ひとつは、重田工業担当の伊丹大に責任を負わせ、機械事業部から放逐したこと。そしてもうひとつは、下請け企業を切れなくなった代わり、徹底的に締め付けを厳しくしたことである。

表向きは、下請け企業との取引を大切にする帝国重工の伝統を尊重しているように見せかける。しかし実際には、下請けイジメといわれるほどの厳しい取引条件を押し付け、大胆なコストカットを実現して収益の改善を図ったのである。

この施策が成功したとき、的場はそれまで抱いていた下請け企業に対する考え方を変えた。

叩けばどうとでもなる――。

それは、協力企業を尊重してきた帝国重工の社風とは正反対の発想であった。隠れていた真実とでもいおうか。重田工業のような〝骨〟のある会社などどこにもなかった。的場によって死刑を宣告され、世の中から屠《ほふ》られた重田工業の顚末《てんまつ》を目の当たりにした協力会社社長たちは、完全に竦《すく》み上がっていたのだ。

このときの的場は、いわば封建時代の領主と同じであった。的場にとって下請けとは、自分の意思でどうにでもなる有象無象《うぞうむぞう》の小作農の集まりである。

的場自身は気づかなかったが、そうした的場のメンタルは、実は的場の父が民間企業をひたすら卑下する選民思想とさして変わりはなかった。結局のところ的場は、その時点で父と同化したのである。

「『ダーウィン』を発注した農家からは、不安の声が高まっているようです。中には発注を取り止《や》める農家も出ているとか」

自分の仕掛けた戦略の成果に的場は満足し、得意顔を見せた。

「『ダーウィン・プロジェクト』の連中は、私を徹底的に叩きつぶすそうだ」

皮肉っぽく、的場は笑った。「以前、重田が私にそういった。あの重田工業の重田だ」

「北見沢のときですか。そういえば、そんな失礼なことをいってましたね。伊丹も一緒にいましたが」

「そうだ。奴もいたな」

的場は、憎々しげな笑いを浮かべた。「それはこっちの台詞《せりふ》だ。徹底的に叩きつぶしてやる。帝国重工に逆らったらどうなるか、重田と伊丹のふたりに、もう一度、思い知らせてやろうじゃないか」

4

ようやく、殿村家に帝国重工製の無人農業ロボット「ランドクロウ」が届けられたのは、七月の終わりであった。

「ついに来たか」

帝国アグリ販売の運搬用トラックが到着するのを、殿村以上に心待ちにしていたのは正弘だ。危なっかしい足取りで玄関から飛び出していく。慌てすぎて、左右別々のサンダルをつっかけていったほどだ。

そこには、ラバオレンジ色の最新型の無人トラクターが夏の日射しを眩《まぶ》しい程に反射させ、殿村と正弘のふたりの前で鎮座していた。

「おい、エンジンかけてみろや」

待ちきれない正弘に、販売員が笑いながらリクエストに応じる。

「いい音だなあ、いい音だ。やっぱり、佃製作所のエンジンはいい。な、直弘!」

「オヤジ、わかってるのかよ」

呆《あき》れて笑った殿村だが、そういわれて本当は誇らしかった。

このエンジンを作っている連中の熱意と、ひたすら真摯《しんし》な姿勢をよく知っているからだ。

彼らは日々課題と向き合い、少しでもいいものを作ろうと挑戦し続けている。一台一台のエンジンが魂を込めて製造され、こうしてそれを心待ちにしているところに届けられるのだ。

かつて農家にとって鋤《すき》を引く馬は家族同然だった。いまだってそうだ。トラクターは農家にとってなくてはならない、大切なパートナーである。

佃製作所が殿村に送ってくれた無人農業ロボット、「ランドクロウ」は、七十馬力。しかも、土壌成分分析機能付きローターといったＩＣＴ農業の最先端をいく装備が付いている。

まず、帝国アグリ販売の担当者が殿村家の圃場《ほじよう》の地図データをパソコンに取り込み、次に作業の内容や時間指定などを設定する。取り扱い方法を教わるのに半日。合わせて一日がかりの導入作業だ。

殿村に任せきりにするのかと思いきや、普段、スマホすら満足に操作できない正弘も作業に付き添い、パソコンを前にした説明に熱心に聞き入った。

「後で教えるから、休んでたら」

殿村がいっても、父は譲らない。

「いや、オレも聞く。聞きたいんだよ。これを覚えたら、オレもまた米づくりに復帰できるだろ。続けてくれ」

これには帝国アグリ販売の担当者も驚き、そして心を動かされたのだろう、

「もしわからないことがあったら、遠慮なくきいてください」

取扱説明書に沿って熱心なレクチャーを続けたのであった。

「農業ってのは、もしかするとガラパゴス諸島みたいなものかも知れねえな」

そんなことを正弘がいったのは、それから二週間ほど経ってからだった。「これだけのことができるのに、世の中の進歩から取り残されてきた。なんていったかな、そのなんとか衛星――」

「準天頂衛星ヤタガラス。それのお陰だっていうんだろ」

何かのきっかけで、それまで開かなかった扉が開く。淀《よど》み動かなかったものが、堰《せき》を切ったように流れ出す。

ヤタガラスが、まさにそれだ。

測位の誤差、数センチ。

この精度が農業を変え、人々に農業の新たな可能性を気づかせるのだ。

佃製作所での日々を振り返り、殿村は、しばし感慨にひたらずにはいられなかった。

大型ロケットの打ち上げという夢を追う人がいる。その夢が準天頂衛星ヤタガラスを天空へと運び、巡り巡って高齢化した日本の農業への救済となる。

一見、なんの関連もない努力と熱意が結びつき、壁にぶつかって困っている人々を勇気づけ、助けになっていくことに、殿村は深い敬意と賞賛を禁じ得ない。

このトラクターが来る前、殿村はまだ半信半疑だった。

ＩＣＴ農業といったところで、結局、何も変わらないんじゃないかと疑っていた。

だが、「ランドクロウ」は、殿村家の農業を根幹から変えた。

父が田んぼに出られるようになり、その父はさらに、自らの経験をもってしても驚くべき発見を、日々体験するようになった。

トラクターが収集してくる正確なデータと、長年米づくりをしてきたベテランの勘――その差だ。

いままでの父は、目で見て肌で感じたものから判断して、その日やることを決めてきた。

田んぼに水を入れるのも、肥料を散布するのも、すべてそうだ。

ところがいま、勘に頼っていたものが、データという客観的な分析材料として提示されるようになったのである。

「オレの勘の、四つにひとつは間違ってたな」

それは、後に語った正弘の言葉である。

そのズレは判断ミスとなり、作業内容を誤り、最終的には収穫高の減少につながる。

ＩＣＴ農業の効率とは、単に働き手の作業を減らすことだけではなく、田んぼあたりの収穫高を上げるという意味もあるということも、殿村が学んだことのひとつだった。

佃が、殿村のためにこうした機材を貸してくれたのには、その意味を同じ農家の人たちに伝えて欲しいという思いもあったからに違いない。


「よお、殿村。よお」

草刈り機で畔道《あぜみち》の雑草を刈っていた殿村は、遠くから声をかけられて保護用のサンバイザーを上げた。

稲本だ。農林協の吉井を軽トラに乗せている。稲本の農業法人はその後も参加人数を増やし、いまやこの辺りでは一番大きな農業集団になっていた。農林協最大のお得意先だ。

「なんだよ、あれ」

圃場を無人のまま走行している「ランドクロウ」を稲本は顎《あご》で示した。「もしかして、帝国重工のやつか」

「そうだけど」

草刈り機のエンジンをかけたまま、殿村は首に巻いたタオルで顔の汗を拭う。

「どこで買ったんです」

尖《とが》った声できいたのは、吉井だった。「ランドクロウ」は農林協でも扱っている。買うならなんで地元のウチで買わなかったんだと、暗にいいたいのだろう。

「借り物だよ」

余計な争いは好まない殿村は、そんなふうにこたえた。実際には、リース料も賃借料も発生しないモニター扱いだが、それを説明するのも面倒だ。

「帝国重工製は値段も高めで性能も悪いって評判だが、ちゃんと動くのか」

小馬鹿にした稲本の質問は、殿村にではなく助手席の吉井に向けたものだ。

「どうですかね。ウチではほとんど売れてないんで、よくわからないですよ。ネットで調べても、水路にひっくり返ってる動画ばっかり出てくるし」

吉井は嘲笑してみせた。「ただ、殿村さんは帝国重工の〝檀家《だんか》〟みたいなもんだから、使わざるを得ないんでしょうけどね」

「使いたいから使ってるんだ」

殿村がいうと、稲本と吉井が同時に声をたてて笑った。

「よくいうよ。負け惜しみか」

稲本は笑いの底にひた隠した殿村への悪意をここぞとばかり解き放ち、「本当は『ダーウィン』にしたいんだろうなあ。後悔するんじゃないの」、と続ける。

こんな連中と言い争っても仕方が無い。もう話は終わりだとばかりに殿村はサンバイザーを下ろすと、再び草刈り機を回し始めた。

5

静岡県浜松市。その郊外にある広大な土地に、農業機械大手のヤマタニ浜松工場はある。

その工場長室のドアがノックされ、秘書に連れられてひとりの男が顔を出したのは午前八時半を回ったところであった。工場の朝は早い。

この日、本社販売部からやってきた南雲賢治《なぐもけんじ》である。

「本日はよろしくお願いします、工場長」

南雲は中部地方の販売を統括する課長で、この後、お客さんの米作農家をホテルに迎えに行き、午前十時から浜松工場の見学をする予定になっていた。その後の昼食には、接待を兼ねて工場長の入間も同席してほしいといわれている。

南雲の用向きは、この日見学に連れてくる農家のデータを広げての簡単なレクチャーである。

「三軒の農家さんをお連れしますが、どこも、十町歩《ちょうぶ》ほどやっている専業農家です。

トラクターの老朽化に伴い、そろそろ買い換えの時期に来ているということで、新型トラクターを強力にプッシュしたいと考えております。よろしくお願いします」

頭を下げた南雲に、

「また『ダーウィン』が欲しいって話になるんじゃないの」

ひと通りの説明をきいた入間は、そんなふうに冗談めかした。「人気なのはわかるけど、勘弁してもらいたいね」

「ダーウィン」は、ヤマタニの販売網で扱ってはいるものの、ヤマタニの純正トラクターではないので、売れたとしても儲けは少ない。ヤマタニは、「ダーウィン」のボディを製造、供給している関係もあり、工場見学ではその工程がひとつの人気スポットになっていた。希望者には、「ダーウィン」の無人走行を見せるサービスまである。

「そうならないよう、祈っておりますが」

そのあたりの意向については、南雲もいまひとつ自信がないらしい。「いまや、トラクターの買い換えをする農家で、『ダーウィン』を検討しないところはありませんから」

「そりゃあ、そうだろう。あれだけ話題になれば」

納得の表情の入間だが、「ただ、『ダーウィン』にも何かと問題はありましてね」、と南雲は少々気になることをいった。

「製造停止のことか。新聞で報道されてたな」

部品の調達ができなくなって、おそらく一時的なものであろうが、「ダーウィン」の製造が止まっていた。再開時期は未定らしいが、とはいえ、ひと月ほどで再開するのではないかと入間は見ている。

「新聞には単に部品の供給が間に合わないとしか書いてなかったが、どういうことなんだ。サプライチェーンの構築は、ギアゴーストの得意とするところなのに」

社長の伊丹大は、そもそもそのスキルで、ギアゴーストを設立、成功させた男だ。

「あれはどうも帝国重工が裏で手を回したようですね」

意外な情報を南雲は口にした。『ランドクロウ』を出しましたから、ライバルの『ダーウィン・プロジェクト』に加担している下請けに圧力をかけたという話です」

「どんな圧力を?」

入間がきいた。そこが肝心なところだからだ。

「取引条件の見直しをちらつかせたとか。箝口令《かんこうれい》は敷いただろうと思いますが、情報はちらちらと洩《も》れてきます。面白くないと思っている下請けもいるでしょうから」

「マズイな、それは。足元をすくわれかねないぞ」

入間は少し考え、「『ランドクロウ』がいいトラクターなだけに、残念だよ」

「工場長の『ランドクロウ』評をお伺いできるとは、光栄ですね」

南雲の口のうまさはいまに始まったことではない。

「私の見たところ、エンジンもトランスミッションも、『ランドクロウ』のほうが上だ。ただ、値段も『ランドクロウ』のほうが高い。そこだな」

「その値段の差を埋めるだけのものがあるか、ですね」

「その通り。『ダーウィン』は、なんせダイダロスとギアゴーストの組み合わせで、安く作ることに関しては一日《いちじつ》の長《ちょう》がある」

「実は、私が申し上げた問題というのは、その件なんです」

南雲は、声を落とした。「トラブルの報告がちらほら上がっていまして。製品化の初期段階であることを差し引いても、ちょっと多いのかなと」

「そうなのか？」

初耳である。入間はそろりときいた。「いったい、どんなトラブルだ」

「通信関係がひとつ。キーシンの自動走行制御システムが時々、フリーズするというクレームが入ってきています。それと、こっちのほうがより深刻ですが、突然、動かなくなるトラブルがすでに二件、報告されています。これはウチの販売網で扱った車体に限定した話なので、農林協チャネルで販売したものでも同様のトラブルが上がっている可能性があります」

「動かなくなるってのは、どういう状況なんだ」

「作業中にエンジンストップしたまま動かなくなり、結局、販売店が回収したというものでした」

「どう動かなくなるわけ?」

技術者として、入間は一歩踏み込んだ質問をした。「手動に切り替えても動かないの?」

「そうなんです。エンジンはかかるんですが」

南雲の話に、

「トランスミッションの故障かな」

入間は呟《つぶや》く。『『ダーウィン・プロジェクト』側にも説明したんだろ。どう対応してるんだ」

「トランスミッションの故障が不具合の原因だと思われますが、それを誘因しているのはキーシン側の問題ではないかと」

「原因が特定できていないということか」

入間は眉を顰めた。「おそらくモニター段階でもそういう故障が出ていたはずだ。詰めてなかったのか」

「おっしゃる通りで。ただ、そのときにトラブルの原因として認定されたのが、キーシンのプログラムのバグだったそうです。製品化に際しては、そのバグを修正したという説明でした。再度プログラムの見直しをしているそうですが――」

さすが販売を統括しているだけあって南雲は事情通である。販売網、顧客、そして業界の横の繋《つな》がり、実に様々なところから情報を仕入れている。

「最近、噂で耳にした話ですが、キーシンという会社自体、ちょっとワケ有りのようで」

南雲が口にしたのは、北海道農業大学野木教授との一件であった。「キーシンがベースにしているのは、産学協同という建前で送り込んだ研究員が盗んだプログラムではないかというもっぱらの噂です。ところがそれは七年前のことで、その間の野木教授とキーシンの開発力の差が、自動走行制御システムの安定性の差になっているのではないかと」

入間は顎に指を当て、難しい顔で考え込んだ。やがて顔を上げると、

「そのトラブルの状況、早瀬《はやせ》君は知ってるんだろうね」

そう尋ねる。早瀬は、ヤマタニの営業担当役員だ。「もし、まだだったら早急に報告書を上げてくれないか。それと、南雲君――」

もうひと言、入間は付け加えた。「今日のお客さんには、なんとしてもウチの純正トラクターを買ってもらおうよ。『ダーウィン』じゃなくね」

6

深刻な表情の堀田が、片隅のテーブルで伊丹と向き合っていた。

蒲田《かまた》にある伊丹行き付けの和食の店である。七席だけのカウンターと、テーブル席がふたつという小さな店だ。この日の客は伊丹たちだけで、他に話を聞かれる心配はない。

テーブルには、いま運ばれてきたばかりのお造りが置かれているが、堀田も伊丹もまだ手を付けないまま、箸の代わりに堀田の報告書を手にしている。

「多すぎるな、たしかに」

トラブルに関する報告書である。ヤマタニ、そして農林協から寄せられたトラブルの件数と内容をまとめたものだ。

「氷室には見せたのか」

「見せました、先程」

堀田の眉間に皺《しわ》が寄せられ、表情が曇った。「だからなんだって突き返されただけです。あの人、完全に逃げてますよ」

堀田は嫌悪感を露《あら》わにしていった。「氷室さんは、わかってると思うんです。トランスミッションのどこかに何らかの欠陥があるって。それが見つかるのが怖いんですよ」

「キーシンのプログラムが原因という可能性はないのか」

伊丹もまだ半信半疑だ。

「可能性はゼロではありません。だけど、ウチの製品を先に詰めないでどうするんですか。場合によってはリコールになるかも知れないのに」

「タイミングが悪すぎるな」

それは堀田にというのではなく、伊丹のひとり言のようにも聞こえる。

「タイミングの問題ではありません」

堀田は、色をなしていった。「不具合を抱えたままのトラクターが出回ってるかも知れないんですよ。見直しを指示していただけませんか、氷室さんに」

「なあ、堀田。ひとつききたいんだが」

伊丹はあらたまった口調になる。「うちのトランスミッション、どこに不具合があるか、お前はだいたいの見当はついてるのか」

強く伊丹を見つめていた視線が下に向いたかと思うと、悔しそうに、

「わかりません。すみません」

唇を噛《か》む。

「氷室には――」

「氷室さんにもわからないと思います。検図もしたし、実際に動かなくなったトランスミッションも分解して、変形した部品も見つけました。そのときはキーシンのバグが見つかったというので、沙汰止《さたや》みになってしまいましたけども、どうも気になるんです。本当にそれが原因かなって。もしトランスミッションの構造的な問題だとすれば――」

耳を傾けていた伊丹が、そのとき顔を上げた。

「『ランドクロウ』だ」

意図が読めず、堀田の目がただ伊丹に向けられている。

「『ランドクロウ』のトランスミッション、リバース・エンジニアリングできないか」

伊丹は続ける。「ウチのトランスミッションは島津の設計だ。『ランドクロウ』のトランスミッションもそうだ。同じ形式だし、比較すればどこが問題なのかわかるんじゃないか」

リバース・エンジニアリングとは、他社製品を分解し、構造や技術を検証する作業のことだ。

「ですが、帝国重工の『ランドクロウ』だって、同じ不具合が出ている可能性も――」

「いや、おそらくそれはない」

伊丹が口にしたのは、北見沢での島津とのやりとりだ。

——伊丹くんってさ、結局、なんにもわかってなかったんだね。

——あれで本当にいいと思ってるわけ？

「つまり、その——」

驚きに堀田が目を見開いた。「島津さんは、あのとき、このトラブルを予見していたということですか」

「そのときにはオレもピンとこなかった。ただ、負け惜しみをいっているようにしか聞こえなかったんだ」

伊丹は後悔を滲《にじ》ませ、唇を噛んだ。「だが、あのときシマちゃんは、うちのトラクターのトランスミッションが欠陥を抱えたままだと見抜いていたのかも知れない」

だが、佃製作所の一員となった島津は、自分が残した設計図の欠陥を教えはしなかった。

それはおそらく、そのこと自体が佃製作所製トランスミッションのノウハウを漏洩《ろうえい》することに繋がるからだ。同時に、袂《たもと》を分かったギアゴーストへのケジメという意味もあっただろう。

順風満帆で進んできた「ダーウィン・プロジェクト」だが、ここにきて思わぬ困難に直面しようとしている。

帝国重工の妨害工作しかり。そしてこの、原因不明の不具合だ。

「いまはまだ差がついているとはいえ、このままでは帝国重工の『ランドクロウ』に追撃を許すことになるかも知れません」

堀田は深刻な表情でいった。「早く、不具合の原因を突き止めてなんとかしないと……」

そのとき——。

伊丹の唇にふっと笑いが張り付いたのを見て、堀田は不思議そうに顔を上げた。

「そう簡単にさせるもんか」

意外なひと言を、伊丹は吐き出す。

「どういうことです」

「帝国重工には——いや、的場俊一にはまもなく鉄槌《てつつい》が下る」

果たして伊丹が何をいっているのか、堀田にはまるで見当もつかない。

「すぐにわかるさ」

底の知れぬ笑いを、伊丹は浮かべた。「的場俊一は——もう終わりだ」

## 7

その日、いつものように社用車で出勤した的場の最初の仕事は、製造部の全体会議に出席することであった。

午前九時きっかりに始まったその会議で檄を飛ばし、その後、丸の内にある同資本系列の商社を訪ねたのは午前十一時半。昼食を挟んで両社に関わり合いのあるビジネスについて意見交換し、待たせたクルマで社に戻る。

その帰りを嬉々《きき》とした表情で待っていたのは、製造部の奥沢であった。

「『ダーウィン』のサプライチェーンは、大打撃を受けておる模様です。いまだダイダロスもギアゴーストも、代替企業の選定中とのことで、再開の目途《めど》が立っておりません。ヤマタニも農林協の販売網でも、受注をストップさせているとか」

奥沢はしてやったりとばかり、得意満面の笑みを見せた。

「まだまだこれからだ、奥沢」

的場は炯々《けいけい》とした目でいった。「徹底的に叩きつぶしてやる。下町の零細企業がウチに楯突《たてつ》くなど、もっての他だ」

「この間にウチが売り伸ばせば、一気にシェアを詰められますよ——的場社長」

にやりと笑っただけで、的場は否定しなかった。

的場が社長に上り詰めれば、それまで的場に尽くしてきた奥沢の出世もまた間違いないところである。

「さっき帝国商事の岩元《いわもと》さんと話をしてきた」

岩元は、帝国商事の海外事業を統括する役員である。「無人農業ロボットで我々が目指す事業の版図《はんと》は広大だぞ、奥沢」

的場は、遠くを見据えて目を細める。「まず国内でのシェアを盤石のものにし、日本の農業を救う——大いに結構だ。だが、私はそれだけでは満足しない。私が救うのは、世界の農業だ。古い農機具に頼っている世界の農業に産業革命を引き起こす。生産効率を上げ、収益率を飛躍的に向上させる。そして地球規模の食糧難を救うんだ。想像してみたまえ。グレートプレーンズを隊列を組んだ『ランドクロウ』が進む様を。フランスやイタリア、ベルギー」

「中国、ウクライナ——」

奥沢が追従してみせる。

「そうだ。そのときこそ製造部の出番だぞ、奥沢」

的場は続ける。「たしかに、藤間社長がいうように、国内では小型エンジンが主流になるだろう。だが、圧倒的な生産規模を持つ海外では違う。帝国重工製のエンジンとトランスミッションが、世界の穀倉地帯を走り回る日が遠からずやってくる。帝国重工は、世界の農業を救う。我々は救世主さ。そのとき、この事業は、帝国重工を支える重要な柱になっているだろう」

奥沢の脳裏に、居並ぶ役員たちに指示を飛ばしている〝社長〟的場の姿が浮かび上がった。的場はまだ若い。おそらくは長期政権になるだろう。そこで自分は顕要《けんよう》の職を与えられるに違いない。これは近い将来実現するだろう現実だ」

「夢なんかじゃない。

「その通りです」

奥沢は、力強く同意した。「ですが、その現実を引き寄せられるのは、的場さんだけです。どうか低迷する我が社の未来を救ってください。微力ながら、私もお手伝いさせていただきます」

的場はまさにご満悦であった。

躓《つまず》きかけた無人農業ロボット事業だが、「的場流」を貫いてライバルを撃破せんとしている。自らの豪腕によって一気に事業を立て直し、日本の農業界へ、そして世界の農業界へと打って出る布石を打つのだ。

これによって、社内における的場の評価は盤石なものになるだろう。

この組織のトップへ上り詰めるための道は険しく、視界不良の霧と茨《いばら》の棘《とげ》に覆われ隠されている。だが的場はついに、その秘密の花園へと通じる入り口を見つけたのである。

勝利は目前だ。

腹の底から込み上げてきた笑いをかみ殺した的場に去来したのは、父の記憶であった。

民間企業を心から馬鹿にし、息子である自分にはなんの興味も抱かなかった父。その父は、いまの的場の姿に、どんな感想を抱くだろう。

――たかが民間だろう。

そう嘲《あざ》笑《わら》うか。だが、的場が抱く壮大な未来図を笑い飛ばせるほどのスケールは、父になかった。

帝国重工を率い、世界規模の事業を展開する醍《だい》醐《ご》味《み》は格別である。

――霞《かすみ》が関《せき》の人事に一喜一憂する官僚のあんたに、それがわかるか。

父に届けとばかり、的場は心の中で言い放つ。

――わかるわけないよな。所詮《しょせん》、あんたは官僚なんだ。官僚が世の中で一番偉いと思っているのは、官僚だけなんだよ。

オレの勝ちだ。

ふっと唇に笑いを浮かべた的場を現実に引き戻したのは、ドアをノックする音だった。

「あの――」

少々、おどおどした顔の秘書が顔を出している。「多野広報部長が至急お会いしたいと」

「多野が？」

用件はなんだ、ときく前に、秘書を押しのけるようにして、当の多野がずかずかと入室してきた。

「おい、失礼だろう」

荒らげた声を出したのは、奥沢である。多野はこたえず、慌ただしくやってきたかと思うと、手にした書類を的場の前に置いた。見れば多野の顔は真っ赤で、右手には強くハンカチを握り締めている。

「ニュースのプリントアウトです。先ほどネットにアップされました」

「いったい、何なんだ」

一瞥《いちべつ》した的場の表情から、すっと感情が抜け落ちていった。

――帝国重工下請け二十社、公正取引委員会へ下請法違反申し立て。「ダーウィン・プロジェクト」妨害
二日、帝国重工の下請け二十社が、同社との取引において「下請け代金の減額」「買いたたき」などの行為があったとして公正取引委員会に対し、申し立てを行った。
この日申し立てを行った会社の多くは「ダーウィン・プロジェクト」に関与しており、

申し立てをした会社の関係者は、帝国重工には「ダーウィン・プロジェクト」を妨害する意図があったのではないかと指摘している。帝国重工は無人農業ロボットに参入し、「ダーウィン・プロジェクト」とは競合関係にあった。

的場の唇が動いたが、出てきた声はかすれて意味をなさなかった。

みるみる顔面蒼白《そうはく》となり、上げられた視線があてどなく彷徨《さまよ》う。

的場はいままで、人を人とも思わぬ態度で下請け企業を押さえつけてきた。その下請けたちが自分に楯突くことはないという、確信すら持っていた。

だがいま、その下請けが、反旗を翻《ひるがえ》したのだ。一斉に。

それはまさに、痛恨の誤算といっていい、事実であった。

「それと、もうひとつ――」

茫然《ぼうぜん》自失の的場の前に、多野が新たに差し出したのは、レポート用紙数枚分の書類だ。「『週刊ポルト』からの質問書です。『ダーウィン・プロジェクト』を妨害するために、我が社がどんなことをしたのか、おそらく下請けの誰かが喋《しゃべ》ったんでしょう。どれも具体的な質問ばかりです。さらに下請け叩きの主導者として、あなたの実名入りです、的場さん」

一瞥《いちべつ》した的場から、

「ふざけるな」

突如、怒気《どき》が吐き出された。「こんな記事、握り潰せ！　絶対に出させるな。潰せ！」

「無理です、それは。無理なんですよ！　そんな簡単なものじゃない。否定しても明後日《あさって》には出てしまうんです！」

激昂《げきこう》した的場に、多野も大声で言い返す。

多野を睨み付けたまま、的場が肩で息をしている。額から汗が流れ落ちるのも構わずに多野が対峙《たいじ》し、その隣では奥沢が、この予想外の事態に唇を震わせている。

睨み合いの末、硬直した空気を破ったのは多野であった。

「沖田会長のところへ行ってください。すぐ来るようにとのことです」

それだけ言い残すと、的場の返事を待たずさっさと部屋を出ていく。

蒼然として微動だにしない的場が、浅い息をしたまま顔を前に向けていた。その視線の行方を、奥沢は知らない。焦点の合わないその視線は、遥《はる》か遠く、誰も見た事の無い未来に向けられているかのようだ。

たったいままで、燦然《さんぜん》と輝いていた未来に。

そしていま、無残なまでに砕け散った未来に。

8
「大変です、社長」

社長室に飛び込んできたのは、営業の江原だった。「いま電話で聞いたんですが、帝国重工が下請法違反で公正取引委員会に申し立てをされたそうです」

火曜日の朝のことである。

「なんだって？」

ちょうど経理部の迫田と、今後の資金繰りについて打ち合わせをしていた佃は、思わず立ちあがっていた。

「どこで聞いた」

「加木屋《かぎや》精密さんがその申し立てに加わったとかで。申し立てをしたのは、帝国重工の製造部の取引先ばかり二十社だそうです。半分以上が『ダーウィン・プロジェクト』にも参加している会社だとか」

「ちょっと待ってくださいよ、江原さん」

迫田がいった。「下請法はいいとして、申し立ての段階で、どうしてそれがわかるんです」

「ネットのニュースになってんだよ、ニュースに。見てみろ」

「これって──」

その場でスマホを確認した迫田が青ざめた顔を上げた。「もしかしてこれ、『ダーウィン・プロジェクト』のサプライチェーンに圧力をかけられた報復なんじゃないですか」

「間違いない。なにしろ、この申し立てを段取りしたのがダイダロスらしいからな」

江原のひと言に、

「本当か」

佃は、思わず聞き返した。

「それだけじゃないですよ、社長。そのダイダロスに法律顧問ってのがいるらしいんですが、それが誰だと思います。あの、中川です。中川京一なんだそうです」

「あの中川が……」

呆然と佃は呟いた。「娑婆《しゃば》に出てきてたのか」

実刑判決後の音信を耳にしたのはこれが初めてのことである。それがまさかこんな形になろうとは、さすがの佃も予想だにしていなかった。

「それにしても、下請法とはな」

下請法の正式名称は「下請代金支払遅延等防止法」──仕事を発注する大会社が、

その優越的地位を理由に下請けをイジメないように定められた法律である。

「下請法に違反したからといってたいした刑事罰があるわけじゃないですが、これは社会的制裁を狙った申し立て以外の何物でもないと思います」

経理の迫田は、仕事上、そうした法律には詳しい。

「これは、『ダーウィン』側が的場俊一に繰り出した強烈なカウンターパンチですよ、社長」

江原がいった。「スキャンダルを極端に嫌う帝国重工にとって、この記事は許し難い屈辱です。『ダーウィン・プロジェクト』をこんな形で妨害したことまで暴露されてしまっては、帝国重工の看板に泥を塗ったも同然だ。的場さんの立つ瀬がない」

「そうなるように、中川を使って、周到に仕掛けたということか」

佃も頷いた。「申し立てに加え、ニュースとセットで話題にする——だとすると、あの北堀という男もからんでるんだろう」

「おそらく。ネットの掲示板にもスレッドが立ってますよ。もの凄《すご》い勢いで批判のコメントが書き込まれてます」

帝国重工対「ダーウィン・プロジェクト」の、いや的場俊一対重田、そして伊丹との仁義なき戦いはいま、重大な局面を迎えようとしている。

だが、その勝敗の行方は今や、誰の目にも明白であった。

9

好天の夕暮れであれば、そこは熟したオレンジ色に染まる芸術的な空間に変わる。

だが、曇天《どんてん》の午後二時、そこにあるのは、殺伐《さつばつ》とした現実以外の何物でもなかった。

重厚にして威圧的、過不足無い調度品が、帝国重工という日本を代表する巨大企業の権威と社会的地位を象徴する、ただの執務室である。

いまその部屋の重厚なデスクの前に、的場は立っていた。

豪華な革張りの椅子の背にもたれ、どこか困ったような顔で的場を見上げているのは、会長の沖田勇その人である。

百戦錬磨の沖田は、頭脳と嗅覚と、知略の限りを尽くした数十年間の精励によって、この椅子を得た。盤根錯節《ばんこんさくせつ》の派閥争いをくぐり、人間関係の機微を使い分け、ときに運にも助けられて、ここにいる。

そしていま、前に立つ的場に、沖田は慈愛すら感じさせる目を向けていた。

デスクの上には、広報部の多野が届けたに違いないニュース記事と週刊誌からの質問書が置かれている。

そこに書かれたことは事実なのか——。

そう問われるものと覚悟した的場だったが、沖田はそうはきかなかった。

「何事も起きない人生ほど、退屈なものはない。平穏と幸福は、退屈の同義語だ」

感慨なのか、単なる詭弁《きべん》か。沖田の言葉は止めどないが、ときに胸を打つことがある。だが、いまの的場には、何も響かなかった。

「幸運に助けられることもあれば、不運に見舞われどん底に突き落とされることもある。納得できることは少なく、理不尽なことは多い。だが、それも人生の愉《たの》しみだろう。どう思う、的場」

は、といったきり、的場は答えなかった。

はたして、この気むずかしい老人が何をいおうとしているのかはわからない。だが、的場の顔を見るなり慢罵《まんば》する事態にならなかったのだけは勿怪《もっけ》の幸いだった。沖田の落ち着きぶりに的場は安堵《あんど》し、そこに一縷《いちる》の望みを見出《みいだ》した気分だ。

沖田は、的場にとって盤石の後ろ盾である。藤間とは相容《あいい》れない経営思想を持つ沖田は、同じ機械事業部出身として的場を引き立て、重用し、さらに次期社長にするための根回しも怠らなかった。的場が果たした異数《いすう》の出世は、沖田の存在なしに成し得なかっただろう。

「今回のことは、その人生のほんの一ページだ」

沖田は続ける。「だが、人生を綴《つづ》るページの中には、痛恨の一ページも存在する。

残念ながら、今回がまさにそれだ」

淡々とした言葉であった。

「君にとっては不本意な事態かも知れない。だが、会社にとっても、それは同様だ。こんなことがあってはならないし、仮にあったとしても、絶対に世間に知られてはならない。帝国重工は帝国重工であらねばならぬ。産業界を牽引《けんいん》してきたトップ企業としての品格、模範となり目標となる企業の鑑《かがみ》でありつづける義務がある。社会の中で、その存在が認められ、必要とされるために、我々の先人たちは血の滲むような努力と研鑽《けんさん》を重ね、現在の我が社はその土台の上に存在している。その尊い努力を、君は踏みにじった」

穏やかだった沖田の表情が豹変《ひょうへん》し、険しく表情が歪《ゆが》められた。怒りと憎しみに満ちた眼差しが的場を深く射貫《いぬ》く。

「この会社に、もう君の居場所はない」

殺気にも似た気配に威圧されて息を呑んだ的場に、沖田の言葉は一気に放たれた。

「いますぐ、辞任したまえ」

# 第九章　戦場の聖譚曲《オラトリオ》

## 1

学会があるから上京すると、北海道農業大学の野木博文から連絡を受けたのは、九月上旬のある日のことであった。

学会会場から近いというので日本橋で待ち合わせ、人形町にある和食の店に向かう。カウンターでの客がメインだが奥には個室もあるという、佃の好みの店であった。

野木と並んでカウンターにかけ、主人お勧めの料理を肴《さかな》に酒を呑《の》んでいる。

野木とは、およそふた月ぶりであった。

「それにしても、いろんなことが起きるもんだ」

運ばれてきた新たな酒を口にしつつ、しみじみと野木がいった。

帝国重工のことである。

「結果的に面倒なことに引っ張り込んじまって、申し訳ない。今回の的場さんのやり方は酷《ひど》すぎた。あそこまでやる必要はなかったんだ」

「同感だな。もっと我々の技術力を信じて欲しかったと思う」

野木はいい、

「ただ悪いことばかりじゃない。こういう対立構造があったからこそ注目され、はっきりしたこともある」

足元のカバンを取り上げ、中から最新号の科学雑誌を引っ張り出した。「月刊メカニカルサイエンス」。機械工学分野の、権威ある専門誌だ。

「これは？」

「明日、発売になるそうだ。ぼくのところには取材に来た記者が気を利かせて早目に見本誌を送ってくれた」

付箋《ふせん》が、貼ってある。

特集記事の見出しが目に飛び込んできた。

――自動走行制御システム徹底比較。「ダーウィン」は帝国重工を超えたのか？

刺激的なタイトルである。

編集部が両社のトラクターを借り、二十もの項目で比較、点数化したものだった。

「圧勝じゃないか」

佃は感嘆して顔を上げた。

記事はさらに、両社のトラクターを実際に使っている農家や販売している農林協などを取材し、「ダーウィン」でトラブルが多発していることまで指摘している。徹底した取材ぶりであった。

「注目されたビジネスだからこその記事だ」

野木はいった。

「いまは『ダーウィン』が人気で勝っているし、今回のことで帝国重工のイメージは相当悪化するだろう。だけど、評判と実力は違う。ぼくの見立てでは、おそらくそう遠く無い将来、帝国重工の『ランドクロウ』が優勢になる。実は、少し前まで、帝国重工への技術供与をやめようかと思っていた」

「野木――」

息を呑んだ佃に、野木は笑ってみせた。「だけど、もう少し様子を見ようと、いまでは思ってる。論文の内容だけじゃなく、こんな形で自分の研究の評価が下されるなんて面白いじゃないか。ぼくの研究は、いってみれば実学だ。実学であるのなら、農業に携わる人たちの評価を真摯に受け止めるべきだと思う。それこそが、ぼくの研究に対する、真の評価なんだ。だけどその評価は、ビジネスに踏み込まない限り得られない」

佃は心から同意しつつも、身の引き締まる思いであった。野木だけじゃない。佃もまた、常に市場の評価にさらされているプレーヤーのひとりだ。必要がないものを作れば、あっという間に淘汰《とうた》され、世間の荒波に消える運命にある。

「お前はずっとそんな世界で戦ってきたんだな、佃」

「その通りだ」

佃はいった。「オレたちはずっと戦ってきた。いろんなものと。そして、こうしてなんとか生きてる。そこが重要なところだ」

「なんとか生きてる、か。それはいい。ぼくもそうやって生きていたいもんだ」

ポケットの中で佃のスマホが着信を告げたのはそのときだ。

「すまん、財前さんだ」

画面を見た佃はひと言いって椅子を降り、他の客の迷惑にならないよう店の外に出た。

「いまよろしいでしょうか。急ぎ、お耳に入れておきたいことがありまして」

近くを通り過ぎるクルマの騒音に、財前の言葉は切れ切れに聞こえた。「先ほど、弊社は緊急の記者会見を行い、的場俊一取締役の辞任を発表いたしました」

佃は言葉を失い、店内の野木を振り返った。店主と楽しそうに談笑する野木の横顔を見ながら、佃は低く息を吸い込み、財前の話の続きに耳を傾ける。

やがて電話を終えた佃は、大きくひとつ息を吐き、星の無い空を見上げた。

九月上旬の、まだ蒸すような夜気が立ちこめる夜であった。

2

帝国重工の緊急記者会見を伝えるニュース映像を、重田登志行はひとり眺めていた。大崎にある自宅高層マンションの一室であった。ここに住んでいるのは、重田ひとりだけだ。

妻と、当時はまだ小学生だった子どもたちふたりとは、かつて経営していた重田工業の倒産を機に別れて暮らすようになり、妻は小さな工務店を経営していた老いた両親のもとへ戻っていった。その後正式に離婚して、独身生活ももう十年近くになるが、淋《さび》しいと思うようになったのはこの数年のことである。

それまでは、淋しさなどを感じている余裕などなかった。生きるために必死だった。そして、そうなるまでの重田は、貧困とは無縁の裕福な人生を送ってきた。豊かさと引き替えに、選択の余地のない人生を。

父が創業した重田工業は、設立当初こそ、精密機械を手掛ける小さな町工場に過ぎなかった。

しかし、大学で博士号を得《え》、海外の自動車関連メーカーの研究所で学んだ父は、当時日本にとって最先端の技術を有していた。そしてひとたび帝国重工に食い込むや、みるみる中核的な下請け企業へとのし上がったのである。

技術者としての才能だけではなく、商売人としての才覚にも恵まれたという意味で、重田の父は、卓越した人物であった。

その父が創業し、長く社長を務めた重田工業という会社は、すでに登志行が物心ついたときには数百人もの従業員がいる会社になっており、やがて数千人規模にまで成長を遂げていく。

下請けを大切にする帝国重工を主要取引先に擁する重田工業の経営基盤は盤石であったが、重田登志行にとって不幸なのは、それ故に自らの将来が狭められ、進路が決定づけられていたことである。

重田には、生き方を自分で選ぶ自由がなかった。

学業成績は優秀で、父の期待を裏切ることなく一流大学を出たものの、船会社に就職したいという希望を押し切られる形で、帝国重工への就職を懇願された。

後々、家業の重田工業に戻るまでの、いわば〝修業〟としてである。

当時、帝国重工の保守本流とはいえ、やや陰りが見え始めていた機械事業部でサラリーマンとして過ごし、家業重田工業に戻ったのは三十二歳のときだ。

肩書きは常務。その後、自分が元気なうち禅譲《ぜんじょう》したいという父の意向もあって、三十五歳で社長に就任する。

とはいえ、会長職になっても代表権を手放さなかった父の権力は絶大で、好き勝手な経営は許されなかった。何か新しいことをしようとすれば、たちまち父に反対され、古参の従業員に諫《いさ》められる。

結局のところ重田は、社長とは名ばかりの飾りであった。

重田の中で降り積もる不満の矛先は、かつての勤め先であり最大の取引先である帝国重工に向かった。

十年近い帝国重工機械事業部の勤務経験が重田に教えたのは、家業である重田工業の技術力の高さであり、帝国重工内の高評価であった。

重田工業が製造する精密部品がないとラインが止まる。

その事実は重田を勘違いさせ、当時業績悪化に苦しんでいた同社からの、再三にわたるコストダウン要求を突っぱねることになる。

社内では我《わ》が儘《まま》をいえないが、帝国重工との交渉の場でいうのは自由だ。逆に、そこにしか重田の自由は無かったといっていい。

コスト削減を突っぱねたところで帝国重工が発注を見合わせることはないと、重田は自信を持っていた。おそらく、その交渉スタンスを父は知っていたはずだが、口を挟まなかった。帝国重工に対して同じく強気だったからだ。

だが、結果からいうと、これは間違っていた。

かつては他の追随を許さなかった重田工業の技術力だが、それに匹敵するものを有する競合がぽつぽつと頭角を現していたからだ。

そういうことは重田にはわからなくても、下請けを横並びで見ている帝国重工にはわかる。

そして、あの日——。

的場俊一の発注引き上げの宣言により、数十年間に亘《わた》る、帝国重工との取引はあまりに唐突な終焉《しゅうえん》を迎えたのであった。

たしかにコスト削減には非協力的であっただろう。だが、それを差し引いても、的場のやり方はあまりにも非情であった。

いまでも重田は、会社倒産を告げた従業員集会を思い出すことがある。

——本日をもって重田工業は五十年の幕を閉じます。いままで我が社のために一所懸命働いてくれた皆さんに、こんな報告をしなければならないことは、痛恨の極みです。社長として、皆さんになんと謝罪していいかわかりません。

そのとき、壇上の重田の胸を締め付けたのは、作業帽を胸の前で強く握り締め、自分を見つめる悲しげな目だった。明日からの生活に迷い、悲嘆にくれ、ただ狼狽《ろうばい》するしかない社員たちの目だ。

数千人いる従業員のひとりひとりを、重田は知っていた。一家の大黒柱として働く社員。夫を病《やまい》で亡くし、自分ひとりの稼ぎで子どもを育てているシングルマザー。要介護の親を抱え、必ず返すから介護費用を貸してもらえないかと頼んできた者もいる。その彼らのかけがえのない生活を、奮闘し必死でしのいできた人生を、重田は打ち砕いたのだ。

「あの人たちの目を、的場――お前に見せてやりたかった」

ひとりリビングのテレビを見つめる重田の頬を、涙がこぼれ落ちていく。

下請法違反の事実を全面的に認め、担当取締役として記者会見で深々と頭を下げた的場俊一の姿に、無数のフラッシュが焚《た》かれる。

その的場の隣には、社長の藤間秀樹がおり、同じく頭を下げていた。

画面で見る的場は、意思のない人形のようであった。

質問には答えるものの、声は力なく、視線は泳ぎ、乾いた唇から洩《も》れ出てくる言葉は、途切れがちになり聞き取りづらい。

的場の表情を、重田は瞬きもせず睨《にら》み付けた。

〝豪腕〟的場俊一の、見る影もなく変わり果てた姿を。

弱々しく許しを請う、憐《あわ》れな男の姿を。

そして、同時に愕然《がくぜん》とするのだ。

これがオレの勝利なのか、と。

重田工業が倒産して従業員ともども路頭に迷った挙げ句、常に行動の原動力となった怒りの終着点が、これなのかと。

ここには、期待した歓喜も想像した達成感もない。

あるのは、ただの虚《むな》しさだ。

こんな男への復讐《ふくしゅう》のために、オレは人生を生きてきたのか。こんな男のために、ひたすら怒りを燃やし、自らを鼓舞してきたのか。

そして気づいてみると、誰もいない部屋、誰もいない人生で、ひとり涙している自分がいる。

会社を失い、家族を失い、父を失い、そしていま——敵も失った。

これがオレの人生なのか？

答えは残酷なほど明白であった。

その通り——。

涙を拭うこともせず、いま重田は理解した。

これがまさしくオレの人生、紛れもないオレの生き様なのだと。

伊丹は、ギアゴーストの社長室にあるテレビで、従業員たちと共に的場俊一を見ていた。

## 3

「ざまあみろ、ですね」

社員の誰かが吐き捨てたが、伊丹はこたえなかった。

そんな陳腐《ちんぷ》な言葉で、いまの感情を表現することには抵抗がある。

かつて自分を裏切り、帝国重工を追い出した男――。この男に対する憎悪のために、島津と訣別《けつべつ》し、ダイダロスの重田と手を結んだ。

だが、そこまで自分を駆り立てたものはなんだったのかと、いま伊丹は考えた。

的場から受けた仕打ちへの怒りか。裏切られ、騙《だま》されたことへの恨みか。

無論、それもあるだろう。

だがこのとき、気づいたことがあった。

それは、自分が許せないのは的場ではなく、実は自分自身だったのではないかということだ。

――会社なんか興《おこ》すもんじゃない。

いまでも、父の言葉はまざまざと伊丹の脳裏に蘇《よみがえ》ってくる。

——結局父さんは、自分で苦労を背負い込んだようなものだった。

かつて小さな町工場を経営していた父は、死の床にあって伊丹の将来を心配し、自らの人生を顧みつつ、与え得る最大の教訓を伊丹に授けてくれた。

——カネに縛られるほど、無様なことはない。

だが、父が自らの人生を振り返り、与えてくれたその尊い教えに、伊丹は背《そむ》かざるを得なかった——的場のために。

それは、父への裏切りであり、同時に父の人生を踏みにじる行為であったといっていい。

そんなふうにしか生きられなかったことを、伊丹はずっと心のどこかで悔いていたのだ。

ギアゴーストという会社で小さな成功を手にしても、伊丹の中にある心の葛藤はずっとくすぶり続けていた。

そして、成功の陰で、ずっと抑制してきた葛藤を再び現実の問題として提起したのが重田だったのだ。

的場俊一は、伊丹を苦しみから解放する唯一の突破口であった。何があっても通過するしかないドアのようなものだ。

そしていま——。

その男は——無惨に倒れた。

従業員たちが次々に上げる勝鬨《かちどき》を聞きながら、伊丹は静かに瞑目し、込み上げて渦を巻き、たゆたう感情に身を任せている。

人生の節目と呼べるものがあるとすれば、いまがまさにその瞬間に違いない。

ドアは開いた。過去を清算し、新たな人生へと続くドアだ。そのとき、

「社長、社長——」

アシスタントの坂本菜々緒《さかもとななお》の声に、伊丹は目を開けた。「お電話です。ヤマタニの入間さんから」

〝そっちへ行く〟と手振りで伝え、騒がしい社長室から抜け出す。

「伊丹社長、実はちょっとご相談なんだがね。困ったことになったと思って」

入間の声は、重々しい響きを伴っていた。「『ダーウィン』のトラブル報告が多すぎるんだよ。ウチでも調べてみたんだが、トランスミッションに構造的な欠陥があるんじゃないか」

その指摘は、勝利の余韻を吹き飛ばすに十分だった。

「欠陥、ですか」

堀田の指摘が脳裏をかすめた。どう返答すべきか逡巡《しゅんじゅん》する伊丹に、

「君、認識してないのか。そんなことはないだろう」

入間は厳しく問うた。

「トラブルについては把握しておりますが、現在、原因については確認中でして――」

「だったらすぐに確認してくれないか」

電話の声に苛立《いらだ》ちが混じった。伊丹がもっとも怖《おそ》れるひと言が吐き出されたのはその直後である。

「こんなことはいいたくないがね。場合によっては、リコールを検討するべきだと思う」

4

農道を走っていた殿村はそのとき、軽トラのブレーキを踏んで路肩に止めた。

左手に広がる田んぼの真ん中に一台のトラクターが止まり、そのボンネットを開けて中を覗《のぞ》き込んでいる背中が見える。

「故障か」殿村はひとりごちた。

トラクターの色を見れば、それが「ダーウィン」であることは一目瞭然であった。背中を見せていた男が振り返ってこちらを見た。

その顔に、

「しまった」

と思ったが、もう遅い。仕方が無く窓を開け、

「なにか手伝おうか」

声を張り上げた。

「いいよ。悪いから」

そんな返事があって殿村は再び軽トラを走らせた。稲本の、苛立ちまじりの、それでいてどこか諦めたような表情が妙に印象的であった。

「ダーウィン」には故障が多い——。

最近、そんな話がちょくちょく殿村の耳にも入るようになっていた。

作業プログラムの途中で立ち往生するのはまだいいほうで、酷いと田んぼや畑の真ん中で動かなくなってしまうのだという。後者の場合、販売元の農林協やヤマタニから担当者が飛んでくるが、その場での修理が無理となると、立ち往生しているトラクターを田んぼや畑から引き上げるのがひと苦労らしい。

稲本の「ダーウィン」も、評判通りのトラブルに見舞われたに違いなかった。

「どうだ。何かわかったか」

取引先との打ち合わせを終えて帰社した伊丹が真っ先に向かったのは、社屋の二階にある小部屋であった。

普段、倉庫として使われている部屋に運び込まれたワークデスクで、先日から一台のトランスミッションが分解され、精査されている。

帝国重工「ランドクロウ」に搭載している佃製作所製トランスミッションの、リバース・エンジニアリングだ。

「このパーツなんですが」

堀田がいい、そこに並べたパーツのひとつを伊丹に見せる。

「遊星ギアか」

「ええ。ちょっと、ウチのと比べてみてください」

並べて見せたのは、「ダーウィン」に搭載しているギアゴースト製トランスミッションの部品である。

「同じ働きをする部品ですが、佃製作所のほうはかなり特殊な形状になってるんです。ギアの形状や周辺パーツにも工夫がある。この辺りに何かしらの理由が隠されている気がします」

不機嫌な顔の氷室がスツールにかけたまま、黙っている。

「要するにウチの構造だと、部品への負担が大きすぎるということか」

「現段階では推測にすぎません」

堀田は答え、遠慮勝ちに氷室に問うた。「どう思いますか、氷室さん」

「これだけで判断できないな」

氷室はさも心外そうにこたえた。「耐久テストでもしてみればわかるだろうが」

「だけど、ウチのトランスミッションも、設計上は問題がなかったんだろう」

伊丹の指摘に、氷室も堀田も黙り込んだ。

「そう思ったんですが、結果は結果ですから」

「だからトランスミッションが原因だとは限らないだろ」

頑としてミスを認めようとしない氷室に、堀田が両手を挙げ、傍らで青ざめている柏田と目を見合わせて嘆息する。

「うちの部品を、これと同じように修正することは可能か」

佃製作所の部品を指して、伊丹がきいたとき、

「おい、ちょっと待てよ」

氷室が声を荒らげた。「あんた、それはなにか？　トラクターの故障をうちのミスだと認めるっていうのか。それがどういう意味かわかってるのか」

「あんたは黙ってろ！」

氷室の鼻先に指を突きつけ、伊丹はついに鋭く言い放った。「わからないんだろ。

だったら、確かめるしかないだろうが。あんたは自分のプライドのことしか頭にないかも知れないが、こっちは会社の命運がかかってるんだ」

伊丹の剣幕に、堀田と柏田が目を見開いた。氷室が震える唇で何事か反論しようとしたが、言葉は出てこない。

「大至急、この部品の権利関係を調べてくれないか」

堀田に命じた伊丹は、憤然としたままの氷室を振り向いた。「こうなっちまったら、な、プライドなんか犬の糞《くそ》にもならねえんだ。わかったか！」

下町育ちの伊丹らしいタンカだが、その表情には底知れぬ危機感が張り付いている。

データベースを浚《さら》った堀田が、深刻な表情で社長室のドアをノックしたのは、その日の午後九時過ぎのことであった。

「さっきの部品に関する特許を調べてみたんですが、すでに出願されているようです。出願者は――佃製作所です」

5

重苦しい空気が、ダイダロスの社長室に流れていた。

伊丹の求めでこの日集まったのは、「ダーウィン・プロジェクト」の主要メンバーであるダイダロスの重田、キーシンの戸川、そして北堀企画の北堀の四人。加え、技術的な話になるので堀田も連れてきている。

「トランスミッションの構造に問題があったとしても、欠陥というわけではないんだろう」

重田がきいた。そこが肝心なところだからだ。

「残念ですが、欠陥ではない、と言い切れる自信はありません」

堀田の言葉に、重田が顔をしかめて天井を仰いだ。堀田が続ける。「弊社でこの問題について鋭意検討してきましたが、いまだ独自の解決策を得るに至っておりません。いまのところ唯一の解決策は、似た構造を持つ佃製作所製トランスミッションに採用されている技術を取り入れることかと――」

「だけど、それには知財の網がかかっているわけでしょ」

戸川の発言にはどれも突き放すような響きがある。「だったらそれに代わる発明をしてくれよ」

「申し訳ないが、すぐには難しい」

伊丹はこたえた。いまのギアゴーストには、残念ながら、それだけのノウハウがない。それどころか、現状のトランスミッションがかかえる問題の本質さえ摑《つか》めないのが実情だ。なのに、解決策を講じろといわれても、どだい無理な話だ。

「お宅の氷室さんはどうなんです」

戸川はこの場にいない、技術責任者の名を出した。「随分、偉そうな口をたたいていたじゃないですか。その彼が見てもわからないってこと？　なんのための技術責任者なんだよ」

「彼は、先日退職しました」

伊丹のひと言に、戸川は眉を上げた。

「結局奴にも、この問題は解決できなかったと。挙げ句、敵前逃亡かよ」

肩を揺らし、戸川は侮蔑の笑いを吐き出した。「じゃあ、お宅のトランスミッションは誰が設計したんだ。君か」

堀田は首を横に振った。

「いえ。以前ウチにいた島津という者です。ですが、その島津はいま佃製作所におりまして。帝国重工の『ランドクロウ』のトランスミッションは、彼女が手掛けたものです」

「いまのトランスミッションを使い続けた場合、どうなる」

黙って話に耳を傾けていた北堀が聞いた。「欠陥だといいきれるわけでもないんだろう。ベストでないにせよ、動くんなら、このまましばらく様子を見るという考え方もあるんじゃないか。トラブルが出たら、その都度対応する。要は、欠陥かどうかより、お客さんが納得するかどうかだ」

甘い考えに、堀田が押し黙った。

「ヤマタニから、リコールを検討するよういってきました」と伊丹。

「無視できないのか」

北堀の問いに、伊丹は思い詰めたようにテーブルを見据える。

「ヤマタニとの信頼関係もありますから。そんなことをしたら、今後の取引がなくなってしまいます」

「だけどさ、リコールのしようがないんでしょ、ギアゴーストさんは。どう直していいかわからないんだから」

戸川が苛立たしげに指摘する。「もはや、佃製作所に頭を下げてライセンス契約を結ぶしかないんじゃないの」

伊丹と堀田が同時に唇を噛《か》んだ。

「佃製作所の佃社長とは面識があるんだよな」

重田の問いに、

「まあ、あるにはありますが」

伊丹は渋い顔で曖昧に言葉を濁す。「ただ、話し合いに応ずるとは……」

「他にやりようがないじゃないか」

戸川は突《つ》っ慳貪《けんどん》に言い放つと、苛立ちの眼差《まなざ》しで伊丹を射《い》た。「だったら、土下座してでも技術、使わせてくれって頼み込むしかないよ」

その通りだと、伊丹も堀田もわかっている。

そして佃製作所の特許を使わせてもらうためのライセンス契約を締結するのだ。さもなくば、「ダーウィン・プロジェクト」そのものが暗礁に乗り上げてしまう。

だが——。

自分たちは、佃製作所を裏切っている。

恐ろしいほどの形相でテーブルの一点を睨み付けたまま、伊丹はこたえなかった。

緊急ミーティングは、伊丹に下駄を預ける形で、ひとまず幕を下ろした。

余憤《よふん》さめやらぬ表情で戸川がさっさと引き上げていく。

「なにかプラスの情報があったら教えてくれよ。応援するから」

励ましの言葉を残して北堀が腰を上げると、後には重田と伊丹、そして堀田の三人だけが残された。

「全てが順風満帆に進むビジネスなんかない」

会社を潰している重田だけに、一層重々しく響く言葉である。「とにかく、ここを乗り切らないことには、どうにもならない。なんとかして佃製作所からライセンス契約を取り付けるんだ」

伊丹はこたえなかった。

「島津さんに頼んでみたらどうですかね」

思い詰めている伊丹に、堀田が提案する。「社長、島津さんとなら連絡とれるんじゃないですか。なんなら、私が電話してそれとなく探りを入れてみますが」

返事の代わりに、伊丹は天井を仰いだ。

どれだけそうしていたか、

「シマちゃんに頼んだら、シマちゃんに迷惑がかかる」

絞り出すようなひと言とともに、伊丹はいった。「この件は私から佃社長に相談してみます」

6

「紆余曲折《うよきよくせつ》はありましたが、ようやく、本来の形に戻ったということですね」

ほっとした表情でそういったのは山崎である。

毎週水曜日の夕方開かれる佃製作所社内の連絡会議だ。

的場俊一の辞任が伝えられたのは、三日前のこと。その後「無人農業ロボット」事業を統括する的場の後任として、宇宙航空部本部長の水原重治が任命された。

その水原は直《ただ》ちに、事業を取り仕切るプロジェクト・リーダーとして財前道生を指名し、現場の総指揮を執《と》るよう命じたのである。的場によって社内政治の道具にされようとした企画がようやく、立案者本人の手に戻った瞬間であった。

財前が現場の陣頭に立つことで、日本の農業を救うという、事業本来の志を取り戻したといっていい。

「私から『ランドクロウ』の販売状況について報告させていただきます」

営業部の江原が立ちあがり、帝国重工からヒアリングしてきた販売台数を報告する。

「なんだよ、まだ計画値を下回ってんのか」

遠慮のない口調で軽部がいった。「この騒動でまた『ダーウィン』にやられちまうんじゃねえか」

「たしかに、今回の騒動は『ランドクロウ』にとって逆風ではあると思うんですが、おもしろいデータがあるんです」

江原がプロジェクターで映し出したのは、販売実績を示すグラフであった。グラフは二本。「ランドクロウ」と「ダーウィン」の販売動向が比較できるようになっている。

たらしい。

「へえ」

一目《いちもく》した軽部がいい、ふっと笑うと手の中でボールペンを回し始める。興味を抱いたらしい。

「『ダーウィン』の売上げは、発売当初こそ圧倒的でしたが、徐々に勢いが落ちてきています。一方の『ランドクロウ』は逆で、最近のほうが売れてきている。なんでこういう傾向になっているのか。帝国重工側でリサーチしたところ、『ダーウィン』は故障が多いという評価が農家の間で広がってきているようだと」

ふと、島津が顔を上げた。

「故障の対応はどうなってるの」

「トランスミッションの部品を交換したりしてるらしいですが詳しいことは」

島津が、難しい顔になって考え込んだ。

「シマさん、何かあるのかい」

気になった佃が島津にきいたのは、会議の後のことであった。

「『ダーウィン』のトランスミッションって、ベースになっているのは私の設計なんですけど、あの設計には欠陥があるんです」

「欠陥？」

初めて聞く話であった。

まだ会議室に残っていた社員たちも一様に立ち止まり、島津の話に耳を傾けている。

「ただ、設計したときには気づかなくて。私がそれに気づいたのは、佃製作所に来てからです。ウチのトラクターも途中で止まっちゃったことあったでしょう。具体的な解決策を思いついたのは、その後です」

「あの特許申請がそれか」

そうきいたのは、唐木田だった。島津が申請した特許については、役員会でも報告されている。

「そうです」

島津は頷《うなず》いた。「あそこだけは、真似《まね》されちゃ困るんで、特許申請しておいたほうがいいかなと思って」

「てことはだな、ギアゴーストがその欠陥に気づいていない可能性があると、そういうことかい」

津野がきくと、島津は首を横に振った。

「いいえ。どこが悪いかぐらいはわかってるはずです。でも、それを解決する技術があるかは微妙だと思う。私の後任の、氷室さんていう人がどれぐらい実力がある人かわかんないし。もしかしたら、ウチよりもいいものをもう考え出してるかも知れない」

「その氷室さんですけど、退職したらしいですよ」

江原の情報に島津が驚きを露《あら》わにした。

「教えてくれ、シマさん」

たまらなくなって、佃はきいた。「その欠陥を持ったまま使い続けるとどうなるんだ」

「ギアが変速できなくなる可能性があります。もし、私の最初の設計通りだと、部品に負担がかかりすぎて、あるところまでいくと、変形したり破損したりするんじゃないかな」

「もしそれが事実なら、リコールが必要かも知れない。大変だな」

山崎が真剣な顔でいった。

「自業自得ですよ」

冷ややかに、唐木田がいった。「うちの善意を踏みにじり、シマさんまで、会社から追い出した。そのツケ以外の何物でもない」

何人かが我が意を得たり、とばかり頷いた。佃製作所を裏切り、競合ダイダロスとの資本業務提携を選んだギアゴーストに対する恨みを、皆、いまだに忘れてはいない。

ギアゴーストの伊丹から、佃のもとに連絡があったのは、その翌日のことであった。

7

「お時間を頂戴《ちょうだい》できませんか。お願いします」

佃のスマホに直接かかってきた電話に、どう返答したものか、佃は迷った。

「何の用でしょうか」

尋ねた佃だが、

「実は、御社が申請しておられる特許の件でご相談があります」

それでピンときた。

あの件か。

どうしたものかと逡巡した佃に、

「今までのご無礼、お許しください、佃さん。話だけでも聞いていただけませんか。お願いします」

伊丹は必死だった。

「いいでしょう」

ついに佃は応諾してきいた。「いつがいいんです」

佃さんがご都合のいい時間に伺いますという伊丹に、ならば早いほうが良かろうと佃が指定したのは、その日の午後三時という時間である。

その約束の時間に、伊丹大は、単身、佃製作所にやってきた。

「お忙しいところお時間を頂戴し、ありがとうございます。また、その節は、佃社長を始め、山崎さん、唐木田さん、そして佃製作所の皆様に大変、不愉快な思いをさせてしまい、申し訳ございませんでした。心からお詫《わ》び申し上げます」

社長室で佃と対面するなり、伊丹は深々と頭を下げた。

「いまさら謝りに来たわけじゃないだろ。まあ、どうぞ」

そんなふうにソファを勧め、テーブルを挟んだ反対側に佃はかけた。山崎、そして担当部長の唐木田も同席している。山崎も唐木田も、怒りに満ちた目で伊丹を睨み付け、一触即発の体《てい》だ。

「お聞き及びかも知れませんが、私どもの『ダーウィン』で、現在、トランスミッションに起因すると思われるトラブルが頻発しております」

伊丹は単刀直入に切り出した。「なんとか解決しようと努力しましたが、弊社にはこのトラブルを解決するだけの技術力はありません。虫のいい話だとは重々承知しております。ですが、もう私どもには他に手段がありません。佃さん、皆さん」

伊丹は背をすっと伸ばして改まり、佃たちと対峙《たいじ》した。「御社が特許申請しておられるこの技術を、私どもにも使わせていただけないでしょうか。何とぞ、お願いします」

　そういって伊丹が差し出した書類は、案の定、島津が開発し佃製作所が申請した件《くだん》の特許に関するものであった。

「あんた、誰に向かって頼んでるんです」

　唐木田が声を怒《いか》らせた。「ウチはお宅のライバル企業ですよ。なんで『ダーウィン』のトランスミッションに、ライセンスを供与しなきゃならないんです」

　厳しい言葉を、伊丹は、唇を真一文字に結んで受け入れる。そして、

「ウチが、それを解決するには、何ヶ月、いや何年もの時間が必要になるでしょう。しかし、それを待っているだけの時間はありません。お願いします。なんとか助けていただけないでしょうか」

「随分、調子のいいことをおっしゃいますね」

　山崎がいった。「裁判で負けそうになったとき、誰が助けたんですか。一緒になってリバース・エンジニアリングも手伝った我々をソデにしてダイダロスと提携したのは、御社でしょう。生き残るためにそうしたと、あなた、おっしゃいましたよね。ウチとでは生き残れないと。ウチにだってね、プライドってものがあるんですよ」

「返す言葉もございません。本当に申し訳ございませんでした」

　伊丹はソファにかけたまま、深々と頭を下げた。だが、

「断りましょうよ、社長」

唐木田のひと言にさっと青ざめた顔を上げる。

「そこをなんとか——そこをなんとかお願いします。唐木田部長」

「冗談じゃないですよ」

もともとビジネスには厳しい男である。唐木田は横を向いてしまった。

「ライセンス料は、いくらでもお支払いします。ウチの儲《もう》けなんかなくていいと思っています。なんとか考えていただくわけにいかないでしょうか」

「金額の問題じゃありません」

山崎が怒りに青ざめて言い放った。

「お願いします。もう、佃製作所さんだけが頼みの綱なんです」

無精髭《ぶしょうひげ》を生やし、目を真っ赤にした伊丹は、再び頭を下げて嘆願する。

「伊丹さん」

その男にむかって、佃がようやく口を開いた。「人の痛みというのは、与えたほうは忘れても、与えられたほうはなかなか忘れられないものです。我々は誠意あるビジネスを心がけてきたし、実際にそれを実践してきたつもりだ。下町のいいところは、そういう気持ちの通じ合う仕事ができるところなんじゃないのかい」

伊丹は俯《うつむ》き、唇を噛んだまま答えない。「それに、あんたたちの『ダーウィン』は、下町の技術を世の中に知らしめたいというコンセプトだろう。だけど、それは本当に正しいんだろうか。ライセンス云々《うんぬん》という話の前に、私が一番、ひっかかってるのはそこだ」

伊丹の、予想外の驚きを浮かべた顔が上がった。佃は続ける。「道具っていうのは、自分の技をひけらかすために作るものじゃない。使う人に喜んでもらうために作るもんだ。なのにあんたたちのビジョンにあるのは、自分のことばっかりじゃないか。下町の技術だの、町工場の意地だのといってるが、誰が作ろうと、使う人にとってそんなことは関係がない。本当に大切なことは道具を使う人に寄り添うことだ。あんたたちにその思いがあるのか」

あまりのことに、伊丹はただ惚《ほう》けたようになって、佃を見ている。「その肝心なことすらわからず、自分たちのことしか考えてない連中に、ウチのライセンスを渡すわけにはいかない。顔を洗って出直してくるんだな」

もはや伊丹から反論の言葉は出てはこなかった。

その場でしばし瞑目し、すっと立ちあがると、「返す言葉もございません」、そういって腰をふたつに折る。

「佃さんのおっしゃる通りです。失礼しました」

もう一度頭を下げた伊丹は、さっと踵《きびす》を返したところで、ふと立ち止まった。「佃さん、島津さんに伝えていただけませんか。オレが間違っていたと。すまなかったと」

　それだけ言い残すと、伊丹は佃たちの前を辞去していったのである。


「伊丹くんが、そんなことを」

その夜、島津を誘って佃が向かったのは、会社近くの「志乃田」であった。島津は、その日佃製作所を訪ねてきた伊丹の一件をしんみりと聞くと、前におかれた梅酒のソーダ割を静かに口に運んだ。

「だけど、しょうがないですよね。これはビジネスだし、そもそもそれ以前に、伊丹くんのほうが人として許せないことしてるわけだもん」

「そうだよ、シマさん」

この日は珍しく、日本酒派の山崎が焼酎を飲んでいる。「『ダーウィン』が潰れようがなくなろうが、知ったことかだ」

「仮に、ウチがライセンスを与えても、相当なリコール費用が発生するでしょうね」

そんな指摘をしたのは、唐木田であった。「ウチへのライセンス料はともかく、新たに部品を製造する経費もかかる。トランスミッションをバラして部品を交換して組み立てる作業にも、相当手間暇がかかるでしょう。人件費や運賃もバカにならない。

その全てを負担するとなるといくらかかるか」

「小耳に挟んだところでは、ヤマタニも問題視してるらしいですよ」

津野がいった。「自社の販売網で不具合のあるトラクターを扱ったとなれば、信用問題ですからね」

「今更ながらに、シマさんの存在の大きさを思い知ったんじゃないの」

山崎にいわれ、島津は小さなため息を洩らした。

「どうしろっていうの、私に」

「どうしようもないよな」

さすがに津野も気の毒そうにいう。「伊丹さんの身から出た錆《さび》だ。なるようにしかならない」

まったくだ、と頷いた佃に、再び伊丹から連絡があったのは翌朝のことであった。

「昨日は失礼しました。本当に申し訳ありません」

スマホにかかってきた電話に出た佃に、伊丹はいった。「もう一度、お時間をいただけないでしょうか」

「伊丹さん、もう無理だ」

佃はいった。「ウチがお宅にライセンスを供与することはない。そもそも社員が納得しない」

「そこをなんとかお願いします」

「それはできないな。——切るよ」

一方的に切ったスマホを佃は睨み付け、

「なんて愚かなんだ」

ひとりごちた。その愚かさに、腹が立つ。勝手な都合で離れた挙げ句、都合が悪くなると手のひらを返す。

こんな男だったのかと、落胆もした。最初に会ったときの伊丹は、もっと気骨のある男に思えたのに。信義を貫き、男気を感じさせるあの伊丹は果たしてどこへ行ったのか。

それからも、伊丹は何度か佃のスマホにかけてきたが、佃は出なかった。

その伊丹が突然、アポもなく訪ねてきたのは、さらにその翌日のことである。

「社長、伊丹社長が是非お会いしたいといらっしゃっていますが」

「時間がないといって断ってくれ」

応対した迫田にいい、佃は社長室の窓辺に立って、少し前から降り出した驟雨《しゅうう》をながめた。沛然《はいぜん》たる雨の中、背中を丸めた伊丹が傘も差さずに去って行くのが見える。

もう来ないだろう。

そう思った佃だったが——。

その翌日も、さらにその翌日も、伊丹は訪ねてきた。諦めもせず。

「社長、またいらっしゃいましたが」

取り次ぐ迫田も困惑顔だ。

「もう会うことはないっていってくれ。どれだけ来ても同じだと」

そして、それが最後になった。

佃が、久しぶりに殿村を訪ねたのは、そんなことがあった後のことである。

8

秋晴れの広がる田んぼでは、収穫の時期を間近に控えた稲穂が黄金色の輝きを放っていた。

「今年は例年になく穫《と》れそうです。どうもありがとう。佃さんたちのおかげだ」

佃たちの来訪を心待ちにして礼を言ったのは、殿村の父の正弘であった。「それに、ずいぶん勉強もさせてもらったよ」

「勉強、ですか」

八十も過ぎた老人の言葉に、佃は思わず聞き返した。

「恥ずかしい話だが、勘に頼っていた自分の米づくりに、いかに無駄があったか気づかされました」

それまでスマホすら満足に使えなかった正弘が、いまやパソコンを立ち上げ、圃《ほ》場《じょう》のデータを調べるようになったのだという。米づくりへの執念のなせる業《わざ》としかいようがない。

さてその日、佃たち佃製作所のスタッフが殿村家を訪ねたのには理由があった。帝国重工が新たに製品化したばかりの無人農業ロボットを見学するためだ。

コンバイン――要するに育った稲を刈り取り、収穫をするための機械である。トラクターと同じく無人で動く、農業ロボットだ。

「すげえな、こいつは」

その日納車したばかりの「ランドクロウ・コンバイン」は、またしても正弘を感激させた。帝国アグリ販売の担当者が地図情報を作ってパソコンにセットアップし、休耕地を使ったデモ走行をしてみせる。佃製作所の面々も現物が圃場を走るのを見るのは初めてなので、興奮のうちに時間は過ぎていった。

ひと通りの作業を見学し終えたのは、午後四時過ぎのことだ。道路が混むからと、急ぎ殿村家をお暇《いとま》した佃製作所の一行であるが、

「すまん、立花。ちょっと止めてくれ」

ハンドルを握っている立花に命じたのは、インターチェンジに向かう途中、殿村か

ら教えられた近道の農道を走っているときだった。

「おい、ヤマ。あれを見てみろ」

田んぼの真ん中に、一台のトラクターが立ち往生している。

「『ダーウィン』ですね」

色を見て、山崎がいった。「例の故障じゃないですか」

動かなくなっているトラクターの傍らに、農家の男が立っていた。三十代半ばだろうか。その脇に、妻も立ち、途方にくれた表情で男を見つめている。小学校低学年ぐらいの男の子とまだ幼い女の子が、そんな父と母を、心配そうに見上げていた。

夕日が斜めに差す圃場で、家族に見つめられながら、男はトラクターのボンネットを開け、なんとか動かそうと手を動かしている。

「手伝ってきましょうか」

立花がいったとき、一台のクルマが佃たちのバンを追い抜いていき、最初の農道を左に曲がっていった。

農林協のロゴの入ったクルマだ。

慌てた様子で男が降り、頭を下げながら田んぼの中を小走りに近寄っていく。

故障の状況を説明する男の、人の好《よ》さそうな横顔が佃のところからも見えた。

ひたすら謝る農林協の担当者に、怒るに怒れず、男は泣き笑いの表情を浮かべている。

どれくらいそれを眺めていただろうか。

「立花、もういいぞ。出してくれ」

佃はいい、再び動き出したバンの中で一心に考え続ける。

やがて、

『『ダーウィン』を――いやギアゴーストを見捨てるのは、さっきの農家のような人たちのことを見捨てるのと同じことかも知れないな』

誰にともなくいった佃の言葉を、山崎や島津、軽部と立花、そしてアキが聞いている。

「オレたちの目的は、日本の農業を救うことだよな」

佃のひとり言は続く。「だったら救ってやれないか、あの人たちを。いや――バカだなオレは。いくらなんでも、人が好きすぎるか」

自嘲した佃に、

「いえ。人が好きすぎるってことはないと思います」

やけに真剣な顔でいったのは、山崎であった。佃が考えている間、みんなもまた押し黙って、同じことを考えていたに違いない。

「救ってあげましょうよ。救うべきです」

山崎がいうと、

「私もそう思う。見捨てるべきじゃないです」

島津もそう応じる。

「私も手を差しのべたいです」アキがいった。

「オレも賛成だな」

と軽部。「ああやってさ、一所懸命やってる人を見捨ててどうすんだ。困ってたぜ、あの人。助けを求めてたじゃないですか」

最後に、運転席から立花もいった。「社長、お願いです。救っていただけませんか」

9

「『ダーウィン・プロジェクト』に技術供与するというのか」

藤間の鋭い眼光が放たれ、社長室のデスクの前に立っている水原と財前のふたりを射た。

「佃製作所の分析によりますと、同社で特許申請しているトランスミッション技術を供与しても、我々『ランドクロウ』は、自動走行制御システム、エンジンおよびトランスミッション、その全てにおいて技術的優位に立っていると」

財前が差し出したのは、最近「月刊メカニカルサイエンス」誌に掲載された、「ランドクロウ」と「ダーウィン」の技術を詳細に比較検討した記事である。その分析結果に目を通した藤間に、財前は続ける。

「宇宙航空部でも比較検証を行いましたが、ほぼ同様の結果を得ております。『ダーウィン・プロジェクト』に佃製作所のトランスミッション技術を使わせることで、我々の技術に対するユーザーの評価も高まるものと思われます」

「ライセンスを与えなかった場合、どうなる」

藤間の問いは、単刀直入だ。

「『ダーウィン・プロジェクト』は行き詰まるでしょう」

「ライバルが消えるのなら、それは結構なことじゃないか」

本心の見えない藤間の反応に、財前は厳しい表情になって反論を試みた。

「ライバルが消えることについてはおっしゃる通りです。ですが、問題はそこにはありません。『ダーウィン』はすでに千数百台も市場に出ております。それを購入した農家が問題なのです。『ダーウィン・プロジェクト』が破綻すれば、その農家が困ることになります。一般的なトラクターより高額な代金のローンが残っているのに、リコールもされず、代替機もない。多くの農家が、切迫した状況に追い詰められるでしょう。看過するわけにはいきません」

「それはウチの責任か」

藤間は敢《あ》えて、そんな質問をぶつけてくる。

「いいえ、違います」

財前は首を横に振った。「全ては、『ダーウィン・プロジェクト』の不徳の致すところであり、表面的にこれは、その尻ぬぐいのようなものです。ですが、この判断は、我々無人農業ロボット事業の理念にもとづいています」

「理念、か……」

目を上げた藤間に、財前はいった。

「日本の農業を救う、という理念です。我々は、そのために無人農業ロボット事業を立ち上げました。相手がライバル会社のユーザーであれ、窮地に陥っている者を見捨てることは理念に反します。ましてやウチは帝国重工です。帝国重工は、社会の模範でなくてはなりません。世の中のために、農業のために、救えるものであれば手をさしのべる。そんな社会性こそ、我が社が担う責任であるはずです」

藤間はしばらくこたえなかった。

じっと考え、

「水原」

財前の横に立っている本部長に問うた。「君も同意見か」

すると、

「私は、『ダーウィン・プロジェクト』など潰れてしまえばいいという考えです」

どこかとぼけた調子で水原はいってのけた。「ですが、この無人農業ロボット事業は、この財前に任せております。こんなことには私は反対ですが、財前が是非にというので、魔が差しました」

本気か冗談かわからないような口ぶりである。藤間と水原は、同じ部署で長く働いていたこともあって、実は気心が知れた間柄だ。水原が宇宙航空部本部長という重職を任されているのも、そうした信頼関係があってのことである。

「ふうん」

藤間はいうと、デスクの上にあった書類をいま一度じっと眺め、ぽんと財前の前に放って寄越す。

「わかった。思うようにやってみろ」

それは、佃製作所が申し出た「ダーウィン・プロジェクト」へのライセンス供与について、藤間の決裁が下りた瞬間であった。

さて——。

「何が理念だ、財前」

水原が揶揄《やゆ》したのは、藤間の前を辞去して廊下に出たときだ。「お前、霞《かすみ》を食って生きていけるのか」

「理念と金儲けは、必ずしも一致しません」

財前は落ち着き払ってこたえる。「ですが、理念がない金儲けは、ただの金儲けです。我が帝国重工のすべきことではありません」

「ほう。君がそんな高邁《こうまい》な思想家だとは思わなかったよ」

そうちくりと腐《くさ》した水原は、黙礼した財前をひとり残すと、さっさとその場を離れていった。

## 10

「本日は、皆さんに残念な報告と共に、『ダーウィン・プロジェクト』の存亡に関わる相談をさせていただかなくてはならなくなりました」

マイクを持った伊丹が告げたとたん、大森駅に近いビルの貸し会議場にどよめきが起きた。ここに集まっているのは同プロジェクトに参加している約三百社に上る中小零細企業経営者たちだ。

緊急事態を理由に、急遽《きゅうきょ》開かれた全体会議であった。

「まずはお手元の資料をご覧ください」

詳細な説明を要するために、参加者の手元には、「ダーウィン」発売後のトラブル件数と内容を詳《つまび》らかにした資料が配付されている。

「このトラブルの中で特に問題なのは、弊社ギアゴーストで製造しているトランスミッションに関するものです。修理のために回収したトランスミッションを精査したところ、構造的な欠陥とでもいうべき問題があると判断するに至りました。この欠陥は、部品の摩耗、破損、変形などを引き起こす可能性があり、最悪の場合、走行不能に陥るケースがすでに十数件、報告されております。先日には、この状況に対して販売を委託しているヤマタニからも、リコールを検討するよう要請されました」

聴衆と向かい会う形で置かれた長テーブルの中央、つまりいま立って説明している伊丹の右隣には、プロジェクトリーダーの重田が渋い表情で腕組みをしている。左隣にいるキーシンの戸川は、椅子にだらしなくかけて足を組み、ふて腐れたような表情で会議室の空間を睨み付けたまま動かなかった。

「弊社では原因判明後、開発スタッフによって解決策を模索して参りましたが、有効な解決策を見いだせぬまま、いまに至っております。そんな中、類似した他社製トランスミッションに、この不具合を解決できる技術がすでに存在していることが判明いたしまして――」

期待を浮かべた顔が上がり、伊丹を見つめた。「その技術の特許権者に対して誠心誠意、ライセンス契約——つまり特許を使わせていただけるよう交渉しました。が、残念なことに、同意を得られませんでした」

その顚末《てんまつ》に、出席者たちの視線は手元へ落ちていく。重苦しく沈んでいく会場に向かって、伊丹は話を続けなければならなかった。

「残念ながら弊社には現時点で、それに代わるものがありません。技術的に未熟であり、いまのままでは不具合を修正することができないのです。このままでは、『ダーウィン』はいつ止まるかわからないリスクを抱えたまま走行することになります。このようなトラブルを引き起こし、協力企業の皆様にどうお詫び申し上げていいかわかりません。本当に、申し訳ございません」

伊丹は、深々と頭を下げた。「本日、ここにお集まりいただいたのは、このような状況を踏まえ、『ダーウィン・プロジェクト』の方向性についてご意見を伺いたいと思ったからです」

「ちょっと待ってくださいよ。方向性って、どういうことなんですか」

真っ先に質問をしたのは、最前列に座っている男だった。

地元選出の衆議院議員、萩山仁史である。

「『ダーウィン・プロジェクト』は、浜畑首相のICT農業推進プログラムに認定されてるんですよ。そうなるよう関係各位に取りはからったのは、この私、萩山です。

まさか、トランスミッションのトラブルが解決できないから製造中止だとか、そんな話じゃないんでしょうね」

「私からお答えします」

座ったまま右隣でマイクを持ったのは、重田であった。「いまの伊丹社長の説明では曖昧でしたが、現時点でトランスミッションの問題が解決できない場合は、解決策が見つかるまで、受注および製造停止、さらに購入者への補償を検討せざるを得ない状況だと考えております」

会場が大きくざわめいた。

「冗談じゃないよ。下町の技術を宣伝するというから、こうしてみんな協力したのに、そんなことしたら、技術力がないっていってるのと同じことじゃないか」

萩山は怒り心頭だ。「北見沢市で浜畑首相は、『ダーウィン』に乗り込んでまで宣伝してくれたんですよ。その顔に泥を塗るつもりですか。尽力した私の立場はどうなるんです」

自己保身を口走る政治家の主張に、会場に白けムードが漂った。

「ちょっといいですか」

背後で挙手があった。新見謙介《にいみけんすけ》は、池上界隈《かいわい》の法人会長を務める重鎮のひとりで、伊丹もよく知っている男である。「萩山先生、あんたのいってることはわかるんですが、あんたも我々のプロジェクトを利用して出世しようとしたわけなんだから、どっちもどっちじゃないですか」

会場から拍手が起き、萩山が苦虫を嚙みつぶしている。「それより、もう本当に手段はないんですか、伊丹さん」

新見は親身な口調できいた。「これだけの人たちが、あなた方の企画意図に賛同して集まった。地元を盛り上げるためならと、手弁当で協力した会社も多くあるんだ。我々下町の会社の取り柄は、しぶといことなんじゃないですか。どこかに解決策があるかも知れない。それをみんなで考えてはいかがですか。いったい、その特許をもっている会社というのは、なんという会社なんです」

新見は、重鎮らしい穏やかな語り口だ。感情を露わにすることなく、冷静沈着な態度は、浮き足だった場の雰囲気を和らげ、落ちつかせてくれる。

伊丹が立ち上がり、新見の問いに答えようとしたとき、会議室の後ろのドアが音をたてて開いた。

かと思うと、ひとりの男が入室してくる。

マイクを持ったまま、伊丹がその男の動きを目で追っている。その様子につられ、全員の視線がその男に集まった。

佃航平である。

会議室を見回した佃は、出席者の注目を集めたまま、まっすぐに突き進み、「ちょっといいですか、伊丹さん。私からお話をさせてください」

そう声をかけた。佃は会場に詰めかけている人たちに向かって、「皆さん、聞いていただけませんか」、そう声を張り上げる。

刹那《せつな》逡巡した伊丹だったが、佃の態度に何かを感じ取ったに違いない。自分のマイクを手渡すと、佃に発言の機会を譲ったのであった。

「突然お邪魔して申し訳ありません。帝国重工の無人農業ロボット事業で、エンジンおよびトランスミッションの供給をしております、佃製作所の佃と申します」

その自己紹介に、会場が一気にざわついた。

ここは「ダーウィン・プロジェクト」の全体会議の場だ。そこに、どういうわけかライバルである帝国重工側の人間が突如、現れたのだから無理はない。といっても、同じ下町の社長同士だ。見知った顔も多々混じっている。

「先ほどギアゴーストさんを訪ねたところ、本日こちらに伊丹社長がいらっしゃるということでやってきた次第です。失礼ながら、皆さんのやりとりを外で聞かせていただきました。先日、伊丹社長からライセンス使用について再三の申し出をいただいたのは、弊社が特許申請しているトランスミッション技術です」

この男の会社が、特許権者か——。誰もが驚いた表情を見せた。「ですが私はその申し出をお断りしました。我々は、鎬《しのぎ》を削るライバル同士です。その相手に、キーテクノロジーともいえる新技術を渡すことはできません。帝国重工は、ずっと皆さんの『ダーウィン・プロジェクト』の後塵《こうじん》を拝してきました。下町対大企業。この構図のもと、当初の戦略ミスによって販売は計画を下回り、苦戦を余儀なくされてきたのです。『ダーウィン』の不具合は我々にとってチャンスだと思いました」

　果たしてこの男は何をいいに、この場に来たのだろう。その目的が読めず、全員が固唾《かたず》を呑《の》んでスピーチの行方に聞き耳を立てている。

「伊丹さんは私が断っても、何度も足を運び、ライセンス契約を締結させて欲しいと頭を下げられました。ですが、私は頑《がん》としてそれを拒否し続けました。私も弊社社員たちも、そして帝国重工にも、自分たちの大切な技術を守りたいという信念があります。プライドもある。そして、なによりこれはビジネスです。技術を競い合い、サービスを競い合う。優れたものが勝ち残り、市場でのシェアを拡大していきます。伊丹社長がいくら熱心でも、せっかく優位に立ったこのタイミングで、ライバルにわざわざ塩を送ることなどあり得ない――少し前まで私はそう思っていました」

　佃は自分を見つめる聴衆に向かって語りかける。「先日、私は栃木県内にある水耕地域を訪ねました。そのとき、ある光景を目にしたんです。農道を走っていると、田んぼの真ん中でトラクターが一台、立ち往生しているじゃありませんか。申し上げにくいことですが、そのトラクターが『ダーウィン』であることは、すぐにわかりました。その農家の方は、途方に暮れながらも、なんとかトラクターを動かそうと必死でした。トラクターは、農家にとって農作業を支える大切な道具です。家族を支える命綱でもあります。それが動かないとなれば、農家の方にとって、大変な打撃に違いありません。すぐに農林協の担当者が飛んできましたが、結局、トラクターは動きませんでした。農家の方の落胆と悔しさを目《ま》の当たりにし、私は胸が締め付けられる思いでした。そのとき、思い出したのです。帝国重工の無人農業ロボットの目標、理念とは、日本の農業を救うことだと。ならば、こうした方を救うのだって、我々の仕事なんじゃないか。どこのトラクターを使っていようと関係ない。この方たちに喜んでもらえるために、我々はできることをするべきじゃないか。それを話すと、そのとき一緒にいた社員たちはみんな賛成してくれました。ひとりとして反対しませんでした。みんな、本気で農業をなんとかしたい。農家の人たちの役に立ちたい。そう思っているからです」

　会場は水を打ったように静まりかえり、佃の熱い言葉に全員が瞬きすら忘れ、聞き入っている。

「数日前、私は帝国重工へ行き、この話をしました。『ダーウィン』を購入し、深刻な不具合に苦しんでいる人たちを、我々の技術は救うことができます。帝国重工のプロジェクト・リーダーは、財前道生という方です。財前さんはその話を聞くと、一も二もなく、ライセンス供与に賛成し、社内を調整してくださいました。そう簡単なことではなかったはずです。また、自動走行制御システムを提供している北海道農業大学の野木博文教授も、ぜひ『ダーウィン・プロジェクト』に手を差し伸べてくれると、そうおっしゃってくれました。そのふたりの賛成意見をもって、私はいまここに参りました」

佃は伊丹を振り向いた。「私たちの技術、どうか使ってください。そして、『ダーウィン』を信じて購入した農家の人たちを救っていただきたい。どうか、彼らの期待を裏切らないでください。私が申し上げたいのは、それだけです。もし、皆さんがここで賛同していただけるのなら、私は、日本の農業の発展のために、よろこんでライセンス契約に同意させていただきます」

水を打ったように静まりかえった会場に、誰かの拍手が起きた。先ほど質問していた、新見である。それだけではない、いま誰もが立ちあがり、佃に惜しみない拍手と喝采を送ったのであった。

佃は、魂が抜け出したようになっている伊丹に近づくと、その前のテーブルにマイクをそっと置き、右手を差し出した。

# 最終章　関係各位の日常と反省

## 1

鯨《くじら》の腹のような不穏な雲が流れていた。

風はいつもより強く、稲穂を揺らしている。収穫間近の重い稲穂であった。

「どう思う、オヤジ。今日、全部やっちまうか」

いま殿村は農道に軽トラを止め、隣に立って厳しい目を同じ空に向けている正弘に問うた。

秋の収穫時期である。例年ならひと月ほどかけてゆっくりと刈り取っていくのが常で、今年も順調に収穫を続けてきたが、ここにきて判断を迫られる状況に直面していた。

四国の南海上を強い台風が東進しているからだ。この台風の特徴は勢力の強さと、気まぐれな進路にあって予測が難しい。

刈り取りが残っている田んぼは、あと二町歩《ちようぶ》弱ある。

無人コンバインと有人コンバイン、両方を使えばなんとか一両日で刈り取れなくはない量だ。ただし、問題は米の品質である。

早いタイミングで刈ると、一部の米にはおそらく、「青」と呼ばれる未熟米が出る。ある程度の「青」は高品質の証《あかし》とされるが、数が増えると米の格落ちの原因になってしまう。それは「殿村家の米」というブランド米を売っている殿村家にとってリスクであった。

かといって、収穫適期にこだわる余り、台風や雨でやられてしまっては元も子もない。

「本来なら、刈り取りはもう少し後だが――」

いいながら、正弘は空から稲に目を転じ、そのざわめきに耳を澄ませる。どれだけそうしていたか、意を決したように、

「よしっ、一気に刈るぞ」

決断の声が殿村を振り向かせた。日に焼けた表情は引き締まり、前方を見据える目には長年米づくりに携わってきた者独特の強い光がある。自然が発する繊細な徴候を

鋭く見抜く目だった。これぱかりは、一年や二年、米づくりをやったところで到底真《ま》似《ね》できるものではない。

「すぐにコンバインを入れてくれ」

その正弘の判断に、殿村はただ頷《うなず》くと、軽トラに正弘を乗せて自宅へと取って返していく。

午後三時過ぎのことである。

殿村の運転する有人コンバインでは作業時間は限られているが、無人コンバインの「ランドクロウ」なら、夜《よ》っぴて収穫が可能になって、仮に台風の進路が変わっても、それ以前に収穫を終えることができるだろう。

その正弘の勘が的中し、北へ向かっていた台風が関東方面へと進路を取り始め、上陸の可能性があると報じられたのは、その夜のニュースであった。

農道の向こうから猛スピードでやってくる軽トラに気づいたのは、翌日の昼過ぎのことであった。

昨夕からの収穫で、殿村家の刈り取り作業は終盤にさしかかっていた。田んぼでは、無人コンバインによる正確な収穫作業の真っ最中だ。計画ではあと二時間ほどで作業を終えるが、同時並行して行っている乾燥、籾摺《もみす》りといった屋内での作業で殿村家は繁忙《はんぼう》を極めている。

いま田んぼに立って、「ランドクロウ」の運行状況を見ていた殿村の脇で軽トラが止まると、血相を変えた顔が窓から覗いた。

「殿村！」

稲本であった。

稲本とはいつかの農林協の一件以来、冷戦状態が続いている。

その男が軽トラを降り、殿村に話しかけてきた。

「すまん。コンバイン、いつまで使う？」

無視したいぐらいだが、稲本は必死の形相である。

「もうすぐ終わるけど」

「その後でいい。貸してくれないか」

「は？　『ランドクロウ』を？」

「いや、古いコンバインでいい。頼む。貸してくれ。この通りだ」

稲本は顔の前で手を合わせて懇願した。

「なんでだよ。お前んところにもコンバインぐらいあるだろう」

「間に合わないんだ」

稲本はいった。「刈り取りが遅れてる。このままだと台風の被害、もろに受けちまうかも知れない」

「どのくらい残ってるの」

「十町歩ぐらいだ」

それを今朝から五条刈りの有人コンバイン三台で収穫しているという。台風は夕方には関東地方に上陸するというから、とても間に合わない。

「これから夕方までやっても、全部は無理だと思う。だけど、少しでも収穫したいんだ。古い有人コンバインでいい。貸してくれ。この通りだ」

そういって稲本が頭を下げたとき、農道を白いコンパクトカーが走ってくるのが見えた。

殿村たちの脇で路肩に止め、

「稲本さん」

声をかけて降りてきたのは、農林協の吉井であった。

「どうだった。見つかったか、コンバイン」

どうやら吉井にも声をかけて、空いているコンバインを探させていたらしい。

「いやあ、ダメっすね」

吉井は軽い調子でいい、顔の前で手をひらひら振ってみせた。「台風が来る前に刈ってしまおうっていうんで、みんな出払っちゃってます。今日作業できても、夕方でギリギリってとこですよね。このままだと、どのくらい残りそうなんですか」

「たぶん、六町歩は残ると思う」

稲本の顔面は蒼白《そうはく》で、絶望的な表情を浮かべた。

「六町歩ねえ」

吉井は少し困ったような笑みを浮かべた。「ま、しょうがないでしょ、これは」

「しょうがないで済むか」

すでに諦めたような吉井の態度に、稲本が怒りを滲《にじ》ませた。「そんな簡単なもんじゃないだろう。使ってない古いコンバインでもいいから、もっと真剣に探してくれ」

「他の農家さんもみんな慌てて収穫してるんで、無理ですよ。タイミングが悪すぎるっていうか」

やれやれとばかり吉井はいい、頭の後ろのあたりを掻《か》いた。

「なんとか収穫したいんだ。殿村、貸してくれ」

「殿村さんから、借りるんですか」

さも意外そうにきいた。よりによって、という言葉が省略されている気がする。

殿村が逡巡《しゅんじゅん》していると、

「たかだか六町歩じゃないですか」

吉井のひと言に、殿村は、はっと視線を向けた。

たかだかとは聞き捨てならないひと言である。

見れば稲本も硬直した顔で吉井を見据えている。

だが、そんな稲本の表情を、焦りと勘違いしているのか、吉井は平然と続けた。

「稲本さんが入ってる共済なら、たとえ全滅でも大して損はしないで済みますよ」

「なんだと」

低い声で稲本がいった。「お前、本気でそんなこといってんのか」

「もちろんですよ。稲本さんとこ、農業法人でしょう」

吉井はいい気になって続ける。「もっと物事を合理的に考えましょうよ。たしかに損失ゼロにはなりませんけど、大した損にはならない。そう考えれば、六町歩ぐらい――」

「ふざけんじゃねえぞ！」

大声で稲本が怒鳴りつけた。その剣幕の凄《すさ》まじさに、吉井は恐怖の眼差《まなざ》しになる。

「オレたちが、どれだけ真剣に米作ってると思ってるんだ。損しなきゃいいとか、そういう問題じゃねえんだよ！　大切に育てた米を少しでも収穫したいっていう気持ちが、お前にはわかんねえのか」

なおも怒りが収まらない稲本は、肩を震わせ、拳を握り締めたままだ。

いまにも殴りかかりそうな勢いに、割って入ろうとした殿村の肩を、そのとき誰かが叩《たた》いた。

父の正弘だ。

いつのまに来たのか、どうやら稲本と吉井のやりとりを聞いていたらしい。

「お前なんかを頼りにしたオレがバカだったよ。とっとと失《う》せろ！」

後ずさりしながら立ちあがった吉井は、逃げるようにクルマに駆け込むと、急発進してその場を去って行った。

「忙しいとこ、邪魔してすまなかったな」

怒りに満ちた目でそのクルマを見送った稲本が殿村に向き合った。「虫のいい頼み事をして悪かった。お前の気持ちはわかる。申し訳ない」

頭を下げた稲本が軽トラに乗り込もうとしたとき、

「おい、稲本君」

正弘が声をかけた。「古いので良ければ貸すぞ。使ってくれ」

ぽかんとした稲本が、正弘を見ている。

「あの――いいんですか」

「ああ、貸してやるよ。困ったときにはお互い様だ」

「ありがとうございます。すぐに取りに来ます。――殿村、ありがとな」

殿村にもひと言礼をいい、稲本の軽トラは、来たときと同じ猛スピードで走り去っていった。

「気にくわねえ野郎だと思っていたが――」

稲本の軽トラをじっと目で追いながら、父がいった。「あいつも、いいとこあるじゃねえか」

殿村も同感であった。

稲本という男に対する怒りがすっと引いていき、初めて共通する志を持つ農家として理解できた気がする。

「少しでも収穫できるといいな」

正弘はそういうと麦わら帽子を脱ぎ、ほぼ刈り取りの終わった田んぼに向かって静かに手を合わせたのであった。

2

この日開かれた経営企画会議の主役は、宇宙航空部の財前道生であった。

当初、苦戦していた無人農業ロボットの売上げは、時を経《へ》るに従って回復し、いまや計画比を上回る快進撃を続けている。

藤間社長はじめ、役員からも絶賛された財前の実績発表は、業績回復の緒《いとぐち》を探るこの会議にとって、一筋の希望の光といってよかった。

特に財前が評価されたのは、その戦略の緻密さにある。

ただ無人のトラクターやコンバインを売るだけではなく、ＩＣＴ農業の在り方やライフスタイルを売る――。

そのための手厚いコンサルティングまでを含めた事業展開によって、いま帝国重工は農業界においてその地歩《ちほ》を築きつつあった。

同時にこの事業は、社内外にいくつかの変化と波紋をも呼び起こした。

まず、準天頂衛星ヤタガラスを象徴とする衛星ビジネス、ひいては大型ロケット打ち上げビジネスに対する社会的関心の高まりがそれだ。それはスターダスト計画を推進する藤間にとって追い風になり、帝国重工の社会的役割が世の中に広く認識される契機になろうとしている。

一方、この事業の順調な成長ぶりは、反藤間でまとまる一派に波紋を広げ、なんとか付け入る隙はないかと、日陰の議論が交わされることにもなっていた。

午前九時から始まった会議は、財前の発表のおかげで盛り上がり、ささやかな興奮とともに一時間ほどで終わった。

会議室から廊下に出るや、それまで浮かべていた柔和《にゅうわ》な笑みを一変させたのは会長の沖田である。

「奥沢。ちょっと」

製造部長の奥沢を自室に呼びつけると、「いったい、どうなってるんだ」、と怒りをぶちまけた。「なんだあの財前の報告は。製造部は途中でハシゴを外されたまま、いまだエンジンやトランスミッションは下請け頼みだ。小型トランスミッションはどうした。君は、トランスミッションが専門だろう。よくあんな発表を黙ってきいていられるな」

沖田の怒りの激しさに、息を呑《の》んで硬直していた奥沢だが、そこでようやくほっとした笑みを浮かべた。

「ご安心ください、会長。すでに、当部で無人農業ロボット用の小型トランスミッションを開発済みです。現行モデルはともかく、近々予定しているマイナーチェンジのタイミングで載せ替えを検討しております。エンジンも同様に開発しておりますので少々お待ちください」

沖田が向けてきたのは疑わしげな目だ。

「財前はなんといってるんだ。話は通してあるのか。なんで今日、その話が出なかった」

「すでに、話はしております」

奥沢は慎重に言葉を選んだ。「ただ、藤間社長が我々製造部を外された経緯もありますから、事業計画に復帰するのであれば、まずトランスミッションの性能評価を示して欲しいという要望を受けました」

「財前がそういうからには、話は藤間にも通っているんだろうな、おそらく」

　そのあたりの嗅覚は、沖田の鋭いところである。

「我々独自の評価もできますが、第三者機関による客観評価を得てくれというので先日、モーター科研にサンプルを送っております。あそこの評価の信頼性は、世界トップクラスですから」

「結果はいつ来る」

「間もなくかと」

　話を斟酌《しんしゃく》している沖田は、「ちゃんと君が設計を指揮したんだろうな」、そこが肝心なところだといわんばかりに念を押した。

「もちろんです」

　奥沢は胸を張った。奥沢には、帝国重工のトランスミッションを背負ってきたプライドがある。「我が社に相応《ふさわ》しいトランスミッションができたと自負しております」

「わかった」

　椅子の背に体を投げ、沖田はようやく納得した表情を見せた。「肝心な技術を下請けに頼っておいて無人農業ロボットも蜂の頭もあったものではないからな。あの連中は頭がおかしいんじゃないか」

毒舌の復活に奥沢は内心胸を撫《な》で下ろした。沖田の機嫌が直った証拠である。「農業が我が社にとって収益のひとつの柱になるのなら、そのときは主要パーツは内製化できていなくてはならない」

老人とは思えない気力の漲《みなぎ》った目が、奥沢を射《い》た。「マイナーチェンジなど待つ必要はない。評価を得たらすぐにでも載せ替えろ。いいな」

「かしこまりました」

深々と一礼して会長室を辞去しようとした奥沢であったが、

「ところで――」

沖田のひと言に足を止めた。「的場はその後どうなった。君は知っているのか」

思いがけない問いに、戸惑いの表情を浮かべる。

「的場さん、ですか」

取締役を辞任した後、的場俊一は関連会社の社長の椅子を蹴り、帝国重工を退職していた。

その後の的場の消息は、杳《よう》として知れない。

奥沢が連絡しても、電話には出ず、メールも返してこない。他の者も同様で、退職した的場が果たしていま何をしているのか、どこにいるのか、社内の誰一人として知る者はいなかった。

「いえ、わかりません」

奥沢の目をじっと見た沖田は、「そうか」、とひと言だけ告げ、重苦しく言葉を噤《つぐ》んだのであった。


製造部に戻った奥沢が直行したのは、企画課長の小村《おむら》のデスクである。

「モーター科研の検査結果、来たか。そろそろだろう」

そう問うた。

「その件なんですが……」

椅子から立ちあがった小村は、返答に窮したように顔をしかめている。

「来たのか、来ないのか、どっちなんだ」

「来ました。来たことは来たんですが、その――」

「だったら、すぐに私のところへ持ってこい」

本来が気の短い奥沢である。そう命じて執務室に戻ると、しばらくして小村があたふたと分厚い検査結果を持ってきた。

その場で評価内容をざっと確認していく。

モーター科研の評価は、耐久性や静粛性などを機械的に測定した定量分析と、市場性や競争力といった定性分析に大別されていた。

見たところ、定量分析の項目は、社内評価とほぼ同一の結果を得ている。

納得した奥沢だったが、続く定性分析のページを開いたとたん、ぴたりとページを繰る手を止めた。

——総合評価　C

「C?」

思わず口にした奥沢は、そこに記載された酷評に我が目を疑った。

「どういうことなんだ、これは」

「申し訳ございません」

小村が謝罪し、言い訳を口にする。「そこに書いてありますが、既存農機具メーカーのものと比べるとなんというかその——古さが感じられると。私の意見としましては、その——我が社の伝統的な設計思想に対する解釈の差ではないかと……」

「解釈の差だと? そんなバカな話があるか」

予想外の評価に半ば呆然《ぼうぜん》としつつも、奥沢は怒りを感じた。「我が帝国重工をなんだと思ってるんだ、この担当者は」

報告書のページを捲《めく》った奥沢は、一番後ろの担当者欄にようやくその名前を見つけた。

竹本英司《たけもとえいじ》とある。

報告書の最後に、小村への送付書が添付されていることに気づいたのは、そのときであった。

奥沢がそれを見つけたとき、目の前の小村が「しまった」という顔をした。奥沢に見せるべき書類ではなかったのだろう。

「知ってる男か」

「は、はい。以前から親しくしておりまして……」

送付書には竹本のコメントが入っていた。

帝国重工　小村様
いつもお世話になっています。

さて、ご依頼いただいたトランスミッションの評価書類一式をお送りいたします。見ていただければわかりますが、今回は御社からすると厳しい結果になってしまいました。

現在、農業機械などのエンジンやトランスミッションは、おそらく御社が考えておられる以上に進化しており、高性能化しております。

正直申し上げて、このトランスミッションの設計思想では、競合ひしめく市場に参入することは難しいのではないかと思います。

ただ、先日の話では取り急ぎ、どうしても新規参入されたいとのことでした。それであれば御社と関係のある会社で、高性能トランスミッションを製造している会社がありますので、紹介しておきます。

ここには非常に優秀なトランスミッションのエンジニアがいらっしゃいます。その方にお願いして、設計を指導していただくのがよろしいのではないでしょうか。

連絡先は下記です。

大田区内の住所の後には、メールアドレスと共にこう記《しる》してあった。

——株式会社佃製作所　島津裕
書類を持つ奥沢の手が震え出した。みるみる怒りと屈辱で顔面蒼白になり、

「くそったれ！」

送付書を丸めると壁に向かって力まかせに投げつける。

放たれた紙つぶては、壁にぶつかり、乾いた音を立てた。そして奥沢を嘲笑《あざわら》うように応接セットのテーブルの上でひとつ大きく跳《は》ねると、ソファの下へ転がって、消えた。

3

その年の「アグリジャパン」が開かれたのは、十月最終週のことであった。

帝国重工のブースは人で溢れ、展示された「ランドクロウ」の周りには常に人だかりができる人気である。

エンジンおよびトランスミッションを供給する佃製作所のスタッフたちは、パンフレットを配り、それぞれの性能と特性について来場者に説明をし、さらに農家の人たちとのトークショー、デモ走行と、休む間もない忙しさであった。そんな中、

「シマちゃん」

島津が声をかけられたのは、昼休みに展示場内を見学していたときだ。

振りかえると、半纏《はんてん》を着込んだ伊丹大が立っていた。

「その節はありがとうございました」

改まった調子で頭を下げた伊丹の後方に、「ダーウィン・プロジェクト」のブースが見える。「元気でやってる？」

そうきいて伊丹は、気まずそうな、ぎこちない笑みを浮かべた。

「お陰様で。伊丹くんはどうなの」

「なんとか生きてるよ」

佃製作所がライセンス契約をして同プロジェクトを助けたのはつい昨日のようだが、早一年近い月日が過ぎている。

「ダーウィン」のリコールのために、ギアゴーストは相当の費用を負担し、一時は会社の存続さえ危ぶまれるほどであった。伊丹はそれを、自前の経営感覚でなんとか乗り切ったのである。

「自業自得だ」

伊丹は苦笑いを浮かべた。「だけど倒産するわけにはいかなかった。オレたちを信用してくれた農家の人たちに迷惑はかけられないし、そんなことになれば、せっかく助けてくれた佃さんにも顔向けできないからな。感謝してるよ。佃さんにも、シマちゃんにも。オレなんかがいまさら目の前に現れるのは迷惑だろうが、ひと言、礼をいいたくてさ。――ありがとな、シマちゃん」

不器用な伊丹の礼に、島津は少し笑い、

「なに他人行儀なこといってんの」

そんなふうにいってみる。だが伊丹は真剣そのものの眼差しを島津に向けていた。

「ライセンス契約のときにさ、佃さんにいわれたんだ」

伊丹は続ける。「あんたたちを信じた人たちを裏切るな。過ぎたことは、もういいじゃないか。日本の農業のために一緒にがんばろうや、って。涙が出た」

島津が初めて聞く話であった。

「あれが下町の心意気って奴なんだな」

伊丹は泣き笑いの表情になる。「長いこと忘れてた。なんで忘れてたんだろう」

そういうと伊丹は、涙を一杯に溜めた目で空を見上げたのであった。

## 謝辞

『下町ロケット ゴースト』『下町ロケットヤタガラス』の二作を執筆するにあたり、多くの方のご協力を賜りました。ここに深く感謝申し上げます。

北海道大学 野口伸《のぼる》教授には、ビークル・ロボティクスに関する貴重な助言を頂戴《ちようだい》しただけでなく、日本の農業が直面する課題と、それを解決せんとする高邁《こうまい》な姿勢を学ばせて頂きました。

米作りの実際については、NIPPA《ニッパ》米《マイ》代表 田中潔さんが教えてくださいました。快く取材を受けてくださり、農業の実態について有意義なアドバイスを多々頂きました。

また、株式会社クボタ、ヤンマー株式会社（当時）、ヤンマー農機製造株式会社（当時）の皆さんには、トラクターをはじめとする農機具の現状について教えて頂き、工場を見学させて頂くなど、多大なご厚意を頂戴しました。また、岡山県にある小橋工業株式会社の皆さんには、作業機に関する興味深い蘊蓄《うんちく》と先進的な試みの存在を教えて頂きました。

いつものことですが、知財全般については、内田・鮫島法律事務所の鮫島正洋先生に、貴重なアドバイスを頂戴しております。

本書には様々な敵役《かたきやく》が登場しますが、それらはすべて著者による勝手な創造であることを付記しておきます。

池井戸 潤

# 解説

野口《のぐち》 伸《のぼる》
（北海道大学　大学院農学研究院　教授
ディスティングイッシュトプロフェッサー）

## 池井戸潤先生との出会い

私と池井戸潤先生との出会いは『下町ロケット　ヤタガラス』が出版された二〇一八年十月三日のほぼ三年前、二〇一五年九月二日。朝日新聞が企画した自動車会社の広告取材で、池井戸先生が北海道の私の研究室を訪ねてこられたときでした。

その際、ビークルロボティクス研究室の農業ロボットの研究開発内容を説明させてもらいました。池井戸先生は熱心に私の話を聞いて下さり、いろいろな質問を矢継ぎ早にされ、好奇心の旺盛な方だなと感じたことを覚えています。その日は残念ながら雨天のため研究農場でのロボットの実演はお見せできませんでしたが、ロボット作業のビデオと実験室の見学をしてもらいました。

その取材後、しばらくたって池井戸先生の事務所から、連絡をもらいました。先生が私の研究内容に大変関心を持たれたようなので、小説『下町ロケット』の新しい題材になるかもしれないとのことでした。

## 日本農業のおかれている状況

本書『下町ロケット　ヤタガラス』(以下『ヤタガラス』)は、日本農業の課題を正面から取り上げています。実際の日本の農業も『ヤタガラス』に描かれている通り、労働力不足が深刻です。農業従事者は減少し、高齢化も進んでおり、現在の農家の平均年齢は六十七・八歳です。今後も農業の労働力不足はさらに進行することが予想され、その対策としてロボットを含めた超省力技術の開発が、日本農業を持続させる上で必須とされています。

農産物の輸入自由化が進む中で、国際競争力を確保するためには、農業構造改革とあわせて革新的な技術開発により、農産物の一層の品質向上や生産コストの削減を図ることが必要です。そして農産物に健康機能性などの付加価値をつけて国内外の需要を喚起し、日本農業を成長産業化することも目指すべき方向とされています。

ＩＣＴ(情報通信技術)やロボット技術などの先端技術を用いた農業のことは、日本では「スマート農業」という用語で広く知られています。「スマート農業」を導入することで「農作業の姿」は大きく変わります。農家の「経験」と「勘」に依存した農業から「データに基づく農業」への転換は、新規就農の促進にも有効であるため、ICTやロボットを高度に利用した農業のスマート化は日本農業が抱える問題を解決する上で極めて重要なのです。

農林水産省の二〇二〇年農林業センサス報告書(i)によると、特に近年、若者の新規就農を増やすことが喫緊の課題とされています。若い人たちが魅力を感じる農業、それが「スマート農業」の目指すところといえるかもしれません。

農業ロボット

『ヤタガラス』では北海道農業大学の野木博文教授が農業ロボットの研究開発をしていました。野木先生は私がモデルとされています。ちなみに野木教授の研究室名は私の研究室名と同じ「ビークルロボティクス研究室」でした。この名前の研究室は日本の中で北海道大学と北海道農業大学の二か所だけということになります。

私の長年の仕事は、まさに本書に描かれている野木先生の仕事と同じでした。農業のロボット化・ICT化を進める研究で、そのうち農業ロボット研究は、いまから三十年前の一九九一年から始めました。その時すでに日本農業の労働力不足が懸念されており、将来この課題解決には農作業のロボット化が必要になるだろうという個人的な思い込みから研究に着手したのです。

いまではカーナビやスマホに搭載され、だれもがその利便性を享受している全球測位衛星システム（GNSS）も、当時は高価でしかも低精度でしたので、農機の自動化に使用できませんでした。つまり農機のロボット化には機械の位置をリアルタイムにセンチメートルレベルで測ることができるセンサーも開発しなければならなかったのです。このような実用化のめどが全く立たない研究開発は、当時国内では私の研究室と農林水産省所管の研究所だけが行っていました。海外ではそのような実現性の乏しい研究は行われていませんでした。

この農機のロボット化研究で難しいのは、凹凸のある畑の中を数センチの誤差で自動走行させることでした。土の上の走行ですので、路面が乾いた状態、ぬかるんだ状態にかかわらず、いつも高精度に走行させることの難しさがあります。舗装路を走る自動車ですら、乾いた路面、濡れた路面、さらには雪上では車の挙動が大きく変わることは多くの人が経験していると思います。この「滑る」という現象を制御することが農機のロボット化の最大の課題でした。

ただ、この技術課題は現在ではほぼ解決し、二〇一七年以降、目視で監視することが前提のロボットトラクターが農機メーカー各社から商品化されました。これは世界に先駆けたできごとで、海外も日本の無人農機の社会実装に注目しています。

この農業のロボット化は日本農業の労働力不足がまさに待ったなしであることを如

実に表しており、二〇二〇年にはロボット田植え機が市販化されました。あとは収穫のための無人ロボットコンバインですが、この実用化にはもう少し時間が必要でしょう。さらに、現在は圃場《ほじょう》間の移動を含む遠隔監視による完全無人自動走行システムの開発が公的研究機関、企業で進められています。遠隔監視システムについては私の研究室もNTTグループと実用化を目指して研究を行っています。

―ICT農業

本書でも触れられていますが、熟練農家が減少するなかで経験と勘の農業からデータに基づく農業（データ駆動型農業）への転換は極めて重要です。

現在、多くの農家はトラクターなどで作業している間、土壌や作物生育の状態を視覚によって把握し、天気予報、栽培に関する知識、過去の営農経験などと統合的に情報処理して、適切な栽培管理を行っています。

データ駆動型農業はこのプロセスを人工物に置き換えることが最終目標ですが、まず様々なデータを可視化して、データに基づいて作業計画を立てられるようにすることから始まります。圃場内の作物生育や土壌のデータは作業計画の適正化に有効で、農家個人の技量への依存度を下げ、「だれでもできる農業」に一歩近づきます。農機メーカーはトラクター、田植え機、コンバインの稼働状況や農機に搭載した土壌肥沃度、作物生育状態、収穫物の品質・収量などのデータを位置と時間に紐付《ひもづ》けて収集し、自動的にサーバーに集積するシステムも実用化しています。

　しかし、最も重要なことは農家がスマート農業技術の正しい使い方を習熟することにあります。スマート農業に関するリテラシー[ii]向上のための研修プログラムの実装もスマート農業普及に向けた大きな課題です。『ヤタガラス』では北海道の「北見沢市」が登場していますが、実際に北海道岩見沢市はＩＣＴによるスマート農業の先進地として世界に認知されています。池井戸先生にもご視察いただきましたが、意欲的な農家の有志が研究会をつくり新しい技術のメリット・デメリットをメンバー内で共有しています。このような情報共有は新しい技術の速やかな普及になくてはならない活動です。

## 『ヤタガラス』に描写された農業の現場

　池井戸先生が本書の中で描かれたフィクション（仮想空間）が、実空間で仕事をしているものに違和感を抱かせなかったことは驚くべきことです。いかにこまめに現場を取材されたか、またいろいろな人との会話をとおして、物事の本質を見抜き、それを仮想空間に再構築する才能がいかに非凡であるか、といったことの証《あかし》といえるでしょう。

『ヤタガラス』には、いまの日本農業の置かれている状況が正しく描写されていると感じています。たとえば、農業の法人化による経営の合理化、農業における経験知の重要性、すなわち現行農業の個人に帰属する知識への高い依存性、そして持続的な農業を実現するためのＩＣＴとロボット技術の必要性などはまさにそのとおりです。本書の内容は農学を専門としている私自身も大いに共感するものでした。

農業機械の研究者の立場では「ダーウィン」が起こした作業中の故障は農業現場では致命的であること、大学の実験農場と農家の畑は違うので大学内の試験では十分な評価ができないこともそのとおりです。

佃製作所の皆さんが殿村さん（佃製作所の元経理部長）のお父さんにロボット農機の試験圃場として田んぼを貸してほしいと頼み、お父さんから「田んぼは運動場じゃないんだ。トラクターで踏み荒らされたら、かなわねえな」と返される場面があります。これはまさに我々が日ごろ実際に農家の皆さんから耳にするセリフで、苦笑を通り越し、身につまされる思いでした。読中何度も自分自身が『ヤタガラス』の中に入りこむ経験をしました。フィクションでありながら、『ヤタガラス』がいかにそれぞれの場面に高いリアリティを有しているかということでしょう。

## これからのスマート農業

私の感じる『ヤタガラス』の大きな特長は、日本農業の再生といった大きなテーマに対して、その解決策を農業ロボットとＩＣＴに求め、作品のなかで具体的な将来像を示したことにあります。その内容は示唆に富んだものでした。

たとえば、これまでスマホすら使えなかった八十歳を超えた殿村さんのお父さんが、長年実践してきた勘による農業の無駄を知り、パソコン操作を覚えて農業を続けていくというシーンや、島津さんが殿村さんのお父さんに対して、〝篤農家のもつ優れた米づくりのノウハウをすべて秘匿していたのでは米づくりの未来は拓《ひら》けない、最低限必要な情報は客観的に閲覧可能にすることが必要〟と説くシーンがあります。これらはこれからの日本農業の進め方に対するひとつのゴールイメージです。

また、農業ロボットを日本の農家に広く使ってもらうためには小型化が必須であり、さらに自ら土壌の栄養状態を測り、それに基づいて肥料の量を変えることができるロボットが将来像として描かれています。これはまさに我々研究者が目指す次の農業ロボットの姿なのです。ロボットを耕耘《こううん》のような単純作業から、必要なところに必要最小限の肥料をまく、農薬をまくといった複雑で難しい作業に適用できるようにすることです。すなわち、ＡＩ（人工知能）を利用した「小型知農ロボット」です。

また、『ヤタガラス』にあるように収穫時期の台風予報時には農家は夜を徹して収穫を行う必要があり、収穫作業の無人化への期待は大きいのですが、現実社会ではまだ実用化していません。他方、本書では無人コンバインの「ランドクロウ」が農業現場で有効に使われています。

さらに農業ロボットの有用性拡大には、無人機の公道走行や遠隔監視も望まれますが、この実現は技術だけでなく、法律や規制など社会科学的検討も必要になります。本書ではこのことにも触れられているのです。

とにかく『ヤタガラス』は、すべてが現実社会と一致しており、その中には農業の将来像をも先取りし、次世代の農業を予感させてくれる箇所が多くあります。読者の皆さんには読後の素晴らしい爽快感とともに、持続可能な次世代の日本農業も感じていただけたのではないかと思います。

おわりに

日本における農業のGDPに占める割合は決して大きくありませんが、人間の生存基盤である食料を生産・安定供給するきわめて重要な機能を農業は担っています。その重要性は経済指標だけでは測れないものです。私は日ごろから日本農業そしてスマート農業技術の必要性を、農業に関与していない方にご理解いただくことが重要だと思っています。これは日本では農業に従事している人が減り続け、高齢化も進み、この現象がこのまま進行した場合、安定した食料生産と供給が立ち行かなくなることが必然だからです。

『下町ロケット　ヤタガラス』はその問題提起と解決策を提示することで、直面している日本の農業問題に対して大きな役割を果たしてくれたと感じています。本書を執筆して下さった池井戸先生には心から感謝しています。

---

(i)農林水産省による五年毎の農林業・農山村の現状調査

(ii)知識や情報を有効に活用できる能力

―本書のプロフィール―

本書は、二〇一八年九月に小学館より刊行された単行本を、文庫として刊行したものです。

小学館文庫

# 下町《したまち》ロケット　ヤタガラス

著者　池井戸《いけいど》　潤《じゅん》

二〇二一年九月十二日　初版第一刷発行

発行人　鈴木崇司

発行所　株式会社 小学館

〒一〇一-八〇〇一
東京都千代田区一ッ橋二-三-一
電話　編集〇三-三二三〇-五九六一
　　　販売〇三-五二八一-三五五五

印刷所――――凸版印刷株式会社



この文庫の詳しい内容はインターネットで24時間ご覧になれます。
小学館公式ホームページ　http://www.shogakukan.co.jp



ISBN978-4-09-407064-4